破解 JLPT
新日檢N2
高分合格單字書

考題字彙最強蒐錄與攻略

• • • • •

前言

日本語能力測驗舊版的出題範圍限制在「出題基準詞彙」、「出題基準文法」，準備考試的方法相對簡單，但在 2010 年改版後，許多考生都認為日本語能力測驗變難了，以往只要有達到及格標準就可以「合格」，而新制度執行之後，改為呈現各別級數的能力，例如「通過該級合格者，已具有 OO 的能力」等訊息。因此，除了過去的合格與否及獲得分數之外，也更能具體想像各別級數所達到的能力。

那麼該如何準備考試呢？

筆者每年都直接到考場考日本語能力測驗，實際體驗當考生，並且集中分析研究 2010 年之後的出題題型，這樣才能站在考生與出題者的立場上寫這本書。本書收錄的單字包含了過往出題單字與補充單字，讓考生能自然而然熟悉出題單字難易度與出題方向，也可研讀預測單字。

學外語有幾種方法，但沒有什麼比「反覆 - 每天 - 持續」更重要的了，不過唯有感到樂趣才能每天持續且反覆的練習，即使一天只唸一點點，也能感受到逐漸累積起來的自信心，總有一天一定能達成目標，通過測驗。

希望各位都能透過本書獲取高分與滿分。

金恩瑩

目次

★ ☆ ☆
Chapter 03・第三順位單字 ································· 179

讀書計畫

○ **Day 01** ___月 ___日
- ▸ 名詞・動詞
- ▸ 1天1分鐘驗收

○ 複習 第1回
○ 複習 第2回

○ **Day 02** ___月 ___日
- ▸ 名詞・動詞
- ▸ 1天1分鐘驗收

○ 複習 第1回
○ 複習 第2回

○ **Day 03** ___月 ___日
- ▸ 名詞・動詞
- ▸ 1天1分鐘驗收

○ 複習 第1回
○ 複習 第2回

○ **Day 07** ___月 ___日
- ▸ 名詞・動詞
- ▸ 1天1分鐘驗收

○ 複習 第1回
○ 複習 第2回

○ **Day 08** ___月 ___日
- ▸ 形容詞
- ▸ 1天1分鐘驗收

○ 複習 第1回
○ 複習 第2回

○ **Day 09** ___月 ___日
- ▸ 形容詞
- ▸ 1天1分鐘驗收

○ 複習 第1回
○ 複習 第2回

○ **Day 13** ___月 ___日
- ▸ 名詞・動詞
- ▸ 1天1分鐘驗收

○ 複習 第1回
○ 複習 第2回

○ **Day 14** ___月 ___日
- ▸ 名詞・動詞
- ▸ 1天1分鐘驗收

○ 複習 第1回
○ 複習 第2回

○ **Day 15** ___月 ___日
- ▸ 名詞・動詞
- ▸ 1天1分鐘驗收

○ 複習 第1回
○ 複習 第2回

○ **Day 19** ___月 ___日
- ▸ 形容詞
- ▸ 1天1分鐘驗收

○ 複習 第1回
○ 複習 第2回

○ **Day 20** ___月 ___日
- ▸ 副詞・連接詞
- ▸ 1天1分鐘驗收

○ 複習 第1回
○ 複習 第2回

○ **Day 21** ___月 ___日
- ▸ 名詞・動詞
- ▸ 1天1分鐘驗收

○ 複習 第1回
○ 複習 第2回

○ **Day 25** ___月 ___日
- ▸ 名詞・動詞
- ▸ 1天1分鐘驗收

○ 複習 第1回
○ 複習 第2回

○ **Day 26** ___月 ___日
- ▸ 名詞・動詞
- ▸ 1天1分鐘驗收

○ 複習 第1回
○ 複習 第2回

○ **Day 27** ___月 ___日
- ▸ 名詞・動詞
- ▸ 1天1分鐘驗收

○ 複習 第1回
○ 複習 第2回

○ **Day 04** ___月 ___日
‣ 名詞 · 動詞
‣ 1 天 1 分鐘驗收

○ 複習　第 1 回
○ 複習　第 2 回

○ **Day 05** ___月 ___日
‣ 名詞 · 動詞
‣ 1 天 1 分鐘驗收

○ 複習　第 1 回
○ 複習　第 2 回

○ **Day 06** ___月 ___日
‣ 名詞 · 動詞
‣ 1 天 1 分鐘驗收

○ 複習　第 1 回
○ 複習　第 2 回

○ **Day 10** ___月 ___日
‣ 副詞 · 連接詞
‣ 1 天 1 分鐘驗收

○ 複習　第 1 回
○ 複習　第 2 回

○ **Day 11** ___月 ___日
‣ 名詞 · 動詞
‣ 1 天 1 分鐘驗收

○ 複習　第 1 回
○ 複習　第 2 回

○ **Day 12** ___月 ___日
‣ 名詞 · 動詞
‣ 1 天 1 分鐘驗收

○ 複習　第 1 回
○ 複習　第 2 回

○ **Day 16** ___月 ___日
‣ 名詞 · 動詞
‣ 1 天 1 分鐘驗收

○ 複習　第 1 回
○ 複習　第 2 回

○ **Day 17** ___月 ___日
‣ 名詞 · 動詞
‣ 1 天 1 分鐘驗收

○ 複習　第 1 回
○ 複習　第 2 回

○ **Day 18** ___月 ___日
‣ 形容詞
‣ 1 天 1 分鐘驗收

○ 複習　第 1 回
○ 複習　第 2 回

○ **Day 22** ___月 ___日
‣ 名詞 · 動詞
‣ 1 天 1 分鐘驗收

○ 複習　第 1 回
○ 複習　第 2 回

○ **Day 23** ___月 ___日
‣ 名詞 · 動詞
‣ 1 天 1 分鐘驗收

○ 複習　第 1 回
○ 複習　第 2 回

○ **Day 24** ___月 ___日
‣ 名詞 · 動詞
‣ 1 天 1 分鐘驗收

○ 複習　第 1 回
○ 複習　第 2 回

○ **Day 28** ___月 ___日
‣ 形容詞
‣ 1 天 1 分鐘驗收

○ 複習　第 1 回
○ 複習　第 2 回

○ **Day 29** ___月 ___日
‣ 形容詞
‣ 1 天 1 分鐘驗收

○ 複習　第 1 回
○ 複習　第 2 回

○ **Day 30** ___月 ___日
‣ 副詞 · 連接詞
‣ 1 天 1 分鐘驗收

○ 複習　第 1 回
○ 複習　第 2 回♥

本書的架構說明

本文

單元預覽

可先聆聽 MP3 檔案，預覽今天要學習的單字。

學習單字

研讀考試必備單字，按照出題頻率和詞性整理了出題單字與預測單字，讓學習更有效率。

1 天 1 分鐘驗收

透過簡單的測驗確認是否已熟記單字。

實戰練習

模擬日本語能力試驗的題型來準備考試。

附錄

補充詞彙 360

收錄高分必備的重要單字。

索引

將全書的單字按照 50 音排序，方便輕鬆查找。

別冊

必考單字

收錄本書中出題率最高的單字，方便考前能快速瀏覽。

重點整理

整理了各種有用的 tip，讓你一目瞭然。

複習

利用表格記錄不易記住的單字，讓學習更有效率。

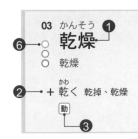

03 かんそう ❶
乾燥
❻ ○
○
○ 乾燥

❷→ ＋ かわ
乾く 乾掉、乾燥

動
❸

くうき かんそう かじ
空気が乾燥していて火事になりやすい。←❹
空氣很乾燥，容易發生火災。

かんそう
乾燥：乾燥 ←❺
そうさ
操作：操作

❶ **主要單字**：考試必備單字。記住單字後可用遮色片遮住複習。

❷ **補充單字**：整理出近似詞（≒）、反義詞（↔）、相關詞彙（＋）。

❸ **詞性標示**：

　　動 表示加上する可做動詞用。

　　名 表示去掉だ可當作名詞用。

　　　＊表示副詞可當名詞用。

　　ナ 表示也可當成ナ形容詞用。

❹ **例句**：透過例句自然掌握單字的意思與使用方法。

❺ **補充說明**：整理了日本語能力測驗所需的相關訣竅。

　　＊**易錯的漢字讀法**　　　整理了考生易犯的漢字讀法。

　　＊**筆劃類似的漢字**　　　整理了外形相似、易混淆的漢字。

　　＊**句型與語氣比較**　　　說明近似詞、同音異義詞等易混淆單字的差別，幫助準備
　　　　　　　　　　　　　　＜前後關係＞、＜用法＞題型。

　　＊**自‧他動詞比較（N3）**　列出易混淆的自動詞、他動詞，方便比較。

❻ Check Box：用遮色片遮住後，若能閱讀和說出意思，就在圓圈中作標記，
　　　　　　　　為了牢牢記住，別忘了要複習喔。

本書的單字是針對日本語能力試驗，不能當作字典使用。本書的
動詞與形容詞都以基本形標示，**ナ** 形容詞則是以 **だ** 形標記，而
不是字典形。

本書的使用方法

 Step 1 本回預覽

先預覽當天要學的單字,把已經會的單字打勾以掌握還有哪些不會的單字,幫助有效學習。

 Step 2 跟著複誦

請掃描左方 QR Code,可聆聽本書的 MP3 音檔,各單元隨選隨聽。聆聽時,請跟著複誦,最少 2 次。用眼睛看、耳朵聽、嘴巴唸,背誦效果會更好。

 Step 3 背誦單字

跟著複誦後,就開始背單字。研讀完一天份的單字之後,用遮色片遮住,測試自己是否都記住了。可將背不熟的單字整理在別冊中以便複習。

 Step 4 驗收練習

利用 < 1 天 1 分鐘驗收 > 確認是否已記住當天的單字。每一單元結束後可挑戰 < 實戰練習 >,幫助複習及應考。

Chapter

01

★ ★ ★
第一順位單字

Day 01~10

Day

00 **01** 02

● 預習 → ● 熟讀 → ● 背誦 → ● 測驗

□ 普及 <small>ふ きゅう</small>

□ 誤り <small>あやま</small>

□ 乾燥 <small>かん そう</small>

□ 違反 <small>い はん</small>

□ 混乱 <small>こん らん</small>

□ 協力 <small>きょうりょく</small>

□ 優勝 <small>ゆうしょう</small>

□ きっかけ

□ 管理 <small>かん り</small>

□ 装置 <small>そう ち</small>

□ 油断 <small>ゆ だん</small>

□ 省略 <small>しょうりゃく</small>

□ 破片 <small>は へん</small>

□ 警備 <small>けい び</small>

□ 注目 <small>ちゅうもく</small>

□ 発揮 <small>はっ き</small>

□ 完了 <small>かんりょう</small>

□ 改善 <small>かいぜん</small>

□ 予測 <small>よ そく</small>

□ 冷蔵庫 <small>れいぞう こ</small>

□ 撮影 <small>さつえい</small>

□ バランス

□ アレンジ

□ 含む <small>ふく</small>

□ 抱える <small>かか</small>

□ 断る <small>ことわ</small>

□ 重ねる <small>かさ</small>

□ 欠かす <small>か</small>

□ 達する <small>たっ</small>

□ 当てる <small>あ</small>

□ ぶつける

□ 乱れる <small>みだ</small>

□ 備える <small>そな</small>

□ 問い合わせる <small>と あ</small>

□ 怒る <small>おこ</small>

□ 劣る <small>おと</small>

01
ふ きゅう
普及
○○○
普及

+ ふつう
普通　普通
[動]

3Dプリンターの普及により、社会は変わりつつある。

由於 3D 列印的普及，社會逐漸地改變了。

02
あやま
誤り
○○○
錯誤

≒ まちが
間違い　錯誤、過錯

一部の内容に誤りがあったので、直しておいた。

部分內容有錯誤，所以修改了。

03
かんそう
乾燥
○○○
乾燥

+ かわ
乾く　乾掉、乾燥
[動]

空気が乾燥していて火事になりやすい。

空氣很乾燥，容易發生火災。

かんそう
乾燥：乾燥
そう さ
操作：操作

04
い はん
違反
○○○
違反
[動]

運転中のスマホ操作は交通ルール違反となる。

開車時滑手機是違反交通規則的。

い はん
違反：違反
い だい
偉大：偉大

05
こんらん
混乱
○○○
混亂
[動]

仕事が山ほどあって、頭が混乱している。

工作像山一樣多，腦袋正混亂中。

06
きょうりょく
協力
○○○
協助
[動]

アンケートにご協力いただける方を募集しています。

正在募集能夠協助問卷調查的人。

07
優勝 ゆうしょう
○
○○ 勝利
○
[動]

ワールドカップで優勝して国民を喜ばせた。
在世界盃取得優勝後，國民都很高興。

08
きっかけ
○
○○ 契機
○

俳優の夢を持つことになったきっかけは何ですか。
夢想成為演員的契機是什麼呢？

≒ 契機 契機 けいき

09
管理 かんり
○
○○ 管理
○
[動]

在庫管理アプリを無料で配布している。
正免費提供管理庫存的 APP。

10
装置 そうち
○
○○ 装置
○

手荷物の 3D スキャン装置を導入することになった。
決定導入手提行李的 3D 掃描裝置。

11
油断 ゆだん
○
○○ 大意
○

弱い相手だと油断してはいけない。
就算對手很弱小，也不能大意。

+ 油断大敵 不可輕忽大意 ゆだんたいてき
[動]

12
省略 しょうりゃく
○
○○ 省略
○
[動]

言葉を省略しすぎると意味が分からなくなる。
若省略太多詞語，就無法了解意思。

• 省
しょう 省略：省略 しょうりゃく
せい 反省：反省 はんせい

13
○○○
○○

は へん
破片
碎片

コップが割れて、ガラスの破片で足を切った。

杯子破了，被玻璃的碎片割到腳。

は へん
破片：碎片
ひ がい
被害：受害

14
○○○
○○

けい び
警備
警備
動

この会社は警備を専門に扱っております。

這間公司專門負責警備業務。

けい び
警備：警備
けい ご
敬語：敬語、尊敬語

15
○○○
○○

ちゅうもく
注目
注目
動

現在、一番注目を集めている技術はAIだ。

現在最受注目的技術是 AI。

ちゅうもく
注目：注目
じゅうしょ
住所：住址

16
○○○
○○

はっ き
発揮
發揮
しき
+ 指揮 指揮
動

緊張して実力を発揮できないまま終わってしまった。

很緊張，在無法發揮實力的狀況下就結束了。

17
○○○
○○

かんりょう
完了
完成
動

登録が完了したらメールでお知らせします。

註冊完成後，會用電子郵件告知。

18
○○○
○○

かいぜん
改善
改善
動

今後、更なる教育環境の改善を目指しています。

目標是今後進一步改善教育環境。

19　よ そく
予測
○○○
預測

＋ よそう
予想　預想
[動]

じゅよう よ そく はず ざい こ ふ
需要予測が外れて在庫が増えてしまった。
因需求預測失準，導致庫存增加了。

よそく
予測：預測
はんそく
反則：違法、犯規

20　れいぞう こ
冷蔵庫
○○○
冰箱

＋ れいとう
冷凍　冷凍

ふゆ れいぞう こ ほ かん ほう
冬でも冷蔵庫に保管した方がいい。
即使是冬天，也是存放在冰箱裡比較好。

21　さつえい
撮影
○○○
攝影
[動]

かんない さつえい きょ か ひつよう
館内での撮影は許可が必要です。
在館內攝影需要獲得許可。

さつえい
撮影：攝影
さいこう
最高：最好的

22
バランス
○○○
平衡（balance）

≒ きんこう
均衡　均衡

し ごと と だい じ
仕事とプライベートのバランスを取ることが大事だ。
在工作與私人生活之間取得平衡是很重要的。

23
アレンジ
○○○
整理、安排、改編
（arrange）
[動]

わ しつ へ や つく
和室をアレンジしておしゃれな部屋を作ろう。
來重新布置和室，打造時髦的房間吧。

24　ふく
含む
○○○
含有、帶有

＋ ふく
含める　包含

おんせん せいぶん ふく
温泉にはいい成分が含まれている。
温泉中含有有益的成分。

25 かか
○ **抱える**
○○ 抱、承擔、擔負

にんげんかんけい なや かか ひと ふ
人間関係に悩みを抱えている人が増えている。
對人際關係抱有煩惱的人正在增加。

26 ことわ
○ **断る**
○○ 拒絕

ことわ ほう
だめなのはきっぱりと断った方がいい。
不行的事還是斷然拒絕比較好。

27 かさ
○ **重ねる**
○○○ 重疊、積累

わか けいけん かさ ほう
若いうちにたくさんの経験を重ねた方がいい。
還是趁年輕時累積許多經驗比較好。

つ
≒ 積む 堆積、累積

28 か
○ **欠かす**
○○○ 缺少

かね ひと じんせい か
お金は人の人生において欠かせないものだ。
金錢是人生中不可或缺的東西。

か
＋ 欠ける 缺少、不足

29 たっ
○ **達する**
○○ 到達

し ごと げんかい たっ き
仕事でストレスが限界に達している気がする。
察覺到因為工作的緣故，壓力已到達極限。

30 あ
○ **当てる**
○○○ 碰撞、猜中

せいかい あ ひと すてき
正解を当てた人には素敵なプレゼントがある。
猜中正確答案的人，會有精美的禮物。

31
ぶつける
撞上

<ruby>角<rt>かど</rt></ruby>にぶつけてけがをしてしまった。

不小心撞到稜角，受傷了。

32
<ruby>乱<rt>みだ</rt></ruby>れる
混亂

<ruby>台風<rt>たいふう</rt></ruby>の<ruby>影響<rt>えいきょう</rt></ruby>でダイヤが<ruby>乱<rt>みだ</rt></ruby>れている。

因為颱風的影響，導致班次混亂。

33
<ruby>備<rt>そな</rt></ruby>える
準備、防備

<ruby>地震<rt>じしん</rt></ruby>に<ruby>備<rt>そな</rt></ruby>えて<ruby>必要<rt>ひつよう</rt></ruby>な<ruby>物<rt>もの</rt></ruby>をまとめてみました。

為了防備地震，我試著整理了必要的東西。

34
<ruby>問<rt>と</rt></ruby>い<ruby>合<rt>あ</rt></ruby>わせる
打聽、諮詢

+ <ruby>問<rt>と</rt></ruby>う　詢問

<ruby>担当者<rt>たんとうしゃ</rt></ruby>に<ruby>直接<rt>ちょくせつ</rt></ruby>お<ruby>問<rt>と</rt></ruby>い<ruby>合<rt>あ</rt></ruby>わせください。

請直接向負責人諮詢。

35
<ruby>怒<rt>おこ</rt></ruby>る
罵、訓斥

ちょっとでも<ruby>遅刻<rt>ちこく</rt></ruby>したら<ruby>先生<rt>せんせい</rt></ruby>に<ruby>怒<rt>おこ</rt></ruby>られるよ。

即使只是稍微遲到一下，也會被老師責罵喔。

<ruby>怒<rt>おこ</rt></ruby>る：罵、訓斥
<ruby>努<rt>つと</rt></ruby>める：努力

36
<ruby>劣<rt>おと</rt></ruby>る
不如、亞於

+ <ruby>劣等感<rt>れっとうかん</rt></ruby>　自卑感

<ruby>専門家<rt>せんもんか</rt></ruby>に<ruby>劣<rt>おと</rt></ruby>らない<ruby>実力<rt>じつりょく</rt></ruby>を<ruby>持<rt>も</rt></ruby>っている。

有不亞於專家的實力。

 1天1分鐘驗收

1 請在 a、b 當中選出相符的讀音。

1. 改善 （a. かいぜん　　b. かいせん）

2. 省略 （a. せいりゃく　b. しょうりゃく）

3. 怒る （a. おこる　　　b. しかる）

2 請依據讀音在 a、b 當中選出相符的單字。

4. さつえい　　　　　（a. 撮影　　　b. 最影）

5. はへん　　　　　　（a. 被片　　　b. 破片）

6. いはん　　　　　　（a. 違反　　　b. 偉反）

3 請從 a、b 當中選出最合適的詞。

7. 表示内容に（a. 誤り　b. 謝り）があったので、直しておいた。

8. 人間関係に悩みを（a. 抱えて　b. 飽きて）いる人が増えている。

9. 正解を（a. 打った　b. 当てた）人には素敵なプレゼントがある。

答案 1 ⓐ　2 ⓑ　3 ⓐ　4 ⓐ　5 ⓑ　6 ⓐ　7 ⓐ　8 ⓐ　9 ⓑ

Day

01 **02** 03

○ 預習 → ○ 熟讀 → ○ 背誦 → ○ 測驗

□ 回復 (かいふく)	□ 追加 (ついか)	□ 世の中 (よのなか)	□ 与える (あた)
□ 郊外 (こうがい)	□ 勢い (いきお)	□ 抽選 (ちゅうせん)	□ 乾く (かわ)
□ 法律 (ほうりつ)	□ 討論 (とうろん)	□ 製造 (せいぞう)	□ 雇う (やと)
□ 禁止 (きんし)	□ 収穫 (しゅうかく)	□ ショック	□ 振り向く (ふむ)
□ 腕 (うで)	□ 中断 (ちゅうだん)	□ リーダー	□ 触れる (ふ)
□ 治療 (ちりょう)	□ 進学率 (しんがくりつ)	□ 破れる (やぶ)	□ 傾く (かたむ)
□ 福祉 (ふくし)	□ 行方 (ゆくえ)	□ 済ませる (す)	□ 補う (おぎな)
□ 評判 (ひょうばん)	□ 尊重 (そんちょう)	□ 慌てる (あわ)	□ 暮らす (く)
□ 植物 (しょくぶつ)	□ 過剰 (かじょう)	□ 招く (まね)	□ 救う (すく)

01 かいふく
○ **回復**
○
○ 恢復
動

にほん けいき かいふく む
日本の景気はゆっくり回復に向かっている。
日本的景氣正在慢慢恢復。

- 復
　ふく　回復：恢復
　ふく　復活：復活

---

02 こうがい
○ **郊外**
○
○ 郊外

こうがい ちい いっこ だ も
パリの郊外に小さい一戸建てを持っている。
在巴黎的郊外擁有一棟小小的獨棟房子。

---

03 ほうりつ
○ **法律**
○
○ 法律

すべ ほうりつ もと はんだん
全ては法律に基づいて判断すべきだ。
一切應以法律為基礎做出判斷。

---

04 きんし
○ **禁止**
○
○ 禁止

きんえん
＋ 禁煙 禁菸
動

しつない きつえん かた きんし
室内での喫煙は固く禁止されております。
在室內嚴格禁止抽菸。

---

05 うで
○ **腕**
○
○ 前臂、本領

うでまえ
≒ 腕前 能力、才幹

うで びようし さが
腕のいい美容師を探しているけど、なかなかいないね。
正在找手藝不錯的美髮師，卻很難找到。

---

06 ちりょう
○ **治療**
○
○ 治療
動

ちりょう なが つづ
アレルギーの治療は長く続けなければならない。
過敏的治療必須長期持續進行。

ちりょう
治療：治療
どうりょう
同僚：同事

07 ふくし
福祉
福利、福祉

妹 は老人福祉センターで働いている。
妹妹在老人福利中心工作。

ふくし
福祉：福利、福祉
ふくし
副詞：副詞

08 ひょうばん
評判
評價
ナ

評判のいい歯科を紹介してもらった。
請人介紹了一間評價良好的牙科診所。

「評判」可作為ナ形容詞也可作為名詞。
評判がいい：評價良好
評判だ：出名、有名

09 しょくぶつ
植物
植物
+ 植る　種植、接種

自然由来の植物成分が配合されています。
搭配天然的植物成分。

10 ついか
追加
追加
動

全国ツアーの追加公演が決まりました。
已經確定了全國巡迴的追加公演。

11 いきお
勢い
氣勢、力量
+ せいりょく
勢力　勢力、權勢

お酒に酔った勢いで告白してしまった。
趁著酒醉的氣勢告白了。

12 とうろん
討論
討論
動

討論会の進め方について説明します。
說明討論會的進行方式。

13 しゅうかく
○ **収穫**
○
○ 収穫、収成
［動］

この季節に収穫した果物をたっぷり使ったタルトだ。
這是大量使用這個季節收成的水果製作的水果塔。

収穫：收穫、收成
獲得：獲得

---

14 ちゅうだん
○ **中断**
○
○ 中斷
［動］

セキュリティー上の理由から、手続きを一時中断させた。
基於安全考量，暫時中斷手續。

---

15 しんがくりつ
○ **進学率**
○
○ 升學率

進学率の高い高校ランキングをご紹介します。
將介紹高升學率的高中排行榜。

• 率
りつ　進学率：升學率
そつ　引率：引領

---

16 ゆくえ
○ **行方**
○
○ 行蹤、去向

一年前に行方不明になったまま未だに帰ってこない。
一年前行蹤不明後，至今仍未回來。

---

17 そんちょう
○ **尊重**
○
○ 尊重
［動］

議論ではお互いを尊重する態度が必要だ。
在討論時，互相尊重的態度是必要的。

---

18 かじょう
○ **過剰**
○
○ 過剰、過量
＋ じょうよ
剰余 剩餘
［ナ］

買い物で過剰な包装はお断りしましょう。
買東西時，拒絕過度包裝吧。

19
○ よ なか
○ **世の中**
○ 世間、社會

世の中に強いインパクトを与える技術を開発したい。

希望開發出給社會帶來重大影響的技術。

- 世
  - よ 世の中：世間、社會
  - せ 世界：世界

---

20 ちゅうせん
○ **抽選**
○ 抽籤
○
[動]

抽選で100名様にサウンドトラックをプレゼント致します。

透過抽籤的方式向100人贈送原聲帶。

---

21 せいぞう
○ **製造**
○ 製造
○
[動]

人手不足に悩むのは製造業も同じだ。

製造業也同樣在煩惱人手不足的問題。

製造：製造
制度：制度

22
○ **ショック**
○ 刺激、衝撃（shock）
○

≒ 衝撃 衝撃

この事件でショックを受けたのは僕だけじゃない。

因為這個事件受到衝擊的不是只有我。

23
○ **リーダー**
○ 領導者（leader）
○

リーダーの役割として一番重要なのは何でしょう。

身為領導者，最重要的職責是什麼呢？

---

24 やぶ
○ **破れる**
○ 撕破、打破
○

この世界記録は当分破れないだろう。

這個世界紀錄應該暫時不會被打破吧。

破れる：指紙張或布料被撕破，或是紀錄被打破。
敗れる：指在比賽中失敗或輸掉。

25
○ **済ませる**
○ す
○
完成

+ 済む 結束 す

お急ぎだから今日中に済ませておきましょう。 いそ きょうじゅう す
因為很緊急，所以就在今天之內完成吧。

26
○ **慌てる**
○ あわ
○
慌張

地震の時は慌てないことが大事だ。 じ しん とき あわ だい じ
地震發生時，重要的是不要慌張。

27
○ **招く**
○ まね
○
招呼、招待、招致

+ 招待 招待 しょうたい

無理なダイエットが体力低下を招いている。 む り たいりょくてい か まね
過度的減肥導致體力下降。

28
○ **与える**
○ あた
○
給予、供給

子供は元気を与えてくれる存在だ。 こども げんき あた そんざい
孩子是給予我們活力的存在。

与える：給予、供給 あた
写す：拍照、描寫 うつ

29
○ **乾く**
○ かわ
○
乾燥

じめじめしていて洗濯物が乾かない。 せんたくもの かわ
天氣太潮濕，洗好的衣服曬不乾。

30
○ **雇う**
○ やと
○
雇用、租用

+ 雇用 雇用 こよう

雇われている立場で社長の話は逆らえない。 やと たちば しゃちょう はなし さか
因為是受雇於人的立場，無法違逆社長所說的話。

31 振り向く (ふむく)
○○○ 回頭、理睬

話しかけたが振り向いてもくれない。
跟他搭話，但他沒有回頭看我。

32 触れる (ふ)
○○○ 碰觸、提及

子供にいい教育は自然とたくさん触れることだ。
對小孩有益的教育是多與大自然接觸。

+ 触る (さわ) 觸摸

「触れる」和「触る」皆用來表示「實際接觸到身體或物體」的情況。
但在接觸的程度上，「触れる」比較輕微。另外，接觸抽象事物時會使用「触れる」。

33 傾く (かたむ)
○○○ 傾斜

建設中のビルが傾いて、工事が中断された。
建設中的大樓傾斜，工程因而中止。

+ 傾斜 (けいしゃ) 傾斜

34 補う (おぎな)
○○○ 彌補、補充

疲れにはサプリメントでも飲んで栄養を補うことだ。
疲勞時要喝營養補充品來補充營養。

35 暮らす (く)
○○○ 生活、度日

海外で一人で暮らすのはそんなに甘くない。
在國外一個人生活沒有那麼簡單。

暮らす：生活
募る (つの)：招募

36 救う (すく)
○○○ 拯救

AEDで多くの命が救われているそうだ。
據說許多生命都因為使用 AED 而得救。

≒ 助ける (たす) 幫助、拯救

1天1分鐘驗收

❶ 請在 a、b 當中選出相符的讀音。

1. 尊重 （a. そんちょう　 b. そんじゅう）

2. 評判 （a. へいばん　　 b. ひょうばん）

3. 行方 （a. ゆくえ　　　 b. いくかた）

❷ 請依據讀音在 a、b 當中選出相符的單字。

4. せいぞう　　　　　（a. 製造　　 b. 制造）

5. まねく　　　　　　（a. 招く　　 b. 紹く）

6. きんし　　　　　　（a. 歴止　　 b. 禁止）

❸ 請從 a、b 當中選出最合適的詞。

7. (a. 肩　b. 腕)のいい美容師(びようし)を探(さが)しているけど、なかなかいないね。

8. 買(か)い物(もの)で(a. 過剰(かじょう)な　b. 過密(かみつ)な)包装(ほうそう)はお断(ことわ)りしましょう。

9. 世(よ)の中(なか)に強(つよ)いインパクトを(a. 与(あた)える　b. 及(およ)ぶ)技術(ぎじゅつ)を開発(かいはつ)したい。

答案 1 ⓐ　2 ⓑ　3 ⓐ　4 ⓐ　5 ⓐ　6 ⓑ　7 ⓑ　8 ⓐ　9 ⓐ

Day

02 **03** 04

學習進度 → ● 預習 → ● 熟讀 → ● 背誦 → ● 測驗

□ 苦情 (くじょう)	□ 安定 (あんてい)	□ 演説 (えんぜつ)	□ 悩む (なや)
□ 強火 (つよび)	□ 地元 (じもと)	□ 変更 (へんこう)	□ 戻す (もど)
□ 招待 (しょうたい)	□ 言い訳 (い わけ)	□ 邪魔 (じゃま)	□ 略する (りゃく)
□ 出版 (しゅっぱん)	□ 容姿 (ようし)	□ リラックス	□ 取り扱う (と あつか)
□ 商品 (しょうひん)	□ 我慢 (がまん)	□ プラン	□ 隠す (かく)
□ 延期 (えんき)	□ 総額 (そうがく)	□ 譲る (ゆず)	□ 訪れる (おとず)
□ 操作 (そうさ)	□ 役目 (やくめ)	□ 揃う (そろ)	□ 打ち消す (う け)
□ 削除 (さくじょ)	□ 最寄り (もよ)	□ 散らかす (ち)	□ 差し支える (さ つか)
□ 目上 (めうえ)	□ 催促 (さいそく)	□ 湿る (しめ)	□ 優れる (すぐ)

01 ○○○ ○○ **苦情**（く じょう） 抱怨、不滿意 ≒ **不満**（ふ まん） 不滿足、不滿意	お客さんからたくさんの苦情が入って大変だった。 （きゃく）（く じょう）（はい）（たいへん） 收到很多客人的抱怨，情況很糟糕。
02 ○○○ ○ **強火**（つよ び） 大火 → **弱火**（よわ び） 小火	強火で焼いたら中身は生のまま焦げてしまった。 （つよ び）（や）（なかみ）（なま）（こ） 用大火烤，結果裡面沒有熟，只是燒焦了。
03 ○○○ ○ **招待**（しょうたい） 邀請 動	友達の招待で登録した場合はポイントを差し上げます。 （ともだち）（しょうたい）（とうろく）（ば あい）（さ あ） 如果是透過朋友的邀請進行註冊，將贈送點數。 招待（しょうたい）：招待 紹介（しょうかい）：介紹
04 ○○○ ○ **出版**（しゅっぱん） 出版 動	ブログをきっかけにレシピの本を出版することになった。 （ほん）（しゅっぱん） 以部落格為契機，決定出版食譜書。 出版（しゅっぱん）：出版 販売（はんばい）：販賣
05 ○○ ○ **商品**（しょうひん） 商品	ハンドメイド商品をたくさん揃えています。 （しょうひん）（そろ） 備齊了許多手工商品。
06 ○○○ ○ **延期**（えん き） 延期 ≒ **遅延**（ち えん） 延遲 動	台風のために花火大会は延期された。 （たいふう）（はな び たいかい）（えん き） 由於颱風的緣故，煙火大會被延期了。

07 そうさ
〇 **操作**
〇
〇 操作

[動]

にほん くるま うんてんちゅう そうさ
日本の車は運転中にナビの操作ができません。
日本的汽車在行駛中無法操作導航系統。

---

08 さくじょ
〇 **削除**
〇
〇 刪除

≒ じょきょ
除去 去掉
[動]

こじんじょうほう さくじょ あんしん
個人情報はすぐ削除されるので、安心してください。
個人訊息會馬上刪除，所以請放心。

さくじょ
削除：刪除
じょこう
徐行：慢行

---

09 めうえ
〇 **目上**
〇
〇 長輩、上司

めした
↔目下 晩輩、部下

めうえ ひと い かた
目上の人にそんな言い方はないだろう。
對長輩不會有那種說話方式吧。

---

10 あんてい
〇 **安定**
〇
〇 穩定、安穩

あんせい
+ 安静 安靜
[動]

あんてい しごと こうむいん
安定した仕事というとやはり公務員ですね。
說到穩定的工作，果然還是公務員啦。

あんてい
安定：形容經濟、職業等情況很穩定。
あんせい
安静：指心境平和、寧靜。

---

11 じもと
〇 **地元**
〇
〇 當地、本地

とうだい そつぎょう じもと だいがく すうがく おし
東大を卒業して地元の大学で数学を教えている。
東大畢業後就在當地的大學教數學。

• 地
じ 地元：當地、本地
ち 地球：地球

---

12 いわけ
〇 **言い訳**
〇
〇 藉口

≒ べんめい
弁明 辯解、解釋
[動]

いわけ なにい
言い訳をするなら、何も言わないでよ。
如果要找藉口的話，就什麼都別說喔。

13 ようし
〇 **容姿**
〇〇 外貌、姿容

さい　す　　　　ようし　じしん
50才を過ぎて容姿に信がなくなった。

過了 50 歲後，就對自己的外貌沒有自信了。

---

14 が まん
〇 **我慢**
〇〇 忍耐

＋ た
　 耐える 忍耐、承受
　 [動]

かんこくじん　　　が まん　　にが て
韓国人は我慢が苦手だ。

韓國人不擅長忍耐。

が まん
我慢：忍耐
まん が
漫画：漫畫

---

15 そうがく
〇 **総額**
〇〇 總數、總額

すいがい　　　　　ひ がいそうがく　　　　　おくえん
水害による被害総額は100億円にのぼるという。

據說因水災所造成的災害總額攀升至 100 億日元。

---

16 やく め
〇 **役目**
〇〇 任務、職責

おも　　　　　　　　　りっぱ　やく め　　は
できないと思ったが、立派に役目を果たした。

雖然認為自己辦不到，卻還是出色地完成了任務。

• 役
やく　　役目：任務、職責
えき　　現役：現役
　　　　げんえき

---

17 も よ
〇 **最寄り**
〇〇 附近、最近

ちち　　も よ　　えき　　くるま　おく
父に最寄りの駅まで車で送ってもらった。

請爸爸開車送我到最近的車站了。

---

18 さいそく
〇 **催促**
〇〇 催促、催繳

＋ かいさい
　 開催 舉辦
　 [動]

しはら　き かん　す　　ば あい　　さいそく　　おく
支払い期間が過ぎた場合は、催促メールを送る。

超過付款期限的話，會寄送催繳郵件。

19 えんぜつ
演説
○
○○
演講、演說

+ ゆうぜい
遊説 遊說

[動]

かのじょ えんぜつ ひと こころ うご
彼女の演説は人の心を動かすものがある。

她的演說具有打動人心的事物。

• 説
ぜつ　えんぜつ
　　演説：演講、演說
せつ　せつめい
　　説明：說明

---

20 へんこう
変更
○
○○
變更

+ こうしん
更新 更新

[動]

くわ てじゅん へんこう ばあい
詳しい手順は変更される場合もあります。

詳細的步驟也有可能變更。

---

21 じゃま
邪魔
○
○○
打擾、妨礙

[動][ナ]

すこ じゃま おこ ひと
少しでも邪魔されたらすぐ怒る人だ。

稍微被打擾就會馬上生氣的人。

じゃま
邪魔：打擾、妨礙
けんま
研磨：研磨

22
リラックス
○
○○
放鬆（relax）

とき おんがく き
こんな時こそ音楽でも聞きながらリラックスしよう。

正是這種時候才要聽著音樂來放鬆。

23
プラン
○
○○
計畫（plan）

≒ けいかく
計画 計畫

こま た ほう あんしん
もっと細かくプランを立てた方が安心できる。

制定更詳細的計畫才能更安心。.

---

24 ゆず
譲る
○
○○
讓步、謙讓

こうはい みち ゆず かいしゃ や
後輩に道を譲って、会社を辞めた。

讓位給後輩，從公司辭職了。

25
そろ
○ **揃う**
○
○ 齊全、到齊

≒ あつ
集まる 聚集

ぜんいんそろ　　　かいぎ　　はじ
全員揃ったら会議を始めます。
全員到齊後就開始會議。

26
ち
○ **散らかす**
○
○ 亂丟、弄得亂七八糟

こども　　　　　　　へや　　ち
子供はいつも部屋を散らかしっぱなしだ。
小孩子總是把房間弄得亂七八糟就不管。

27
しめ
○ **湿る**
○
○ 潮濕、發潮

しっけ
＋ 湿気 濕氣

しめ　　くうき　　はい　こ　　む　あつ　ひ　つづ　みこ
湿った空気が入り込み、蒸し暑い日が続く見込みだ。
混入了潮濕的空氣，預計悶熱的日子還會持續下去。

しつ　ど
湿度：濕度
おん　ど
温度：溫度

28
なや
○ **悩む**
○
○ 煩惱

ひとり　　なや　　　　　だれ　　そうだん
一人で悩まないで誰かに相談しましょう。
不要一個人煩惱，找人商量看看吧。

29
もど
○ **戻す**
○
○ 歸還、放回

つか　お　　　もの　もと　いち　もど
使い終わった物は元の位置に戻してください。
用完的東西請放回原位。

30
りゃく
○ **略する**
○
○ 簡略

りゃく　　　　　　　　よ
スターバックスのことを略して「スタバ」と呼んでいる。
將星巴克（スターバックス）簡略稱為「星巴」（スタバ）。

31 と あつか
○ **取り扱う**
○
○ 操作、處理、經營

とうてん こ ど もようひん と あつか
当店では子供用品は取り扱っておりません。
本店沒有經手兒童用品。

---

32 かく
○ **隠す**
○
○ 隱藏

あふ よろこ かく
溢れる喜びを隠すことができなかった。
無法隱藏滿溢的喜悅。

＋ かく
隠れる 躲藏、隱藏

---

33 おとず
○ **訪れる**
○
○ 訪問、到來

さいきん しま おとず かんこうきゃく おお
最近、この島を訪れてくる観光客が多くなった。
最近拜訪這座島的觀光客變多了。

≒ たず
訪ねる 訪問

要表達「拜訪某個地方」時，可以使用「訪れる」和「訪ねる」，而要表達
「春天來臨」、「收到消息」等抽象概念的意思時，只能使用「訪れる」。

---

34 う け
○ **打ち消す**
○
○ 否定、否認

ふたり けっこん う け
あの二人はすぐ結婚するとのうわさを打ち消した。
那兩人否認了即將要結婚的傳聞。

---

35 さ つか
○ **差し支える**
○
○ 妨礙、不方便

さ つか なまえ ねが
差し支えなければ、お名前をお願いします。
如果方便的話，請告訴我您的名字。

---

36 すぐ
○ **優れる**
○
○ 出色、優秀

かいしゃ せいひん ひんしつ すぐ
この会社の製品はすべて品質に優れている。
這家公司的產品，品質全都很出色。

＋ ゆうしゅう
優秀 優秀

1天1分鐘驗收

❶ 請在 a、b 當中選出相符的讀音。

1. 地元 （a. ちげん　　　b. じもと）

2. 目上 （a. もくじょう　　b. めうえ）

3. 演説 （a. えんぜつ　　　b. えんせつ）

❷ 請依據讀音在 a、b 當中選出相符的單字。

4. しゅっぱん　　　　（a. 出板　　　b. 出版）

5. しつど　　　　　　（a. 温度　　　b. 湿度）

6. さくじょ　　　　　（a. 削除　　　b. 削徐）

❸ 請從 a、b 當中選出最合適的詞。

7. 後輩に道を(a. 譲って　b. 許して)会社を辞めた。

8. 父に(a. 最寄り　b. 最近い)の駅まで車で送ってもらった。

9. (a. 安静　b. 安定)した仕事というとやはり公務員ですね。

答案 1 ⓑ　2 ⓑ　3 ⓐ　4 ⓑ　5 ⓑ　6 ⓐ　7 ⓐ　8 ⓐ　9 ⓑ

MP3 01-04

Day

03 **04** 05

 學習進度 ● 預習 → ● 熟讀 → ● 背誦 → ● 測驗

□ 求人 <small>きゅうじん</small>	□ 被害 <small>ひがい</small>	□ 契機 <small>けいき</small>	□ 迫る <small>せま</small>
□ 密閉 <small>みっぺい</small>	□ 現象 <small>げんしょう</small>	□ 願望 <small>がんぼう</small>	□ 悔やむ <small>く</small>
□ 山のふもと <small>やま</small>	□ 改正 <small>かいせい</small>	□ 一転 <small>いってん</small>	□ 目指す <small>め ざ</small>
□ 皮膚 <small>ひ ふ</small>	□ 防災 <small>ぼうさい</small>	□ シーズン	□ 慣れる <small>な</small>
□ 想像 <small>そうぞう</small>	□ 勘定 <small>かんじょう</small>	□ アピール	□ 解く <small>と</small>
□ 缶詰 <small>かんづめ</small>	□ 拒否 <small>きょひ</small>	□ むかつく	□ 恐れる <small>おそ</small>
□ 議論 <small>ぎ ろん</small>	□ 合図 <small>あい ず</small>	□ 述べる <small>の</small>	□ 保つ <small>たも</small>
□ 構造 <small>こう ぞう</small>	□ 行事 <small>ぎょう じ</small>	□ 縮む <small>ちぢ</small>	□ 相次ぐ <small>あい つ</small>
□ 改札口 <small>かいさつぐち</small>	□ 息抜き <small>いき ぬ</small>	□ 握る <small>にぎ</small>	□ 生じる <small>しょう</small>

01 きゅうじん
〇〇〇 **求人**
〇〇 徵人、求才

+ も もと
求める 尋求、要求
動

学校のWEBの求人情報が毎日更新されている。
學校網頁的徵人資訊每天都會更新。

求人：徵人、求才
救急：急救、搶救

---

02 みっぺい
〇〇〇 **密閉**
〇〇 密閉

+ かいへい
開閉 開關
動

密閉容器を使えばかなり長く持ちます。
如果使用密封容器，可以保存相當長的時間。

---

03 やま
〇〇 **山のふもと**
〇〇 山腳

山のふもとにあるペンションに泊まる予定だ。
打算住在位於山腳的民宿。

---

04 ひふ
〇〇 **皮膚**
〇〇 皮膚

≒ はだ
肌 肌膚

アレルギーによる皮膚のトラブルで苦しんでいる。
為了過敏引起皮膚問題所苦。

---

05 そうぞう
〇〇〇 **想像**
〇〇 想像、預期
動

想像できないくらいの暑さでみんな苦労している。
由於難以想像的酷熱，大家都很辛苦。

想像：想像、預期
印象：印象
象：大象

---

06 かんづめ
〇〇〇 **缶詰**
〇〇 罐頭

+ づめ
びん詰 瓶裝

缶詰を使ったゼリーのレシピを教えてくれた。
告訴我用罐頭製作果凍的食譜。

Day 04

07 ぎろん
○○○ **議論**
議論、爭辯

≒ ディベート
辯論（debate）
[動]

こういう問題はたくさんの議論が必要だ。
這類問題需要大量的討論。

議論：議論、爭辯
講義：課程

08 こうぞう
○○○ **構造**
構造

建物の構造を勝手に変更してはいけない。
不可以隨意變更建築物的構造。

構造：構造
講演：演說

09 かいさつぐち
○○○ **改札口**
驗票口

改札口付近で財布を落としてしまったらしい。
好像在驗票口附近掉了錢包。

10 ひがい
○○○ **被害**
受害、損失

この地域は地震で大きな被害を受けた。
這個區域因地震受到嚴重的損害。

11 げんしょう
○○○ **現象**
現象

エルニーニョ現象が起こると異常気象になるそうだ。
據說發生聖嬰現象，氣候就會變得異常。

12 かいせい
○○○ **改正**
修改

法律の一部を改正することに合意した。
同意修改一部分的法律。

＋ 改める 改變、修改
[動]

13 ぼうさい
○ **防災**
○
○ 防災

＋ さいがい
災害　災難

避難生活に必要な防災グッズを紹介します。

介紹避難生活必備的防災商品。

---

14 かんじょう
○ **勘定**
○
○ 計算、結帳
動

勘定を済ませて店を出た。

結帳後離開了店家。

• 定
じょう　勘定：計算、結帳
てい　　限定：限定

---

15 きょひ
○ **拒否**
○
○ 拒絶
動

迷惑メールの受信を拒否する方法を教えてください。

請教我拒絕接收垃圾信件的方法。

---

16 あいず
○ **合図**
○
○ 信號、暗號
動

「用意、ドン」という合図に合わせてみんな走り出した。

大家跟著「準備、碰」的信號起跑。

• 図
ず　地図：地圖
と　意図：意圖

---

17 ぎょうじ
○ **行事**
○
○ 儀式、活動

平成30年度の年間行事予定を公開した。

公開了平成30年度的全年預定活動。

• 行
ぎょう　行事：儀式、活動
こう　　行動：行動

---

18 いきぬき
○ **息抜き**
○
○ 喘口氣、休息

＋ いき
ため息　嘆氣
動

ちょっとした息抜きで仕事の効率が上がる。

工作效率會因為稍微喘口氣而提升。

19 けいき
○ **契機**
○
○ 契機

≒ きっかけ 契機

りょこう けいき せかい まな
旅行を契機に世界を学ぶことができる。

以旅行為契機，能夠學習全世界。

---

20 がんぼう
○ **願望**
○
○ 願望、心願

＋ 志願 志願、志向
[動]

わたし だいす かのじょ けっこんがんぼう
私の大好きな彼女には結婚願望がまったくない。

我最愛的女朋友完全沒有結婚的心願。

---

21 いってん
○ **一転**
○
○ 一變、突然轉變、
轉一圈
[動]

ひる あつ いってん よる きゅう さむ
昼の暑さから一転して夜は急に寒くなった。

有別於白天的炎熱，晚上突然變得寒冷。

22
○ **シーズン**
○
○ 季節（season）

あし けが こん やす
足を怪我して今シーズンは休むことになった。

因為腳受傷，本賽季要休息了。

23
○ **アピール**
○
○ 吸引、呼籲、展現
（appeal）
[動]

じぶん ちょうしょ ひと めんせつ う
自分の長所をうまくアピールした人が面接で受かる。

巧妙展現自己優點的人能通過面試。

24
○ **むかつく**
○
○ 生氣

へいき かれ み ほんとう
平気でうそをつく彼を見たら本当にむかつく。

看到若無其事說謊的他，真的非常生氣。

≒ 怒る 憤怒、生氣

25 の
○ **述べる**
○○ 陳述、說明

＋ き じゅつ
記述 記述

りょうこくかん　こうりゅう　ふか　　　　　　　　　　　　の
両国間の交流を深めていきたいと述べた。
陳述了希望加強兩國之間的交流。

---

26 ちぢ
○ **縮む**
○○ 収縮、縮短

＋ ちぢ
縮める 縮短、截短

ゆ　せんたく　　　　　　　ふく　ちぢ
お湯で洗濯をしたら服が縮んだ。
用熱水洗衣服後，衣服就縮水了。

---

27 にぎ
○ **握る**
○○ 掌握、握

＋ あくしゅ
握手 握手

みらい　　　　　　にぎ　　　　　　　　　　こ ども
未来のカギを握っているのはやはり子供たちだ。
掌握未來鑰匙的果然還是孩子們。

---

28 せま
○ **迫る**
○○ 迫近、臨近

し けん　あした　せま
センター試験が明日に迫っている。
大學入學中心考試的日期已經逼近到明天。

---

29 く
○ **悔やむ**
○○ 懊悔

＋ くや
悔しい 不甘心

か こ　　く
過去は悔やんでもしょうがないです。
即使懊悔過去也沒有意義。

---

30 め ざ
○ **目指す**
○○ 以……為目標

＋ もくひょう
目標 目標

しょうらい　えい ご きょう し　め ざ
将来は英語教師を目指している。
將來以成為英文老師為目標。

31
慣れる な
○○○
○ 習慣
＋ 習慣 習慣 しゅうかん

日本の生活に慣れてなくてちょっと困ってる。
にほん せいかつ な こま
不習慣日本的生活，有點困擾。

32
解く と
○○○
○ 解開

小学生でも解けるくらい簡単な問題だ。
しょうがくせい と かんたん もんだい
是小學生也能解開的簡單問題。

33
恐れる おそ
○○○
○ 恐懼
＋ 恐しい 可怕 おそろ

人間なら誰でも死を恐れる。
にんげん だれ し おそ
只要是人，無論是誰都會恐懼死亡。

34
保つ たも
○○○
○ 保持
＋ 維持 維持 いじ

人の体温は約37度に保たれている。
ひと たいおん やく ど たも
人的體溫保持在 37 度左右。

35
相次ぐ あいつ
○○○
○ 相繼發生

大雪でホテルの予約キャンセルが相次いでいる。
おおゆき よやく あいつ
由於大雪，旅館的取消預約的情況相繼發生。

36
生じる しょう
○○○
○ 生長、出現
≒ 発生する 發生 はっせい

パスワードが正しくないとログインエラーが生じる。
ただ しょう
如果密碼不正確，就會出現登入錯誤的情況。

1天1分鐘驗收

1 請在 a、b 當中選出相符的讀音。

1. 行事 （a. こうじ　　　b. ぎょうじ）

2. 願望 （a. がんぼう　　b. えんぼう）

3. 合図 （a. あいず　　　b. あいと）

2 請依據讀音在 a、b 當中選出相符的單字。

4. そうぞう 　　　　　（a. 想像　　　b. 想象）

5. ぎろん 　　　　　　（a. 義論　　　b. 議論）

6. こうぞう 　　　　　（a. 構造　　　b. 講造）

3 請從 a、b 當中選出最合適的詞。

7. 人の体温は約37度に（a. 保たれている　b. 守られている）。

8. ちょっとした（a. 息抜き　b. ため息）で仕事の効率が上がる。

9. センター試験が明日に（a. 攻めて　b. 迫って）いる。

答案 1ⓑ　2ⓐ　3ⓐ　4ⓐ　5ⓑ　6ⓐ　7ⓐ　8ⓐ　9ⓑ

Day

04 **05** 06

學習進度 ● 預習 → ● 熟讀 → ● 背誦 → ● 測驗

□ 分解 <small>ぶんかい</small>	□ 経由 <small>けいゆ</small>	□ 貿易 <small>ぼうえき</small>	□ 異なる <small>こと</small>
□ 展開 <small>てんかい</small>	□ 副作用 <small>ふくさよう</small>	□ 収納 <small>しゅうのう</small>	□ 伴う <small>ともな</small>
□ 保証 <small>ほしょう</small>	□ 催し <small>もよお</small>	□ 用心 <small>ようじん</small>	□ 買い占める <small>か し</small>
□ 針 <small>はり</small>	□ 距離 <small>きょり</small>	□ メリット	□ ささやく
□ 要求 <small>ようきゅう</small>	□ 確保 <small>かくほ</small>	□ レンタル	□ 積む <small>つ</small>
□ 礼儀 <small>れいぎ</small>	□ 名所 <small>めいしょ</small>	□ 受け入れる <small>う い</small>	□ 痛む <small>いた</small>
□ 観察 <small>かんさつ</small>	□ 訂正 <small>ていせい</small>	□ 甘やかす <small>あま</small>	□ 収める <small>おさ</small>
□ 戦争 <small>せんそう</small>	□ 批評 <small>ひひょう</small>	□ 絞る <small>しぼ</small>	□ 除く <small>のぞ</small>
□ 領収書 <small>りょうしゅうしょ</small>	□ 継続 <small>けいぞく</small>	□ 養う <small>やしな</small>	□ 沈む <small>しず</small>

01 ぶんかい
○ **分解**
○○ 分解
[動]

しぜんぶんかい かみ つか
自然分解できる紙のストローを使うことにした。
決定使用能夠自然分解的紙吸管。

02 てんかい
○ **展開**
○○ 展開、展現
[動]

かいがい し じょう てんかい よ てい
海外市場にサービスを展開していく予定だ。
計劃在海外市場展開服務。

03 ほ しょう
○ **保証**
○○ 保證
ほ しょう
+ 保障 保障
[動]

か ねんかん ほ しょう
プラスケアを買うと5年間の保証がつきます。
若購買 PlusCare，會附帶 5 年保固。

ほ しょう ほ しょう
保証：指承擔責任並證明。保障：指保護免於受到損害。
ほ しょうにん あんぜん ほ しょう
保証人：保證人 / 安全保障：安全保障

04 はり
○ **針**
○○ 針

かた はり う
肩こりがひどくて針を打ってもらった。
因為肩膀痠痛很嚴重，請人為我打針。

05 ようきゅう
○ **要求**
○○ 要求
[動]

じょう し ようきゅう ぜん ぶ う い
上司の要求でも全部受け入れるわけにはいかない。
即使是上司的要求，也不該全部接受。

06 れい ぎ
○ **礼儀**
○○ 禮儀
れい ぎ ただ
+ 礼儀正しい 彬彬有禮

れいぎ し わかもの
礼儀やマナーを知らない若者もいる。
也是有不知禮儀與常規的年輕人。

れい ぎ
礼儀：禮儀
かい ぎ
会議：會議

07 かんさつ
○ **観察**
○
○ 観察

+ かんこう
観光 觀光
動

ひょうじょう かんさつ なに い わ
表情をよく観察すると何が言いたいのかが分かる。
若仔細觀察表情，就會知道想說什麼話。

かんさつ
観察：觀察
かんげい
歓迎：歡迎

08 せんそう
○ **戦争**
○
○ 戦争

+ たたか
戦う 戰鬥
動

に ど せんそう お ほ
もう二度と戦争なんか起きて欲しくない。
不希望再度發生戰爭。

09 りょうしゅうしょ
○ **領収書**
○
○ 収據、發票

ちゅうしゃりょうきん せいさん とき りょうしゅうしょ ていじ ひつよう
駐車料金を精算する時、領収書の提示が必要だ。
結算停車費時，必須提出收據。

10 けい ゆ
○ **経由**
○
○ 經由、通過
動

けい ゆ はんばい
アマゾンを経由して販売しています。
經由亞馬遜販售。

• 由
ゆ けい ゆ
経由：經由、通過
ゆう じ ゆう
自由：自由

11 ふく さ よう
○ **副作用**
○
○ 副作用

+ ふくしゃちょう
副社長 副社長

くすり ふく さ よう かなら かくにん
薬の副作用は必ず確認しましょう。
一定要確認藥物的副作用。

12 もよお
○ **催し**
○
○ 籌畫、活動

+ もよお
催す 舉辦、主辦

なつ ちゅうもく もよお
夏の注目イベント・催しをまとめてみた。
試著整理了夏天眾所矚目的儀式與活動。

13 きょり
○
○ **距離**
○ 距離

地球から月までの距離はどれくらいですか。

從地球到月球的距離有多遠呢？

きょり
距離：距離
きょひ
拒否：拒絕

---

14 かくほ
○
○ **確保**
○ 確保

＋ かくにん
確認 確認
動

いそが　　　　すいみんじかん　かくほ　　ほう
忙しくても睡眠時間を確保した方がいい。

即使再忙碌，也要確保睡眠時間比較好。

---

15 めいしょ
○
○ **名所**
○ 名勝

いちどい　　　　　　さくら　めいしょ　　しょうかい
一度は行ってみたい桜の名所をご紹介します。

為您介紹渴望造訪一次的櫻花名勝。

• 所
しょ 名所：名勝
めいしょ
じょ 近所：附近
きんじょ

---

16 ていせい
○
○ **訂正**
○ 修訂、修正

＋ かいてい
改訂 修訂
動

ひょうじ　ないよう　　あやま　　　　　　　ていせい
表示内容に誤りがあって訂正しました。

標示內容有誤，因此修正了。

---

17 ひひょう
○
○ **批評**
○ 批評

＋ ひはん
批判 批評、評論
動

さくひん　　きゃっかんてき　　ひひょう　　　　　むずか
ある作品を客観的に批評するのは難しい。

要客觀評論一件作品是很困難的。

---

18 けいぞく
○
○ **継続**
○ 繼續
動

こども　う　　　　　しごと　けいぞく
子供を産んでも仕事は継続していくつもりです。

即使生了小孩也打算繼續工作。

19 ぼうえき
○
○ 貿易
○ 貿易
[動]

おおて ぼうえきがいしゃ ながねんはたら けいけん
大手貿易会社で長年働いた経験があります。
有在大型貿易公司工作多年的經驗。

• 易
えき　貿易：貿易
い　　安易：容易

20 しゅうのう
○
○ 収納
○ 収納

＋ のうひん
納品 交貨、交付
[動]

しゅうのう　　　　おお　べんり
このかばんは収納スペースが多くて便利だ。
這個包包的收納空間很多，很方便。

21 ようじん
○
○ 用心
○ 留意、小心

≒ ちゅうい
注意 注意
[動]

ひ　ようじん　よ
「火の用心」を呼びかけるキャンペーンをやっている。
正在舉行呼籲「小心用火」的宣傳活動。

• 心
じん　用心：留意、小心
しん　心理：心理

22
○
○ メリット
○ 好處、優點（merit）

≒ デメリット
缺點（demerit）

きん
筋トレにはたくさんのメリットがあります。
肌肉訓練有許多好處。

23
○
○ レンタル
○ 租借、出租（rental）

＋ かり
借る 借入
[動]

かんこく　　　　　　　　　　み
韓国ドラマのDVDをレンタルして見ている。
租韓劇的 DVD 來看。

24 う　い
○
○ 受け入れる
○ 接受、接納

じぶん　　う　い
ありのままの自分を受け入れることにした。
決定要接受原本的自己。

25 <ruby>甘<rt>あま</rt></ruby>やかす
○○○
○○
驕縱、溺愛

<ruby>子供<rt>こども</rt></ruby>を<ruby>甘<rt>あま</rt></ruby>やかすから、わがままな<ruby>子<rt>こ</rt></ruby>になるのだ。

因為溺愛小孩,孩子才會變得任性。

---

26 <ruby>絞<rt>しぼ</rt></ruby>る
○○○
○
縮小

<ruby>捜査<rt>そうさ</rt></ruby>の<ruby>範囲<rt>はんい</rt></ruby>を<ruby>絞<rt>しぼ</rt></ruby>ることができた。

能夠縮小搜查範圍了。

---

27 <ruby>養<rt>やしな</rt></ruby>う
○○○
○
養成

「<ruby>自分<rt>じぶん</rt></ruby>で<ruby>考<rt>かんが</rt></ruby>える<ruby>力<rt>ちから</rt></ruby>」を<ruby>養<rt>やしな</rt></ruby>うべきだ。

應該要養成「自己思考的能力」。

---

28 <ruby>異<rt>こと</rt></ruby>なる
○○○
○○
不同

<ruby>自分<rt>じぶん</rt></ruby>と<ruby>異<rt>こと</rt></ruby>なる<ruby>意見<rt>いけん</rt></ruby>にも<ruby>耳<rt>みみ</rt></ruby>を<ruby>傾<rt>かたむ</rt></ruby>けるべきだ。

也應該傾聽與自己不同的意見。

≒ <ruby>違<rt>ちが</rt></ruby>う 不同、錯誤

---

29 <ruby>伴<rt>ともな</rt></ruby>う
○○○
○
伴隨

<ruby>強風<rt>きょうふう</rt></ruby>を<ruby>伴<rt>ともな</rt></ruby>う<ruby>大雨<rt>おおあめ</rt></ruby>で<ruby>大<rt>おお</rt></ruby>きな<ruby>被害<rt>ひがい</rt></ruby>が<ruby>出<rt>で</rt></ruby>た。

因伴隨強風的大雨,出現了嚴重的災害。

<ruby>伴<rt>ともな</rt></ruby>う:伴隨
<ruby>従<rt>したが</rt></ruby>う:跟隨、遵從

---

30 <ruby>買<rt>か</rt></ruby>い<ruby>占<rt>し</rt></ruby>める
○○○
○○
買斷

<ruby>記念<rt>きねん</rt></ruby>グッズを<ruby>買<rt>か</rt></ruby>い<ruby>占<rt>し</rt></ruby>めて<ruby>転売<rt>てんばい</rt></ruby>する<ruby>人<rt>ひと</rt></ruby>がいる。

有買斷紀念品再轉賣的人。

31
ささやく
嗝嗝細語、耳語

ささやくように話す声が優しく聞こえる。
以喃喃細語的方式來說話的聲音聽起來很溫柔。

32
つ
積む
累積

⇌ かさ
重ねる 重疊、積累

安定した環境でスキルを積むことができる所だ。
是個環境安穩，能夠累積技能的場所。

33 いた
痛む
破損、損壞

かみ いた
髪が痛んでいるから、パーマはかけない方がいい。
因為髮質已經受損，還是不要燙頭髮比較好。

34 おさ
収める
取得、獲得

おさ
＋ 納める 繳納

た ま どりょく せいこう おさ
絶え間ない努力で成功を収めた。
透過不間斷的努力獲得了成功。

おさ
収める：取得、獲得
おさ
納める：繳納

35 のぞ
除く
除了、去除

しゅうまつ のぞ じかんえいぎょう
週末を除いては24時間営業いたします。
除了週末以外，24小時營業。

36 しず
沈む
沈沒、下沉

しず たいよう み むな
ゆっくりと沈む太陽を見ていると空しくなる。
看著緩慢下沉的太陽，內心逐漸變得空虛。

1天1分鐘驗收

1 請在 a、b 當中選出相符的讀音。

1. 経由 　　　(a. けいゆ 　　　　b. けいゆう)

2. 用心 　　　(a. ようしん 　　　b. ようじん)

3. 副作用 　(a. ふくさよう 　　b. ふさよう)

2 請依據讀音在 a、b 當中選出相符的單字。

4. れいぎ 　　　　(a. 礼儀 　　　b. 礼議)

5. ほしょう 　　　(a. 保障 　　　b. 保証)

6. きょり 　　　　(a. 拒離 　　　b. 距離)

3 請從 a、b 當中選出最合適的詞。

7. ありのままの自分を(a. 受け持つ 　b. 受け入れる)ことにした。

8. 絶え間ない努力で成功を(a. 収めた 　b. 納めた)。

9. 週末を(a. 除いては 　b. 削っては)24時間営業いたします。

答案 1 ⓐ 2 ⓑ 3 ⓐ 4 ⓐ 5 ⓑ 6 ⓑ 7 ⓑ 8 ⓐ 9 ⓐ

MP3 01-06

Day
05 **06** 07

 ● 預習 → ● 熟讀 → ● 背誦 → ● 測驗

□ 相互 そう ご	□ 損害 そんがい	□ 返却 へんきゃく	□ 恵む めぐ
□ 姿勢 し せい	□ 隅 すみ	□ 在籍 ざいせき	□ 誘う さそ
□ 衝突 しょうとつ	□ 間際 ま ぎわ	□ 平等 びょうどう	□ うつむく
□ 文句 もん く	□ 格好 かっこう	□ デザイン	□ 守る まも
□ 頂上 ちょうじょう	□ 規模 き ぼ	□ パンク	□ 励む はげ
□ 節約 せつやく	□ 肩 かた	□ 散らかる ち	□ 効く き
□ 勧誘 かんゆう	□ 引退 いんたい	□ 凍る こお	□ 占める し
□ 拡充 かくじゅう	□ 反省 はんせい	□ 従う したが	□ 減る へ
□ 圧勝 あっしょう	□ 逃亡 とうぼう	□ 思いつく おも	□ 叶う かな

01 そう ご
○
○○ **相互**
相互、交替

+ こう ご
交互　互相、交替

薬と食べ物の相互作用について徹底的に調べてみる。

試著徹底調查藥物與食物之間的相互作用。

02 し せい
○
○○ **姿勢**
態度

「やればできる」という姿勢で取り組んでほしい。

希望你能用「只要去做就能做到」的態度努力。

03 しょうとつ
○
○○ **衝突**
相撞、衝突

+ ぶつかる　碰撞
[動]

相手チームの選手と衝突して、けがをした。

與對方隊伍的選手相撞後，受傷了。

しょうとつ
衝突：相撞、衝突
きんこう
均衡：均衡

04 もん く
○
○○ **文句**
牢騷、抱怨

≒ ふ まん
不満　不滿

頑張っているのに文句を言われて落ち込んでいる。

明明很努力卻被人抱怨，因而感到沮喪。

• 文
もん　文句：牢騷、抱怨
ぶん　文章：文章

05 ちょうじょう
○
○○ **頂上**
頂峰、山頂

+ ちょうてん
頂点　頂點

天気が悪かったため、山の頂上までは登れなかった。

由於天氣惡劣，無法登上山頂。

06 せつやく
○
○○ **節約**
節約
[動]

電気の節約にご協力いただき、ありがとうございます。

感謝您協助節約用電。

せつやく
節約：節約
きんにく
筋肉：肌肉

07
かんゆう
勧誘
○○○ 勧說、推銷
○

＋ ゆうどう
誘導 誘導
[動]

さいきん
最近、しつこい勧誘電話が増えた気がする。
かんゆうでんわ ふ き
感覺最近煩人的推銷電話變多了。

かんゆう
勧誘：勧說、推銷
かんこう
観光：觀光

08
かくじゅう
拡充
○○○ 擴大
○
[動]

そうり ほいくしせつ かくじゅう やくそく
総理は保育施設の拡充を約束した。
總理承諾會擴大保育機構。

かくじゅう
拡充：擴大
こうこく
広告：廣告

09
あっしょう
圧勝
○○○ 大勝
○
[動]

だいとうりょうせんきょ やとう あっしょう お
大統領選挙は野党の圧勝に終わりました。
總統大選以在野黨的大勝告終。

10
そんがい
損害
○○○ 損失、損害
○

まん いち そんがいほけん かにゅう
万が一のために損害保険に加入しましょう。
為了預防萬一，還是購買損害保險吧。

11
すみ
隅
○○○ 角落
○

≒ おく
奥 深處

へや すみ ゆかた したぎるい お
部屋の隅に浴衣、下着類が置かれていた。
房間的角落放著浴衣與內衣等衣物。

12
まぎわ
間際
○○○ 正要……的時候
○

＋ まどぎわ
窓際 窗邊

しゅっぱつ まぎわ ま けっきょくかれ こ
出発間際まで待っていたが、結局彼は来なかった。
一直等到正要出發的時候，但最終他還是沒來。

13
○○○
格好 かっこう
様子、打扮

格好をつける男って意外とかわいくない？

不覺得擺樣子的男生意外地很可愛嗎？

14
○○
規模 き ぼ
規模

日本で一番規模の大きい花火大会だ。

是日本規模最大的煙火大會。

規模：規模
砂漠：沙漠

15
○○
肩 かた
肩膀

＋ 肩こり 肩膀痠痛 かた

肩を広げるストレッチをたくさんやっている。

做了很多伸展肩膀的體操。

16
○○○
引退 いんたい
引退、退休
動

あの選手は今試合を限りに引退するそうだ。

那位選手聽說在這場比賽之後就要退休。

17
○○○
反省 はんせい
反省
動

一日を反省するという意味で毎日日記を書いている。

為了反省每一天而每天寫日記。

18
○○○
逃亡 とうぼう
逃亡
動

長い逃亡生活の末、警察に捕まった。

長期逃亡生活的最終，還是被警察逮捕了。

逃亡：逃亡
挑戦：挑戰

19 へんきゃく
〇〇〇 **返却**
歸還
動

休館日にはブックポストに返却してください。

休館日請將書本歸還到還書口。

へんきゃく
返却：歸還
きゃくほん
脚本：腳本

---

20 ざいせき
〇〇〇 **在籍**
在籍
＋ こくせき
国籍 國籍
動

２００人ぐらいの留学生が在籍しています。

大約有 200 名留學生在籍。

---

21 びょうどう
〇〇〇 **平等**
平等
≒ こうへい
公平 公平
ナ

世界各地で男女平等を訴えるイベントが開催された。

在世界各地舉辦了呼籲男女平等的活動。

• 平
びょう 平等：平等
へい 平均：平均

22
〇〇〇 **デザイン**
設計（design）
動

このブランドはデザインもよく値段も手頃で大人気だ。

這個品牌設計好，價格又實惠，非常受歡迎。

23
〇〇〇 **パンク**
破裂、爆胎
（puncture）
動

タイヤがパンクしちゃって立ち往生している。

輪胎爆胎了，進退兩難。

---

24 ち
〇〇 **散らかる**
凌亂

部屋が散らかっていてとても汚い。

房間凌亂，非常骯髒。

---

25 こお
○ **凍る**
○○ 結冰

＋ 冷凍 冷凍
↔ 溶く 融化

いた　　　　　　さむ　　みずうみ　こお
痛いくらいの寒さで湖まで凍ってしまった。
冷到令人生疼，連湖水都結冰了。

---

26 したが
○ **従う**
○○ 服從

じょうし　めいれい　　　　　　したが
上司の命令なので、従わなければならない。
因為是上司的命令，所以不服從不行。

---

27 おも
○ **思いつく**
○○ 想到

なに　おも　　　　　　　こうどう　うつ
何か思いついたらすぐ行動に移してみよう。
想到什麼的話，就試著馬上行動吧。

おも
思いつく：想到新的點子。
おも　だ
思い出す：想起過去發生的事情。

---

28 めぐ
○○ **恵む**
○○ 施恩惠、救濟

おんけい
＋ 恩恵 恩惠

いなか　しぜん　めぐ　　　　しあわ　ひととき　おく
田舎で自然に恵まれて幸せな一時を送っている。
在鄉下享受大自然的恩賜，度過了一段幸福的時光。

---

29 さそ
○ **誘う**
○○ 邀請

かれ　　　　　　　　　　さそ　　　　　い
彼にパーティーに誘われたけど、行けそうにない。
雖然被他邀請去參加派對，但我可能去不了。

30
○ **うつむく**
○○ 低頭

こた　　　　　しつれい
うつむいたまま答えるのは失礼だ。
低著頭回答很失禮。

31 守る まも
遵守、保護

+ 見守る みまも 注視、照料

やると約束した以上は守るべきだ。
やくそく　いじょう　まも

既然承諾了要做，就應該遵守承諾。

---

32 励む はげ
努力

夏の野球大会に向けて練習に励んでいる。
なつ　や きゅうたいかい　む　れんしゅう　はげ

為了夏天的棒球大會努力練習。

---

33 効く き
有効

この薬は頭痛によく効きます。
くすり　ず つう　き

這個藥對於頭痛非常有效。

効く：產生效果。
き
利く：起作用、發揮原有功能，例如「保険が利く（保險生效）」、
き　　　　　　　　　　　ほ けん　き
「気が利く（機靈）」。
き　き

---

34 占める し
占據、占有

+ 占有 せんゆう 據為己有

国土の70%を山が占めている。
こく ど　　　　　　やま　し

山地的比例占國土的70%。

• 占
しめる　　占める：占據、占有
し
うらなう　占う：占卜
うらな

---

35 減る へ
減少

+ 減す へら 縮減
↔ 増る ふえ 增加

子供の数が減って社会問題になっている。
こ ども　かず　へ　しゃかいもんだい

兒童的數量減少已經成為社會問題。

---

36 叶う かな
實現

子供の夢が叶うように支えていきたい。
こ ども　ゆめ　かな　　　　　ささ

希望能夠支持孩子實現夢想。

1天1分鐘驗收

1 請在 a、b 當中選出相符的讀音。

1. 返却 （a. へんきゃく　　b. はんきゃく）

2. 平等 （a. へいとう　　　b. びょうどう）

3. 反省 （a. はんせい　　　b. はんしょう）

2 請依據讀音在 a、b 當中選出相符的單字。

4. とうぼう　　　　　（a. 逃亡　　　b. 挑亡）

5. かんゆう　　　　　（a. 勧誘　　　b. 観誘）

6. かくじゅう　　　　（a. 拡充　　　b. 拡忠）

3 請從 a、b 當中選出最合適的詞。

7. 何（なに）か（a. 思いついたら　b. 思い込んだら）すぐ行動（こうどう）に移（うつ）してみよう。

8. 田舎（いなか）で自然（しぜん）に（a. 恵まれて　b. 巡られて）幸（しあわ）せな一時（ひととき）を送（おく）っている。

9. この薬（くすり）は頭痛（ずつう）によく（a. 利きます　b. 効きます）。

答案 1 ⓐ　2 ⓑ　3 ⓐ　4 ⓐ　5 ⓐ　6 ⓐ　7 ⓐ　8 ⓐ　9 ⓑ

MP3 01-07

Day

06 **07** 08

學習進度 ○ 預習 → ○ 熟讀 → ○ 背誦 → ○ 測驗

□ 利益 り えき	□ 爆発 ばくはつ	□ 汚染 お せん	□ 足す た
□ 諸国 しょこく	□ 機嫌 き げん	□ 世紀 せい き	□ 立ち去る た さ
□ 首脳 しゅのう	□ 欧米 おうべい	□ 貯蔵 ちょぞう	□ 争う あらそ
□ 技術 ぎ じゅつ	□ 矛盾 む じゅん	□ ブーム	□ 掘る ほ
□ 水滴 すいてき	□ 廃止 はい し	□ テンポ	□ 繰り返す く かえ
□ 都合 つ ごう	□ 補足 ほ そく	□ 務める つと	□ 積み重なる つ かさ
□ 限定 げんてい	□ 上昇 じょうしょう	□ 驚く おどろ	□ 敗れる やぶ
□ 交代 こうたい	□ 愚痴 ぐ ち	□ 抑える おさ	□ 競う きそ
□ 世間 せ けん	□ 抵抗 ていこう	□ つぶす	□ 省く はぶ

01 りえき
○ **利益**
○○ 利益
≒ しゅうえき
収益 收益

小さなアイディアでたくさんの利益をあげた。
靠小小的創意獲得了巨大的利益。

02 しょこく
○ **諸国**
○○ 諸國、各國
＋ しょとう
諸島 諸島

アフリカ諸国の独立により、いろんな変化が起きた。
由於非洲各國的獨立，引發了各種變化。

しょこく
諸国：諸國、各國
ないしょ
内緒：保密

03 しゅのう
○ **首脳**
○○ 首腦、領袖

プサンでG7の首脳会談が行われた。
在釜山進行 G7 領袖會議（高峰會）。

しゅのう
首脳：首腦、領袖
くのう
苦悩：苦惱

04 ぎじゅつ
○ **技術**
○○ 技術

すでにいろんなところでAI技術が利用されている。
已經在許多地方應用 AI 技術。

05 すいてき
○ **水滴**
○○ 水滴

洗濯物から水滴が落ちている。
水滴從洗好的衣服上滴落。

すいてき
水滴：水滴
てきしゅつ
摘出：取出

06 つごう
○ **都合**
○○ 情況

都合のいい時でいいから、連絡お願いします。
情況方便的時候，請跟我聯絡。

・都
つ　都合：情況
と　都市：都市

07 げんてい
限定
限定

+ 限る　限定
かぎ
動

がつ　はい　　　　　　　なつげんてい　しょうひん　　　　　　　　　　はつばい
7月に入って、夏限定の商品がたくさん発売された。

進入七月後，發售了許多夏天限定的商品。

げんてい
限定：限定
こんきょ
根拠：根據

---

08 こうたい
交代
交替、替換
動

ぶ　たい　　しゅじんこう　こうたい　　き
この舞台は主人公の交代が決まった。

這個舞台劇已確定要更換主角。

• 代
　たい　　交代：交替、替換
　　　　こうたい
　だい　　代理：代理
　　　　だいり

---

09 せ　けん
世間
世間、世人

+ 世間話　閒話、聊天
せけんばなし

せけん　し　　　　　　　こま　　　　　ないしょ
世間に知られたら困るから、内緒にしてくれる？

如果被世人知曉會很麻煩，能不能請你保密？

---

10 ばくはつ
爆発
爆發
動

か　ざん　ばくはつ　　　　おお　　ひと　ひ　なん
火山が爆発して、多くの人が避難しています。

火山爆發，許多人去避難了。

ばくはつ
爆発：爆發
ぼうこう
暴行：暴行

---

11 き　げん
機嫌
心情

しゃちょう　き　げん　わる　　　　　はなし　　　　　ほう
社長の機嫌が悪いから、話かけない方がいい。

社長心情不好，所以不要跟他搭話比較好。

---

12 おうべい
欧米
歐美

+ 西欧　西歐
せいおう

ち　いき　おうべい　　き　ひとびと　　　　す
この地域は欧米から来た人々もたくさん住んでいる。

這個地區也住著很多來自歐美的人。

• 米
　べい　　欧米：歐美
　　　　おうべい
　まい　　新米：新人
　　　　しんまい

13 む じゅん
矛盾
○○○
矛盾
動

じ ぶん　しゅちょう　む じゅん　　　　　　　　き づ
自分の主張が矛盾していることに気付かなかった。

沒有察覺到自己的主張有所矛盾。

む じゅん
矛盾：矛盾
よ やく
予約：預約

---

14 はい し
廃止
○○○
廃止、廢除

はい き
＋ 廃棄 廢除
動

だんたい　　し けいせい ど　　はい し　　ようきゅう
この団体は死刑制度の廃止を要求している。

這個團體要求廢除死刑制度。

---

15 ほ そく
補足
○○○
補足、補充

ほ じゅう
≒ 補充 補充
動

せんせい　ろんぶん　　ほ そく　　つ　　くわ
先生が論文に補足を付け加えてくださいました。

老師幫我在論文添加補充。

ほ そく
補足：指在論文等文件中對某些說明進行補充。
ほ じゅう
補充：指在某些地方內容不足或不完整時進行填補。
ほ じゅう
エネルギーを補充する：補充能量

---

16 じょうしょう
上昇
○○○
上升

のぼ
＋ 昇る 上升
動

おんだん か　　ち きゅう　へいきん き おん　　じょうしょう
温暖化で地球の平均気温が上昇している。

由於全球暖化，地球的平均氣溫正在上升。

---

17 ぐ ち
愚痴
○○○
抱怨

もん く
≒ 文句 牢騷、抱怨

かのじょ　なに　　　　　ぐ ち　　　　　ともだち
彼女は何もかも愚痴をこぼすから、友達がいない。

因為她總是抱怨一切事情，所以沒有朋友。

---

18 ていこう
抵抗
○○○
抗拒、排斥
動

あい て　えら　　い　　かた　ていこう　かん
相手の偉そうな言い方に抵抗を感じた。

對於對方一副了不起的說話方式感到排斥。

19　おせん
○
○○　**汚染**
○
　　汚染

＋　せんしょく
　　染色　上色
　　動

川の汚染がひどくなって、水道の水としては使えない。

河川的汙染嚴重，無法當自來水使用。

20　せいき
○
○○　**世紀**
○
　　世紀、年代

「世紀の対決」と呼ばれる試合をモチーフにした作品だ。

這是以被稱為「世紀對決」的比賽為主題的作品。

・世
せい　世紀：世紀、年代
せ　　世界：世界

21　ちょぞう
○
○○　**貯蔵**
○
　　儲藏

＋　た
　　貯める　累積、儲蓄
　　動

大量の食料品を貯蔵する施設が必要だ。

需要有儲藏大量食品的設施。

22
○
○○　**ブーム**
○
　　風行、熱潮（boom）

≒　りゅうこう
　　流行　流行

最近、韓国料理がブームになっています。

最近，韓國料理相當風行。

23
○
○○　**テンポ**
○
　　拍子（tempo）

≒　はや
　　速さ　快慢、速度

テンポが早すぎるから、ゆっくり歌ってみよう。

拍子太快了，試著唱慢一點吧。

24　つと
○
○○　**務める**
○
　　擔任……職務

この作品で主役を務めさせていただいています。

讓我在這部作品中擔任主角。

つと
務める：擔任某種角色或職務
つと
勤める：從事某種職業
つと
努める：努力

25
○
○○
○
驚く
<ruby>驚<rt>おどろ</rt></ruby>く

驚嚇

≒ びっくりする 驚嚇

<ruby>外<rt>そと</rt></ruby>から<ruby>大<rt>おお</rt></ruby>きな<ruby>音<rt>おと</rt></ruby>がしてみんな<ruby>驚<rt>おどろ</rt></ruby>いた。

從外面傳來巨大的聲響，大家都嚇到了。

26
○
○○
○
<ruby>抑<rt>おさ</rt></ruby>える

抑制

≒ <ruby>押<rt>お</rt></ruby>さえる 按住、掌握

<ruby>歯<rt>は</rt></ruby><ruby>磨<rt>みが</rt></ruby>きには<ruby>食欲<rt>しょくよく</rt></ruby>を<ruby>抑<rt>おさ</rt></ruby>える<ruby>効果<rt>こうか</rt></ruby>があるそうだ。

據說刷牙有抑制食慾的效果。

<ruby>抑<rt>おさ</rt></ruby>える：表示抑制情感、心情或力量等意思。
<ruby>押<rt>お</rt></ruby>さえる：表示從外部施加物理力量或壓力。

27
○
○○
○
つぶす

弄碎、損壞

＋ つぶれる 壓壞

ワールドカップでベスト16に<ruby>進<rt>すす</rt></ruby>めなくて<ruby>顔<rt>かお</rt></ruby>をつぶした。

世界盃無法進入 16 強，丟了面子。

28
○
○○
○
<ruby>足<rt>た</rt></ruby>す

加

↔ <ruby>引<rt>ひ</rt></ruby>く 減

1から10まで<ruby>足<rt>た</rt></ruby>すと55になる。

從 1 加到 10 等於 55。

29
○
○○
○
<ruby>立<rt>た</rt></ruby>ち<ruby>去<rt>さ</rt></ruby>る

離去

おいおい<ruby>泣<rt>な</rt></ruby>きながら、その<ruby>場<rt>ば</rt></ruby>を<ruby>立<rt>た</rt></ruby>ち<ruby>去<rt>さ</rt></ruby>りました。

一邊哇哇大哭，一邊離開這個地方。

30
○
○○
○
<ruby>争<rt>あらそ</rt></ruby>う

爭執、競爭

<ruby>労働<rt>ろうどう</rt></ruby>トラブルで<ruby>会社側<rt>かいしゃがわ</rt></ruby>と<ruby>争<rt>あらそ</rt></ruby>っている。

因為勞資糾紛，正與公司爭執。

31
○
○
○
ほ
掘る
挖掘

へん　　　　　ほ　　　　おんせん　で
この辺はどこを掘っても温泉が出てくる。

這附近隨便挖都會湧出溫泉。

32
○
○
○
く　　かえ
繰り返す
重複

おな　　　　　　なんかい　く　　かえ　　はなし
同じことを何回も繰り返して話させないでよ。

請不要讓我一遍又一遍重複說同樣的事情。

33
○
○
○
つ　　かさ
積み重なる
堆積

ちい　　　　　　　つ　　かさ　　　おお　　じこ
小さなミスが積み重なって大きな事故につながる。

微小的失誤累積後會導致重大事故。

34
○
○
○
やぶ
敗れる
敗北

≒ 負ける 輸
　　ま

けっしょうせん　　　　　　やぶ　　お
決勝戦で3-2で敗れて、惜しかった。

決賽以3比2敗北了，好可惜。

35
○
○
○
きそ
競う
競爭、爭奪

≒ 争う 鬥爭
　　あらそ

せかい　　こうこうせい　　　　　　　　　　ぎじゅつ　きそ　　たいかい
世界の高校生がロボットの技術を競う大会だ。

這是世界各地的高中生競爭機器人技術的大賽。

きそ
競う：在某種競賽中比拚實力的意思。
あらそ
争う：因某個問題爭吵或鬥爭的意思。

36
○
○
○
はぶ
省く
節省、省略

＋ 省略 省略
　　しょうりゃく

かたくる　　　　　　　　　　　　　はぶ
堅苦しいあいさつは省きましょう。

省略死板的問候吧。

1天1分鐘驗收

① 請在 a、b 當中選出相符的讀音。

1. 世紀　(a. せいき　　b. せき)

2. 欧米　(a. こうまい　　b. おうべい)

3. 矛盾　(a. もじゅん　　b. むじゅん)

② 請依據讀音在 a、b 當中選出相符的單字。

4. しゅのう　　　　(a. 首脳　　b. 首悩)

5. げんてい　　　　(a. 限定　　b. 根定)

6. ばくはつ　　　　(a. 暴発　　b. 爆発)

③ 請從 a、b 當中選出最合適的詞。

7. 歯磨きには食欲を(a. 抑える　b. 押す)効果があるそうだ。

8. 先生が論文に(a. 補充　b. 補足)を付け加えてくださいました。

9. 社長の(a. 気持ち　b. 機嫌)が悪いから、話をかけない方がいい。

答案 1 ⓐ　2 ⓑ　3 ⓑ　4 ⓐ　5 ⓐ　6 ⓑ　7 ⓐ　8 ⓑ　9 ⓑ

Day

07 **08** 09

學習進度 ● 預習 → ● 熟讀 → ● 背誦 → ● 測驗

□ 順調だ _{じゅんちょう}	□ 独特だ _{どくとく}	□ わずかだ	□ 乏しい _{とぼ}
□ 勝手だ _{かって}	□ 貴重だ _{きちょう}	□ 積極的だ _{せっきょくてき}	□ 詳しい _{くわ}
□ 豊かだ _{ゆた}	□ 柔軟だ _{じゅうなん}	□ 有効だ _{ゆうこう}	□ 快い _{こころよ}
□ 妥当だ _{だとう}	□ 面倒だ _{めんどう}	□ 急速だ _{きゅうそく}	□ 賢い _{かしこ}
□ 鮮やかだ _{あざ}	□ 真剣だ _{しんけん}	□ ルーズだ	□ 涼しい _{すず}
□ 夢中だ _{むちゅう}	□ 大げさだ _{おお}	□ 幼い _{おさな}	□ ふさわしい
□ 安易だ _{あんい}	□ 温暖だ _{おんだん}	□ 珍しい _{めずら}	□ やかましい
□ 正直だ _{しょうじき}	□ 深刻だ _{しんこく}	□ 鋭い _{するど}	□ 怖い _{こわ}
□ でたらめだ	□ 明らかだ _{あき}	□ やむを得ない _え	□ そそっかしい

01
○ じゅんちょう
○ **順調だ**
○ 順利

+ じゅんばん
　順番 順序

けいかくどお　じゅんちょう　すす
このプロジェクトは計画通り順調に進んでいる。
這個專案順利地按照計畫進行。

02
○ かって
○ **勝手だ**
○ 隨便、任意

≒ わがままだ 任性
[名]

ひと　はなし　き　　　　　かって
人の話を聞かないなら、勝手にしなさい。
如果不聽別人講的話，就隨你便吧。

03
○ ゆた
○ **豊かだ**
○ 富足

≒ ほうふ
　豊富だ 豐富

こころゆた　　　　　　　　　　く　　　　めざ
心豊かでシンプルな暮らしを目指している。
以心靈富足且簡單的生活為目標。

04
○ だ とう
○ **妥当だ**
○ 妥當

+ だきょう
　妥協 妥協
[名] [動]

じぶん　しゅちょう　だ とう　　　　　　　かんが
自分の主張が妥当かどうかゆっくり考えてみる。
試著慢慢思考一下自己的主張是否妥當。

05
○ あざ
○ **鮮やかだ**
○ 鮮明

≒ せんめい
　鮮明だ 鮮明

あざ　　　いろ　　　　　　　　　　　　すてき　ふく
鮮やかな色とユニークなデザインが素敵な服だ。
這是有著鮮明顏色與獨特設計的漂亮衣服。

06
○ む ちゅう
○ **夢中だ**
○ 熱衷

+ はまる 沉迷
[名]

なに　　　む ちゅう　　　　　　　　　　　かいしょう
何かに夢中になればストレス解消になる。
熱衷於某件事情，就能夠消除壓力。

07
○
○ **安易だ**
<ruby>安<rt>あん</rt></ruby> <ruby>易<rt>い</rt></ruby>
簡單、輕率

そんな<ruby>安易<rt>あんい</rt></ruby>な<ruby>考え方<rt>かんがかた</rt></ruby>じゃ、<ruby>何<rt>なに</rt></ruby>もできない。

用這麼輕率的思考方式，什麼事情都無法完成。

08
○
○ **正直だ**
<ruby>正直<rt>しょうじき</rt></ruby>
誠實、坦率

≒ <ruby>素直<rt>すなお</rt></ruby>だ 坦率、老實
名

<ruby>正直<rt>しょうじき</rt></ruby>なところ、<ruby>今回<rt>こんかい</rt></ruby>の<ruby>試合<rt>しあい</rt></ruby>は<ruby>勝つ<rt>か</rt></ruby><ruby>自信<rt>じしん</rt></ruby>がない。

老實說，我沒有信心贏得這次的比賽。

• 正
しょう　<ruby>正直<rt>しょうじき</rt></ruby>：誠實、坦率
せい　　<ruby>正門<rt>せいもん</rt></ruby>：正門

09
○
○ **でたらめだ**
胡說八道
名

<ruby>二人<rt>ふたり</rt></ruby>をめぐるうわさはでたらめなことばかりだ。

有關那兩人的傳聞淨是胡說八道。

10
○
○ **独特だ**
<ruby>独特<rt>どくとく</rt></ruby>
獨特

≒ ユニークだ
獨特（unique）

<ruby>独特<rt>どくとく</rt></ruby>な<ruby>雰囲気<rt>ふんいき</rt></ruby>のあるカフェを<ruby>紹介<rt>しょうかい</rt></ruby>するよ。

介紹你有獨特氣圍的咖啡廳喔。

11
○
○ **貴重だ**
<ruby>貴重<rt>きちょう</rt></ruby>
貴重、寶貴
名

<ruby>皆<rt>みな</rt></ruby>さんのおかげで<ruby>貴重<rt>きちょう</rt></ruby>な<ruby>時間<rt>じかん</rt></ruby>を<ruby>過ごしました<rt>す</rt></ruby>。

多虧了各位，度過了一段寶貴的時光。

• 重
ちょう　<ruby>貴重<rt>きちょう</rt></ruby>：貴重、寶貴
じゅう　<ruby>重量<rt>じゅうりょう</rt></ruby>：重量

12
○
○ **柔軟だ**
<ruby>柔軟<rt>じゅうなん</rt></ruby>
柔軟、靈活

+ <ruby>柔かい<rt>やわ</rt></ruby> 柔軟
名

<ruby>混乱<rt>こんらん</rt></ruby>する<ruby>時<rt>とき</rt></ruby>こそ<ruby>柔軟<rt>じゅうなん</rt></ruby>に<ruby>対応<rt>たいおう</rt></ruby>すべきだ。

混亂時更應該靈活應對。

13 めんどう
○ **面倒だ**
○
○ 棘手、麻煩

めんどう
≒ **面倒くさい** 非常麻煩
[名]

めんどう
面倒なことになるので、社長には言わないでね。

由於會變得很棘手，請不要告訴社長啊。

• 倒
どう　面倒だ：棘手、麻煩
とう　圧倒：壓倒

---

14 しんけん
○ **真剣だ**
○
○ 認真

≒ **まじめだ** 認真
[名]

しんけん かお わか い だ
真剣な顔で別れたいと言い出した。

用認真的表情說出想要分手。

しんけん
真剣：認真
けんじ
検事：檢察官

---

15 おお
○ **大げさだ**
○
○ 誇張

≒ **オーバーだ**
誇張（over）
[名]

おお い かれ はなし しん
いつも大げさに言うから、彼の話は信じられない。

他總是說得很誇張，所以不能相信他說的話。

---

16 おんだん
○ **温暖だ**
○
○ 溫暖

だんぼう
＋ **暖房** 暖氣
[名]

ち きゅうおんだんか へいきんきおん たか
地球温暖化によって平均気温がだんだん高くなる。

由於地球暖化，平均氣溫逐漸升高。

---

17 しんこく
○ **深刻だ**
○
○ 嚴重
[名]

しんこく はっせい つか
深刻なエラーが発生してパソコンが使えなくなった。

發生了嚴重的錯誤，筆記型電腦不能用了。

---

18 あき
○ **明らかだ**
○
○ 明顯、明朗

はんにん だれ あき おも
犯人が誰なのかすぐに明らかになると思う。

我想犯人是誰馬上就會明朗了。

19
○
○ わずかだ
○
稍微、一點點

わずかな違いを目で区別することはできない。

無法用眼睛區分細微的不同。

20
○ せっきょくてき
○ 積極的だ
○
積極的

↔ しょうきょくてき
消極的だ 消極的

失敗を恐れずに、積極的に取り組んだ結果だ。

這是不怕失敗，積極努力後的結果。

21
○ ゆうこう
○ 有効だ
○
有効
名

この資格は来年まで有効である。

這個資格到明年為止都有效。

22
○ きゅうそく
○ 急速だ
○
急速
名

シルバー産業は急速に成長している。

銀髮族產業正在急速成長。

23
○
○ ルーズだ
○
鬆懈、散漫（loose）

彼女は時間にルーズで、同僚から信用されない。

她不遵守時間，無法得到同事的信賴。

24
○ おさな
○ 幼い
○
幼小、幼年

+ ようち
幼稚だ 幼稚

幼い時から、音楽の才能に恵まれていた。

從幼年時期就擁有音樂的才能。

25
○ 珍しい
○○ めずら
珍貴、罕見

いつも並ぶ店だが、今日は珍しく並んでいなかった。
なら みせ きょう めずら なら
總是大排長龍的店，今天罕見地沒有人排隊。

26
○ 鋭い
○○ するど
敏鋭

彼は鋭い観察力で犯人を見つけ出した。
かれ するど かんさつりょく はんにん み だ
他用敏銳的觀察力找出犯人。

鋭い：敏鋭
するど
鈍い：遅鈍
にぶ

27
○ やむを得ない
○○ え
出於無奈、不得已

やむを得ず、内容が変更される場合があります。
え ないよう へんこう ば あい
不得已之下，可能會改變內容。

≒ 仕方がない 迫不得已
しかた

28
○ 乏しい
○○ とぼ
貧窮、缺乏

彼は人が信じられない心の乏しい人だと思う。
かれ ひと しん こころ とぼ ひと おも
我認為他是心靈匱乏，無法相信他人的人。

≒ 貧しい 貧窮
まず

29
○ 詳しい
○○ くわ
詳細

展示内容について詳しく説明させていただきます。
てん じ ないよう くわ せつめい
讓我詳細說明有關於展示的內容。

+ 詳細 詳細、詳情
しょうさい

30
○ 快い
○○ こころよ
爽快、愉快

自分の欠点を快く認めるのがかっこいい。
じ ぶん けってん こころよ みと
能夠爽快承認自己的缺點是非常帥氣的。

+ 愉快 愉快
ゆ かい

31
○ 賢い かしこ
○
○ 聰明

＋ 賢明 けんめい 賢明、明智

ボーダーコリーといえば賢いことで知られる犬種だ。

說到邊境牧羊犬，那是因聰明而廣為人知的犬種。

賢い：聰明 かしこ
堅い：堅硬 かた

32
○ 涼しい すず
○
○ 涼爽

厳しい暑さが続いたが、今日は少し涼しくなった。 きび あつ つづ きょう すこ すず

酷暑持續了一陣子，但今天稍微變涼爽了。

33
○ ふさわしい
○
○ 適合

＋ 似合う にあ 合適

香取さんほどこの役にふさわしい人物はいないと思う。 かとり やく じんぶつ おも

我認為沒有人比香取小姐更適合這個角色了。

34
○ やかましい
○
○ 喋喋不休、麻煩

≒ 面倒だ めんどう 麻煩

本当のことを言ったら、さらにやかましくなって ほんとう い
しまった。

說了實話後，變得更加麻煩了。

35
○ 怖い こわ
○
○ 可怕

≒ 恐ろしい おそ 可怕

夏はやっぱりゾッとする怖い話がいい。 なつ こわ はなし

夏天果然就是要說些令人毛骨悚然的可怕故事。

36
○ そそっかしい
○
○ 粗心大意

そそっかしい人だけど、仕事での集中力だけはすごい。 ひと しごと しゅうちゅうりょく

雖然是個粗心大意的人，但唯有在工作上的集中力非常厲害。

Chapter 02 | Chapter 03

⏱ 1天1分鐘驗收

1 請在 a、b 當中選出相符的讀音。

1. 鋭い　　(a. にぶい　　　　　　b. するどい)

2. 正直だ　(a. せいちょくだ　　　b. しょうじきだ)

3. 柔軟だ　(a. じゅうなんだ　　　b. ゆうえんだ)

2 請依據讀音在 a、b 當中選出相符的單字。

4. かしこい　　　　　(a. 賢い　　　b. 堅い)

5. しんけんだ　　　　(a. 真剣だ　　b. 真検だ)

6. くわしい　　　　　(a. 洋しい　　b. 詳しい)

3 請從 a、b 當中選出最合適的詞。

7. 香取さんほどこの役に(a. ややこしい　b. ふさわしい)人物はいない
と思う。

8. 彼女は時間に(a. ルーズ　b. リアル)で、同僚から信用されない。

9. (a. わずか　b. にわか)な違いを目で区別することはできない。

答案 1 ⓑ　2 ⓑ　3 ⓐ　4 ⓐ　5 ⓐ　6 ⓑ　7 ⓑ　8 ⓐ　9 ⓐ

Day

08 **09** 10

學習進度 　● 預習 → ● 熟讀 → ● 背誦 → ● 測驗

□ 豊富だ	□ 抽象的だ	□ なだらかだ	□ 輝かしい
□ 曖昧だ	□ 贅沢だ	□ 穏やかだ	□ 慌ただしい
□ 変だ	□ 幸いだ	□ 手軽だ	□ 心強い
□ 冷静だ	□ 垂直だ	□ 大幅だ	□ ずるい
□ わがままだ	□ 乱暴だ	□ スムーズだ	□ 恐ろしい
□ 哀れだ	□ かすかだ	□ 怪しい	□ 荒い
□ 率直だ	□ 永久だ	□ 頼もしい	□ 湿っぽい
□ 活発だ	□ 稀だ	□ 悔しい	□ たくましい
□ 密接だ	□ 小柄だ	□ 激しい	□ 思いがけない

01
ほう ふ
豊富だ
○○○
豊富

≒ 豊かだ 豊富
ゆた

じもと しょくざい ほう ふ つか りょう り
地元の食材を豊富に使った料理だ。

這是使用了豐富在地食材的料理。

ほう ふ
豊富：豐富
のうみん
農民：農民

02
あいまい
曖昧だ
○○○
曖昧

に ほんじん あいまい ひょうげん つか い
日本人は曖昧な表現をよく使うと言われている。

據說日本人經常使用曖昧的表現。

03
へん
変だ
○○○
奇怪

≒ おかしい 奇怪
名

へん へん ひと おお き つ
この辺は変な人が多いから、気を付けてください。

這附近奇怪的人很多，請小心。

04
れいせい
冷静だ
○○○
冷静
名

じ しん お とき れいせい こうどう
地震の起きた時は、冷静に行動しなければならない。

發生地震時必須冷靜地行動。

05
わがままだ
○○○
任性

≒ 勝手だ 隨便、任意
かって
名

おや ちゅう い こ ども
親がきっちりと注意しないから、子供がわがままに
なる。

因為父母沒有嚴格注意，孩子就會變得任性。

06
あわ
哀れだ
○○○
悲哀、可憐

≒ かわいそうだ 可憐
名

じ ぎょう しっぱい む いちもん あわ み
事業に失敗して無一文の哀れな身になった。

事業失敗後，成為身無分文的可憐人。

07 そっちょく
率直だ
直率

じぶん おも そっちょく はな ほう
自分の思っていることを率直に話した方がいい。
直率地說出自己所想的事情比較好。

•直
ちょく　率直：率直
じき　　正直：誠實、坦率

08 かっぱつ
活発だ
活潑、活躍

りょうこくかん かっぱつ こうりゅう き たい
両国間の活発な交流を期待している。
期待兩國之間活躍的交流。

09 みっせつ
密接だ
密切
名

ひと せいかつ みっせつ かんけい
ごみのリサイクルは人の生活に密接な関係がある。
垃圾回收與人們的生活有密切關係。

10 ちゅうしょうてき
抽象的だ
抽象的

ちゅうしょうてき ひょうげん つか わ
抽象的な表現を使いすぎると分かりにくい。
過度使用抽象的表現，會讓人很難懂。

ちゅうしょうてき
抽象的：抽象的
ゆ でん
油田：油田

11 ぜいたく
贅沢だ
奢侈
名

おとな ぜいたく りょこう
「大人のためのちょっと贅沢な旅行」というコンセプト
だ。
概念是「為成人設計的小奢華旅行」。

12 さいわ
幸いだ
幸運

さいわ おお ひ がい
幸いなことに、大きな被害はなかったです。
幸運的是，沒有發生嚴重的損害。

しあわ
＋ 幸せだ 幸福

13 すいちょく
○ **垂直だ**
○○
○ 垂直
名

ドリルで垂直に穴を開けるのって意外と難しいよ。
要用鑽頭垂直開一個洞意外地很困難呢。

すいちょく
垂直：垂直
じょうしゃ
乗車：乗車

14 らんぼう
○ **乱暴だ**
○○
○ 粗魯
名

子供が乱暴な言葉を使った時は注意しないと。
小孩子使用粗魯的字眼時必須注意。

15
○ **かすかだ**
○○
○ 稍微、隱約

屋上からかすかに富士山が見える。
從屋頂隱約可以看到富士山。

16 えいきゅう
○ **永久だ**
○○
○ 永久
名

彼の番号は永久に欠番として残すそうだ。
據說他的號碼會永遠作為空號保留下來。

えいきゅう
永久：永久
ひょうが
氷河：冰河

17 まれ
○ **稀だ**
○○
○ 少有、罕見

世界で稀に見る速さで高齢化が進んでいる。
全世界的高齡化現象正以罕見的速度進行著。

18 こがら
○ **小柄だ**
○○
○ 身材矮小

＋ ひとがら
人柄 人品
名

小柄な人のための服をご用意いたしました。
準備了專為身材矮小的人設計的衣服。

19
○
○○
なだらかだ
平緩

≒ 緩^{ゆる}やかだ 緩和

なだらかな山^{やま}で、子供^{こども}でも登^{のぼ}れます。

這是平緩的山，即使是小孩也能爬上去。

20
○
○○
穏^{おだ}やかだ
平靜、安詳

穏^{おだ}やかな気持^{きも}ちになれる静^{しず}かな映画^{えいが}だ。

這是能使人感受到平靜心情的寧靜電影。

21
○
○○
手軽^{てがる}だ
簡單、輕易

初心者^{しょしんしゃ}でも手軽^{てがる}に楽^{たの}しめるハイキングコースです。

這是即使是初學者也能輕鬆享受的健行路線。

軽量^{けいりょう}：輕量
比較^{ひかく}：比較

22
○
○○
大幅^{おおはば}だ
大幅度

＋ 幅広^{はばひろ}い 廣泛

人身事故^{じんしんじこ}のため、大幅^{おおはば}な遅^{おく}れが出^でています。

因為人身事故，造成大幅度的延遲。

23
○
○○
スムーズだ
光滑、順暢
（smooth）

予約^{よやく}をしておいたので、待^またずにスムーズに入^{はい}れた。

因為有先預約，不用等待就順利地進入了。

24
○
○○○
怪^{あや}しい
可疑

メールで届^{とど}いた怪^{あや}しいファイルは開^{ひら}いてはいけない。

不可以打開透過電子郵件收到的可疑檔案。

25 頼もしい (たの)
○○○
可靠

彼はまじめで頼もしい人柄の人です。

他是認真且品格可靠的人。

- 頼
  たのむ　頼む：請求
  たよる　頼る：依頼

26 悔しい (くや)
○○○
不甘心

大事な試合だったのに負けちゃって本当に悔しかった。

明明是重要的比賽卻輸了，真的非常不甘心。

27 激しい (はげ)
○○
激烈

西日本にわたって激しい暑さが続いている。

遍及西日本全境的激烈暑氣正持續著。

28 輝かしい (かがや)
○○○
耀眼

1970年代は輝かしい経済成長を遂げた時期だ。

1970年代是達成耀眼經濟成長的時期。

+ 輝く (かがや) 閃耀

29 慌ただしい (あわ)
○○○
慌張、慌亂

年末はなんか慌ただしく、生活のリズムが乱れる。

年底總覺得有點慌亂，生活節奏都亂掉了。

慌ただしい (あわ)：慌張、慌亂
荒い (あら)：粗暴、兇猛

30 心強い (こころづよ)
○○○
放心

優しいあなたがそばにいてくれて心強いです。

有溫柔的你在身邊就放心了。

↔ 心細い (こころぼそ) 心中不安

31
○○○○
ずるい
奸詐

じぶん　　　　　　　　　ひと
自分のミスを人のせいにするなんてずるいよ！
竟然將自己的失誤歸咎於他人，真是奸詐！

---

32 おそ
○○○○
恐ろしい
可怕

こわ
≒ 怖い　可怕

ぜんせかい　　おそ　　　じけん　お
全世界で恐ろしい事件が起きている。
全世界都在發生可怕的事件。

---

33 あら
○○○
荒い
粗暴、兇猛

あ
＋ 荒れる
洶湧、狂暴、胡鬧

なみ　あら　　　　うみ　　つ
波が荒いので海での釣りなんかできません。
海浪洶湧，無法進行海釣。

---

34 しめ
○○○
湿っぽい
潮濕

＋ じめじめする　潮濕

あめ　ふ　　　　　　　せんたくもの　　　　しめ
ずっと雨が降っていて洗濯物がまだ湿っぽい。
一直下雨，洗好的衣服還是潮濕的。

35
○○○
たくましい
堅強、健壯

すこ
＋ 健やかだ　健壯

こども　　　こころゆた　　　　　　　　そだ
子供には心豊かでたくましく育ってほしい。
希望小孩子能夠內心富足且健壯地成長。

---

36 おも
○○○
思いがけない
意想不到

いがい
≒ 意外だ　意外

おも　　　　　　　で　あ　　　　　　　　　　じんせい　おもしろ　　　おも
思いがけない出会いがあるから、人生は面白いと思う。
因為有意想不到的相遇，所以我認為人生很有趣。

1天1分鐘驗收

1 請在 a、b 當中選出相符的讀音。

1. 率直だ 　　(a. そっちょくだ　　b. そつじきだ)

2. 豊富だ 　　(a. ほうふだ　　b. ほふうだ)

3. 頼もしい 　(a. たのもしい　　b. たよもしい)

2 請依據讀音在 a、b 當中選出相符的單字。

4. すいちょくだ　　　(a. 垂直だ　　b. 乗直だ)

5. おそろしい　　　　(a. 怒ろしい　　b. 恐ろしい)

6. てがるだ　　　　　(a. 手較だ　　b. 手軽だ)

3 請從 a、b 當中選出最合適的詞。

7. 年末はなんか(a. 慌ただしく　b. 荒く)、生活のリズムが乱れる。

8. 屋上から(a. あいまいに　b. かすかに)富士山が見える。

9. 「大人のためのちょっと(a. ぜいたく　b. ひきょう)な旅行」というコンセプトだ。

答案 1ⓐ　2ⓐ　3ⓐ　4ⓐ　5ⓑ　6ⓑ　7ⓐ　8ⓑ　9ⓐ

Day

09 **10** 11

 學習進度 ○ 預習 → ○ 熟讀 → ○ 背誦 → ○ 測驗

□ 改_{あらた}めて	□ 単_{たん}なる	□ しばらく	□ むしろ
□ たびたび	□ いきなり	□ じたばた	□ やっと
□ 突然_{とつぜん}	□ とりあえず	□ きっぱり	□ とっくに
□ 途中_{とちゅう}	□ おそらく	□ ぎりぎり	□ ようやく
□ 偶然_{ぐうぜん}	□ 着々_{ちゃくちゃく}と	□ ぐったり	□ 予_{あらかじ}め
□ のんびり	□ 思_{おも}い切_きって	□ かつて	□ しかも
□ せめて	□ 相当_{そうとう}	□ 相変_{あいか}わらず	□ したがって
□ どうせ	□ 直_{ただ}ちに	□ 常_{つね}に	□ すなわち
□ はっきり	□ 当分_{とうぶん}	□ あらゆる	□ ただし

01
○○○
改めて
あらた

再次、重新

改めて家族の大切さを感じました。
あらた　　かぞく　たいせつ　　かん

再次感受到家人的重要性。

02
○○○
たびたび

再三

たびたびご迷惑をかけて申し訳ありません。
めいわく　　　　もう　わけ

再三給您添麻煩，真的非常抱歉。

≒ しばしば 再三、經常

03
○○○
突然
とつぜん

突然

突然後ろから人が現れてびっくりした。
とつぜんうし　　　ひと　あらわ

突然有人從背後出現，嚇了一跳。

• 然
ぜん　突然：突然
　　　とつぜん
ねん　天然：天然
　　　てんねん

04
○○○
途中
と ちゅう

中途

会議の途中で席を立って戻ってこなかった。
かいぎ　　とちゅう　せき　た　　もど

在會議中途離開座位後，就再也沒有回來。

05
○○○
偶然
ぐうぜん

偶然

留学の時、偶然出会って結婚まで至った。
りゅうがく　とき　ぐうぜん であ　　けっこん　　いた

留學時偶然相遇，最後走到結婚這一步。

≒ たまたま 偶然

06
○○○
のんびり

悠閒

今日一日だけは何もしないで家でのんびりしたい。
きょう いちにち　　　なに　　　　　　いえ

只有今天一整天想要在家悠閒地什麼都不做。

| 07 ○
○○○
○○ **せめて**
至少 | せめてこれぐらいの表現だけは覚えてほしい。
希望你至少能記住這種程度的表現。 |

| 08 ○
○○○
○○ **どうせ**
反正 | どうせ間に合わないから、ゆっくり歩いて行こう。
反正趕不上了，就慢慢走去吧。 |

| 09 ○
○○○
○○ **はっきり**
清楚 | 日本人は自分の意見をはっきり言わないと思う。
我認為日本人不會清楚地說出自己的意見。 |

| 10 たん ○
○○○
○○ **単なる**
僅僅、只是

≒ ただの 只是 | 単なるうわさにすぎないと思ったけど、本当だった。
本以為只是謠言，原來是真的。 |

| 11 ○
○○○
○○ **いきなり**
突然

とつぜん
≒ 突然 突然 | こんなにいきなり仕事をやめられると困るよ。
這麼突然辭職，我會很困擾啊。 |

| 12 ○
○○○
○○ **とりあえず**
總之

≒ まず 首先 | とりあえずできた分だけ先に送ります。
總之先送出完成的部分。 |

13
○○○
おそらく
恐怕、可能

≒ たぶん　大概

おそらく明日までにお宅に届くと思います。

我想明天之前可能就會送到府上了。

14
○○○
ちゃくちゃく
着々と
穩定地

プロジェクトは着々と進んでいます。

專案正穩定地進行中。

15
○○○
おも　き
思い切って
下定決心

おも　き　かのじょ　こくはく　　　　　ことわ
思い切って彼女に告白したけど、断られた。

下定決心對她告白，卻被拒絕了。

16
○○○
そうとう
相当
相當

≒ かなり　相當

相当ハードな旅行だったけど、いい思い出になりました。

雖然是相當艱難的旅程，但也成了美好的回憶。

17
○○○
ただ
直ちに
立即

≒ すぐ　立刻

みんな集まったら直ちに出発します。

大家都集合完畢的話，就立即出發。

18
○○○
とうぶん
当分
目前、暫時

けがで当分練習を休むことになった。

因為受傷，決定練習暫時休息。

19
○○○○

しばらく
暫時

工事のため、しばらくご利用になれません。
<ruby>工<rt>こう</rt></ruby><ruby>事<rt>じ</rt></ruby>のため、しばらくご<ruby>利<rt>り</rt></ruby><ruby>用<rt>よう</rt></ruby>になれません。

因為施工，暫時無法使用。

20
○○○○

じたばた
著急

テストの<ruby>直<rt>ちょく</rt></ruby><ruby>前<rt>ぜん</rt></ruby>になってじたばたしてもしょうがない。

到了考試前，再著急也沒用了。

21
○○○○

きっぱり
乾脆

できない<ruby>仕<rt>し</rt></ruby><ruby>事<rt>ごと</rt></ruby>ならきっぱり<ruby>断<rt>ことわ</rt></ruby>った<ruby>方<rt>ほう</rt></ruby>がいい。

如果是無法勝任的工作，還是乾脆地拒絕比較好。

↔ やんわり　婉轉地

22
○○○○

ぎりぎり
勉強

<ruby>朝<rt>あさ</rt></ruby><ruby>寝<rt>ね</rt></ruby><ruby>坊<rt>ぼう</rt></ruby>したけど、ぎりぎり<ruby>間<rt>ま</rt></ruby>に<ruby>合<rt>あ</rt></ruby>った。

雖然睡過頭，但還是勉強趕上了。

23
○○○○

ぐったり
精疲力盡

<ruby>厳<rt>きび</rt></ruby>しい<ruby>暑<rt>あつ</rt></ruby>さにみんなぐったりしている。

大家都因為酷暑而精疲力盡了。

24
○○○○

かつて
過去、曾經

かつてはここに<ruby>古<rt>ふる</rt></ruby>いお<ruby>寺<rt>てら</rt></ruby>があったそうだ。

聽說這裡曾經有一間古老的寺廟。

25
○○
○○
<ruby>相<rt>あい</rt></ruby><ruby>変<rt>か</rt></ruby>わらず

照舊、依然

<ruby>相<rt>あい</rt></ruby><ruby>変<rt>か</rt></ruby>わらず<ruby>元<rt>げん</rt></ruby><ruby>気<rt>き</rt></ruby>でやさしいですね。

你還是老樣子，很有精神又溫柔呢。

26
○
○○
<ruby>常<rt>つね</rt></ruby>に

經常

<ruby>常<rt>つね</rt></ruby>に<ruby>安<rt>あん</rt></ruby><ruby>全<rt>ぜん</rt></ruby><ruby>運<rt>うん</rt></ruby><ruby>転<rt>てん</rt></ruby>を<ruby>心<rt>こころ</rt></ruby><ruby>掛<rt>が</rt></ruby>けています。

經常留意安全駕駛。

27
○
○○
あらゆる

各種、所有

あらゆる<ruby>可<rt>か</rt></ruby><ruby>能<rt>のう</rt></ruby><ruby>性<rt>せい</rt></ruby>を<ruby>試<rt>ため</rt></ruby>してみないといけない。

必須嘗試各種可能。

28
○
○○
むしろ

索性、與其……不如

⇒ かえって 反而

<ruby>歌<rt>か</rt></ruby><ruby>手<rt>しゅ</rt></ruby>よりむしろ<ruby>俳<rt>はい</rt></ruby><ruby>優<rt>ゆう</rt></ruby>の<ruby>方<rt>ほう</rt></ruby>が<ruby>向<rt>む</rt></ruby>いていると<ruby>思<rt>おも</rt></ruby>う。

我認為比起歌手，不如往演員方面發展更為適合。

「AよりむしろB」：表示與其 A 不如 B。

かえって：表示發生的事情與自己預想的結果相反。
<ruby>手<rt>て</rt></ruby><ruby>伝<rt>つだ</rt></ruby>おうとしたが、かえって<ruby>邪<rt>じゃ</rt></ruby><ruby>魔<rt>ま</rt></ruby>になった。（我試圖幫忙，反而幫了倒忙。）

29
○
○○
やっと

終於

２<ruby>時<rt>じ</rt></ruby><ruby>間<rt>かん</rt></ruby>の<ruby>距<rt>きょ</rt></ruby><ruby>離<rt>り</rt></ruby>を<ruby>渋<rt>じゅう</rt></ruby><ruby>滞<rt>たい</rt></ruby>で８<ruby>時<rt>じ</rt></ruby><ruby>間<rt>かん</rt></ruby>かかってやっと<ruby>着<rt>つ</rt></ruby>いた。

２小時的距離因為塞車，花了８小時才終於抵達。

30
○
○○
とっくに

很早之前

⇒ すでに 已經、早就

その<ruby>話<rt>はなし</rt></ruby>ならとっくに<ruby>忘<rt>わす</rt></ruby>れたので、<ruby>気<rt>き</rt></ruby>にしないでね。

那種事我很早之前就忘了，不要在意喔。

31
○
○○
○
ようやく
好不容易、終於

うちの近所にもようやく駅ができました。

我家附近也終於建好車站了。

---

32 あらかじ
○
○○○
○
予め
預先

≒ 前もって 事先

いつも並ぶ店なので、予め電話をしておきました。

因為這間店總是在排隊，就先打電話預約了。

33
○
○○○
○
しかも
而且

≒ それに 而且

彼はかっこいい。しかも優しくて頭もいい。

他很帥。而且溫柔又聰明。

34
○
○○
○
したがって
因此

台風が近づいている。したがって、風も激しくなっている。

颱風正在接近。因此，風也變得很強勁。

35
○
○○
○
すなわち
換言之

≒ つまり 也就是說

韓国の首都、すなわちソウルに10年間も住んでいる。

這10年都住在韓國的首都，換言之就是首爾。

36
○
○○○
○
ただし
但是

一年中営業いたします。ただし、お正月は除きます。

全年無休。但是新年除外。

🕐 1天1分鐘驗收

1 請在 a、b 當中選出相符的單字。

1. 下定決心 　　　　(a. 相変わらず 　　　b. 思い切って)

2. 各種、所有 　　　(a. あらゆる 　　　b. いわゆる)

3. 再次、重新 　　　(a. 改めて 　　　b. とりあえず)

4. 突然 　　　　　　(a. しばらく 　　　b. いきなり)

5. 索性、與其……不如 (a. とっくに 　　　b. むしろ)

2 請選出最適合填入空格內的單字。

> 選項　　a. ぐったり 　　b. 突然 　　c. きっぱり

6. (　　　　　)後ろから人が現れてびっくりした。

7. できない仕事なら(　　　　　)断った方がいい。

8. 厳しい暑さにみんな(　　　　　)している。

3 請在 a、b 當中選出最適合填入空格內的單字。

9.
> 今の時期は夏休みを取っている人が多い。(a. したがって b. ただし)現場でのトラブルに対応できる人が少ない。それなのに今週は厳しい暑さのせいかトラブルがたくさん起きている。仕方なくみんな残業している。

答案 1 ⓑ 　2 ⓐ 　3 ⓐ 　4 ⓑ 　5 ⓑ 　6 ⓑ 　7 ⓒ 　8 ⓐ 　9 ⓐ

解析 這個時期許多人正在放暑假。因此能夠處理現場問題的人很少。即使如此，這週可能是酷暑的緣故，引發了許多問題。大家都不得不加班。

問題 1　請選出畫線處正確的讀音。

[1]　他のファンからコンサートのチケットを譲ってもらいました。

　　1 ゆすって　　　　2 ことわって　　　3 ゆずって　　　　4 にぎって

[2]　この飛行機はシンガポールを経由してアフリカに向かいます。

　　1 きょうゆう　　2 きょうゆ　　　　3 けいゆう　　　　4 けいゆ

[3]　地元の親に少しながら毎月お小遣いを送っています。

　　1 じげん　　　　2 ちげん　　　　3 ちもと　　　　4 じもと

問題 2　請選出畫線處的漢字標記。

[4]　危険ですので、運転中にナビのそうさはやめてください。

　　1 操作　　　　2 燥作　　　　3 操昨　　　　4 燥昨

[5]　簡単に決める問題じゃない。もっとしんけんに考えなさい。

　　1 真検　　　　2 慎剣　　　　3 真剣　　　　4 慎検

[6]　すべてがゆたかに見える彼でも、彼なりの悩みはあるはずだ。

　　1 農かに　　　2 豊かに　　　3 濃かに　　　4 富かに

問題 3　請選出最適合填入括號內的單字。

7　この件に関する質問は担当者に直接(　　　　)ください。

　1 問い合わせて　　　　　　　　2 照らし合わせて

　3 見合わせて　　　　　　　　　4 打ち合わせて

8　経済を(　　　　)させるのが一番重要な役割だ。

　1 安静　　　　　2 安全　　　　　3 安定　　　　　4 安否

9　大統領に(　　　　)人物が選ばれてほしい。

　1 たくましい　　2 ふさわしい　　3 あわただしい　　4 おそろしい

問題 4　請選出與畫線處意思相同的選項。

10　彼は<u>相当</u>怒っているようだから、くだらないことは言わないでよ。

　1 やっと　　　　2 かつて　　　　3 かなり　　　　4 どうせ

11　昨日の件で、お客さんからさんざん<u>文句</u>を言われたよ。

　1 不満　　　　　2 機嫌　　　　　3 言い訳　　　　4 コンプレックス

12　ボランティア活動を通して様々な経験を<u>積ん</u>でいます。

　1 取って　　　　2 重ねて　　　　3 割って　　　　4 揃って

➜ 實戰練習解答請見下一頁

實 戰 練 習 解 答

答案 1 ③　2 ④　3 ④　4 ①　5 ③　6 ②　7 ①　8 ③　9 ②　10 ③　11 ①　12 ②

	題目翻譯	對應頁碼
1	我請其他粉絲<u>轉讓</u>了演唱會的票給我。	→ p.32
2	這架飛機會<u>經</u>過新加坡，飛往非洲。	→ p.46
3	我每個月都會給住在<u>老家</u>的雙親寄送少量的零用錢。	→ p.30
4	很危險，所以開車時請不要<u>操作</u>導航。	→ p.30
5	這不是能簡單決定的問題。請再<u>認真</u>思考一下。	→ p.71
6	即使他看起來一切都很<u>富有</u>，也一定有他自己的煩惱。	→ p.69
7	關於這件事情的問題，請直接向負責人（諮詢）。	→ p.18
8	讓經濟（穩定）是最重要的職責。	→ p.30
9	希望能選出（適合）當總統的人選。	→ p.74
10	他看起來<u>相當</u>憤怒，因此別說些無聊的話。 1 終於　　2 曾經　　3 相當　　4 反正	→ p.87
11	因為昨天的事情，收到客人大量的<u>抱怨</u>。 1 不滿　　2 心情　　3 藉口　　4 情結	→ p.53
12	透過志工活動，<u>累</u>積了各式各樣的經驗。 1 拿取　　2 積累　　3 切割　　4 備齊	→ p.50

Chapter

02

★ ★ ☆
第二順位單字

Day 11~20

Day

10 **11** 12

學習進度 ○ 預習 → ○ 熟讀 → ○ 背誦 → ○ 測驗

□ 参照 <small>さんしょう</small>	□ 掲示 <small>けいじ</small>	□ 延長 <small>えんちょう</small>	□ 偏る <small>かたよ</small>
□ 症状 <small>しょうじょう</small>	□ 合同 <small>ごうどう</small>	□ 硬貨 <small>こうか</small>	□ ついている
□ 援助 <small>えんじょ</small>	□ 日中 <small>にっちゅう</small>	□ 辞退 <small>じたい</small>	□ 仕舞う <small>しま</small>
□ 所有 <small>しょゆう</small>	□ 講師 <small>こうし</small>	□ エネルギー	□ 得る <small>え</small>
□ 用途 <small>ようと</small>	□ 解約 <small>かいやく</small>	□ プライベート	□ 引き止める <small>ひ と</small>
□ 発達 <small>はったつ</small>	□ 接続 <small>せつぞく</small>	□ 拾う <small>ひろ</small>	□ 外す <small>はず</small>
□ 景色 <small>け しき</small>	□ 頼り <small>たよ</small>	□ 果たす <small>は</small>	□ 扱う <small>あつか</small>
□ 見当 <small>けんとう</small>	□ 外見 <small>がいけん</small>	□ 面する <small>めん</small>	□ 囲む <small>かこ</small>
□ 作業 <small>さ ぎょう</small>	□ 徹夜 <small>てつや</small>	□ 割り込む <small>わ こ</small>	□ 削る <small>けず</small>

01 さんしょう
○○○
参照
○
参照

＋ <ruby>照明<rt>しょうめい</rt></ruby> 照明

動

<ruby>関連<rt>かんれん</rt></ruby><ruby>資料<rt>し りょう</rt></ruby>をメールで<ruby>送<rt>おく</rt></ruby>りますので、ご<ruby>参照<rt>さんしょう</rt></ruby>ください。

相關資料會用電子郵件傳送，請參照。

02 しょうじょう
○
症状
○
症狀

この<ruby>薬<rt>くすり</rt></ruby>はアレルギー<ruby>症状<rt>しょうじょう</rt></ruby>を<ruby>抑<rt>おさ</rt></ruby>える<ruby>効果<rt>こう か</rt></ruby>がある。

這個藥物有抑制過敏症狀的效果。

03 えんじょ
○
援助
○
援助

≒ <ruby>支援<rt>し えん</rt></ruby> 支援

動

<ruby>台風<rt>たいふう</rt></ruby>の<ruby>被災地<rt>ひ さい ち</rt></ruby>への<ruby>援助<rt>えんじょ</rt></ruby>を<ruby>呼<rt>よ</rt></ruby>びかけています。

正在呼籲向颱風受災地提供援助。

<ruby>援助<rt>えんじょ</rt></ruby>：援助
<ruby>緩和<rt>かん わ</rt></ruby>：緩和

04 しょゆう
○
所有
○
所有

動

この<ruby>辺<rt>へん</rt></ruby>は<ruby>国<rt>くに</rt></ruby>が<ruby>所有<rt>しょゆう</rt></ruby>している<ruby>土地<rt>と ち</rt></ruby>です。

這附近是國家所有的土地。

05 よう と
○
用途
○
用途

≒ <ruby>使<rt>つか</rt></ruby>い<ruby>道<rt>みち</rt></ruby> 用途、用法

このなべはサイズも<ruby>豊富<rt>ほう ふ</rt></ruby>で、<ruby>用途<rt>よう と</rt></ruby>が<ruby>広<rt>ひろ</rt></ruby>い。

這個鍋子尺寸豐富，用途廣泛。

06 はったつ
○
発達
○○
發達

動

<ruby>科学技術<rt>か がく ぎ じゅつ</rt></ruby>の<ruby>発達<rt>はったつ</rt></ruby>は<ruby>楽<rt>たの</rt></ruby>しみでもあり、<ruby>不安<rt>ふ あん</rt></ruby>でもある。

科學技術的發達令人開心，也令人不安。

07 けしき
○○○ 景色
○○ 景色

≒ 眺め 景緻

とざん たいへん ちょうじょう み けしき さいこう
登山は大変だけど、頂上から見る景色は最高だ。
登山雖然很辛苦，不過從山頂看出去的景色是最棒的。

• 景
け 景色：景色
けい 景気：景氣

---

08 けんとう
○○○ 見当
○○ 猜測、估計

≒ 予測 預測

そん けんとう
どれだけ損したかまったく見当もつきません。
完全無法估計損失了多少。

---

09 さぎょう
○○○ 作業
○○ 作業
動

あぶ さぎょう かなら まも
危ない作業なので、必ずマニュアルを守ってください。
由於是危險的作業，請一定要遵守手冊。

• 作
さ 作業：作業
さく 作成：製作

---

10 けいじ
○○○ 掲示
○○ 掲示、布告

＋示す 出示
動

ごうかくしゃ あした けいじ よてい
合格者は明日ホームページに掲示する予定です。
合格者預計明天會公布在網頁上。

---

11 ごうどう
○○○ 合同
○○ 聯合、合併

こんがっき ほか がっこう ごうどう おこな
今学期は他の学校と合同でゼミを行います。
這學期要與其他學校聯合舉辦研討會。

• 合
ごう 合格：合格
がつ 合併：聯合、合併

---

12 にっちゅう
○○○ 日中
○○ 白天

ぼく よるがた にっちゅう ねむ
僕は「夜型」で、日中はいつも眠いです。
我是「夜貓子」，所以白天總是很想睡覺。

13 こう し
○ **講師**
○
○ 講師

えいかい わ　　たんとう　　こう し　　ぼ しゅう
英会話を担当する講師を募集している。

正在招募負責英文會話的講師。

---

14 かいやく
○ **解約**
○
○ 解約
　 動

かいやく　　　　　　　　　　しょめん　　　うけたまわ
ご解約はWEBまたは書面にて 承 っております。

我們接受網路或書面的解約申請。

---

15 せつぞく
○ **接続**
○
○ 連接、接續
　 動

せつぞく　　　　　　　　　　　　　　　　　はっせい
インターネットに接続できないエラーが発生している。

發生無法連接網路的錯誤。

---

16 たよ
○ **頼り**
○
○ 依靠

＋ たよ
　 頼る 依靠

わたし　　　　 か ぞく　　いちばんたよ　　　　　 そんざい
私にとって家族は一番頼りになる存在です。

對我來說，家人是最可靠的存在。

---

17 がいけん
○ **外見**
○
○ 外表

≒ み　め
　 見た目 外観

がいけん　　　　　 ひと　　はんだん
外見だけで人を判断するのはよくない。

只憑外表評斷一個人是不好的。

　• 外
　がい　　外見：外表
　　　　　 がいけん
　げ　　　外科：外科
　　　　　 げ か

---

18 てつ や
○ **徹夜**
○
○ 通宵、熬夜
　 動

てつ や　　　　　　　　　　　　　　 し き　　 ま あ
徹夜までしてギリギリ締め切りに間に合った。

通宵達旦，勉強趕上截止日期了。

19 えんちょう
○
○ **延長**
○
延長
動

しゃちょう　かいしょく　しごと　えんちょう　おも
社長は会食も仕事の延長だと思っているらしい。

社長似乎認為聚餐也是工作的延伸。

---

20 こうか
○
○ **硬貨**
○
硬幣

ねん　　ひゃくえんこうか　　はっこう
1957 年に百円硬貨が発行された。

1957 年發行了 100 日圓的硬幣。

こうか
硬貨：硬幣
べんり
便利：便利

---

21 じたい
○
○ **辞退**
○
辞退、謝絶

いんたい
＋ 引退　退休
動

ないてい　　じたい　　とき　　　　　　せつめい
内定を辞退する時のマナーについて説明します。

說明謝絕內定時的相關禮儀。

22
○
○ **エネルギー**
○
能量（Energie）

たいよう　　　　　　　　　　　　ぶんや　つか
太陽エネルギーはさまざまな分野で使われている。

太陽能已經應用於各種領域。

23
○
○ **プライベート**
○
個人、私人（private）

かん　　しつもん　　ことわ
プライベートに関しての質問はお断りします。

拒絕回答有關私人的問題。

---

24 ひろ
○
○ **拾う**
○
撿拾

お　　　　　　　　　　み　　　　ひろ
落ちているごみを見つけたら拾いましょう。

如果看到掉在地上的垃圾，就撿拾起來吧。

ひろ
拾う：撿拾
す
捨てる：丟棄

25
○○○
は
果たす
完成、實現

ゆうしょう　は　　　　　　　　　　　　すてき　しあい
優勝は果たせなかったが、素敵な試合だった。
雖然沒能拿到優勝，但這是一場精采的比賽。

26
○○○
めん
面する
面對

うみ　めん　　　　　　　けしき
このホテルは海に面していて景色がすごくきれいだ。
這個飯店面對海洋，景色非常漂亮。

27
○○○
わ　こ
割り込む
插嘴

ぶちょう　　　　ひと　はなし　わ　こ
部長はいつも人の話に割り込んでくる。
部長總在別人說話時插嘴。

28
○○○
かたよ
偏る
偏頗

＋ へんけん
偏見 偏見

せいと　かたよ　せかいかん　きょうよう　　あぶ
生徒に偏った世界観を強要するのは危ない。
將偏頗的世界觀強加給學生是危險的。

かたよ
偏る：偏頗
あ
編む：編織

29
○○○
ついている
走運

きょう　なん　　　　　　　　なに　　　　　　ぜんぶ　しっぱい
今日何かついてないね。何をやっても全部失敗だった。
今天有點不走運啊，不管做什麼全都失敗了。

30
○○○
しま
仕舞う
收拾、完成

ち　　　　　　　　もの　てきとう　ところ　しま
とりあえず、散らかっている物を適当な所に仕舞おう。
總之，先把凌亂的東西收拾到適當的地方。

31 得る（え）
○○
○ 得到

＋ あり得ない（え）不可能

何かを得る（え）ためには失う（うしな）ものもある。
為了得到什麼，也會失去什麼。

---

32 引き止める（ひ・と）
○○
○ 挽留

会社（かいしゃ）を辞め（や）ようとしたが、社長（しゃちょう）に引き止め（ひ・と）られた。
雖然想向公司辭職，但是被社長挽留了。

---

33 外す（はず）
○○
○ 去除

練習試合（れんしゅう じ あい）でけがをして出場（しゅつじょう）メンバーから外さ（はず）れた。
練習賽受傷後，就被排除在出場名單之外。

---

34 扱う（あつか）
○○
○ 處理、使用

≒ 取り扱う（と・あつか）對待

火（ひ）を扱う（あつか）時（とき）は、十分（じゅう ぶん）な注意（ちゅう い）を払う（はら）こと。
使用火時需要十分小心。

扱う（あつか）：處理、使用
及ぶ（およ）：涉及、波及

---

35 囲む（かこ）
○○
○ 包圍、圍繞

＋ 周囲（しゅう い）周圍

日本（に ほん）は海（うみ）に囲ま（かこ）れている島国（しまぐに）だ。
日本是被海圍繞的島國。

---

36 削る（けず）
○○
○ 削減、刪去

＋ 削減（さくげん）削減

予算（よ さん）は限ら（かぎ）れているから、ここは削る（けず）しかない。
因為預算有限，這裡只能刪去了。

削る（けず）：削減、刪去
消す（け）：消除、關閉

1天1分鐘驗收

1 請在 a、b 當中選出相符的讀音。

1. 作業 （a. さくぎょう　　b. さぎょう）

2. 景色 （a. けしき　　　　b. けいしき）

3. 合同 （a. ごうどう　　　b. かつどう）

2 請依據讀音在 a、b 當中選出相符的單字。

4. かたよる　　　　　　　（a. 偏る　　　b. 編る）

5. えんじょ　　　　　　　（a. 緩助　　　b. 援助）

6. ひろう　　　　　　　　（a. 拾う　　　b. 捨う）

3 請從 a、b 當中選出最合適的詞。

7. どれだけ損したかまったく（a. 見分け　　b. 見当）もつきません。

8. 予算は限られているから、ここは（a. 消す　　b. 削る）しかない。

9. 今日何か（a. ついて　　b. くっついて）ないね。何をやっても全部
失敗だった。

答案 1 ⓑ　2 ⓐ　3 ⓐ　4 ⓐ　5 ⓑ　6 ⓐ　7 ⓑ　8 ⓑ　9 ⓐ

MP3 01-12

Day

11　**12**　13

學習進度 　○ 預習 → ○ 熟讀 → ○ 背誦 → ○ 測驗

□ 支持 _{しじ}	□ 肌 _{はだ}	□ 意図 _{いと}	□ 至る _{いた}
□ 出世 _{しゅっせ}	□ 範囲 _{はんい}	□ 意欲 _{いよく}	□ 属する _{ぞく}
□ 論争 _{ろんそう}	□ 昼間 _{ひるま}	□ マイペース	□ 焦る _{あせ}
□ 提供 _{ていきょう}	□ 打ち合わせ _{う あ}	□ スペース	□ 腹を立てる _{はら た}
□ 伝統 _{でんとう}	□ 指摘 _{してき}	□ チャレンジ	□ 通じる _{つう}
□ 解散 _{かいさん}	□ 批判 _{ひはん}	□ 攻める _せ	□ 折り畳む _{お たた}
□ 開催 _{かいさい}	□ 寄付 _{きふ}	□ 導く _{みちび}	□ 仕上げる _{し あ}
□ 運賃 _{うんちん}	□ 強み _{つよ}	□ 祝う _{いわ}	□ 支える _{ささ}
□ 登録 _{とうろく}	□ 雑談 _{ざつだん}	□ つまずく	□ 求める _{もと}

01 　しじ
○　**支持**
○
○　支持

＋ しじりつ
　支持率 支持率

[動]

こくみん　　　　しじ　　　　　えら　　　　　だいとうりょう
たくさんの国民から支持されて選ばれた大統領だ。

是受到眾多國民支持所選出來的總統。

02 　しゅっせ
○　**出世**
○
○　出人頭地

[動]

しゅっせ　　　　　　　　　　　せんもんせい　　たか
出世したいならもっと専門性を高めなければならない。

想要出人頭地，就必須更加提高專業性。

03 　ろんそう
○　**論争**
○
○　爭論

＋ あらそ
　争う 爭辯

[動]

さくひん　　　　　　　　　　　じょう　ろんそう　　つづ
この作品についてウェブ上で論争が続いている。

網路上關於這個作品的爭論仍持續中。

04 　ていきょう
○　**提供**
○
○　提供

[動]

ざいこぎ　　　　　　　　　　　ていきょう　　　　　みせ
在庫切れのため、サービスの提供ができない店もある。

由於沒有庫存，有些店家無法提供服務。

ていきょう
提供：提供
けいじ
掲示：揭示、布告

05 　でんとう
○　**伝統**
○
○　傳統

ちいき　むかし　　　でんとうぶんか　　　　　まも
この地域は昔からの伝統文化がよく守られています。

這個地區完美保存了自古以來的傳統文化。

06 　かいさん
○　**解散**
○
○　解散

[動]

ことし　かいさん
このアイドルグループは今年で解散することになった。

這個偶像團體決定在今年解散。

07 かいさい
〇 **開催**
〇
〇 舉辦
+ もよお
催す 舉辦
+ さいそく
催促 催促
動

ねん とうきょう かいさい
２０２０年のオリンピックは東京で開催されます。
2020 年的奧運將會在東京舉辦。

08 うんちん
〇 **運賃**
〇
〇 運費

+ ちんぎん
賃金 工資、薪水

きほんうんちん ひ あ
基本運賃が１０％引き上げられるそうです。
據說基本運費將提升 10%。

うんちん
運賃：運費
か もつ
貨物：貨物

09 とうろく
〇 **登録**
〇
〇 登記、註冊

+ きろく
記録 記録
動

とうろくないよう へんこう ば あい れんらく
登録内容に変更がある場合は、ご連絡ください。
如果有更改註冊內容，請與我們聯絡。

とうろく
登録：登記、註冊
りょくちゃ
緑茶：綠茶

10 はだ
〇 **肌**
〇
〇 肌膚

⇌ ひ ふ
皮膚 皮膚

はんのう で はだ あ
アレルギー反応が出ると、肌が荒れてしまう。
如果出現過敏反應，皮膚會變粗糙。

11 はん い
〇 **範囲**
〇
〇 範圍

はん い きょうりょく ねが
できる範囲でいいですから、ご協力お願いします。
在可以做到的範圍內即可，請你協助。

はん い
範囲：範圍
せつやく
節約：節約

12 ひる ま
〇 **昼間**
〇
〇 白天

+ あいま
合間 空檔

ひる ま ど こ あつ つづ
昼間はまだ３５度を超える暑さが続いている。
白天還是持續超過 35 度的暑氣。

13 打ち合わせ （う あ）

○○○
○○

商量、開會

＋ 打ち上げ（う あ） 慶功宴

動

今日はお客さんと打ち合わせがあって、余裕がない。（きょう／きゃく／う あ／よ ゆう）

今天需要跟客人開會，沒有時間。

---

14 指摘 （し てき）

○○○
○○

指出

動

先生からの指摘内容を直してみました。（せんせい／し てきないよう／なお）

試著修改了老師指出的內容。

指摘（し てき）：指出
適用（てきよう）：適用、應用

---

15 批判 （ひ はん）

○○○
○○

批評

動

この国では政府への批判なんてあり得ない。（くに／せい ふ／ひ はん／え）

在這個國家是不可能批評政府的。

批判（ひ はん）：批評
比例（ひ れい）：比例

---

16 寄付 （き ふ）

○○○
○○

捐贈、捐款

＋ 寄る（よ） 靠近

動

現金だけじゃなくてスマホからも寄付できます。（げんきん／き ふ）

不只是現金，也可以用智慧型手機捐款。

寄付（き ふ）：捐贈、捐款
奇妙（き みょう）：奇妙

---

17 強み （つよ）

○○○
○○

優點、長處

↔ 弱み（よわ） 弱點

自分の強みと弱みをしっかり知っておくべきだ。（じ ぶん／つよ／よわ／し）

應該了解自己的長處與弱點。

---

18 雑談 （ざつだん）

○○○
○○

聊天

動

仕事中の雑談からアイディアを得ることもある。（し ごとちゅう／ざつだん／え）

有時也會從工作中的閒聊得到點子。

19 意図 （いと）
○
○ 企圖
○
+ 意図的 有企圖的 （いとてき）
動

そのうわさを流した意図が分からない。
（なが）（いと）（わ）
無法理解放出這個謠言的企圖。

20 意欲 （いよく）
○
○ 意志、熱情
○

我が社では意欲あふれる人材を求めています。
（わ）（しゃ）（いよく）（じんざい）（もと）
我們公司正在尋找充滿熱情的人材。

21 マイペース
○
○ 我行我素（my pace）
○
ナ

マイペースな人っていいイメージも悪いイメージもある。
（ひと）（わる）
對於我行我素的人，有好的印象也有不好的印象。

22 スペース
○
○ 空間（space）
○
≒ 空間 空間 （くうかん）

うちは狭いけど、隠されたスペースがけっこうある。
（せま）（かく）
我家雖然狹窄，卻有很多隱藏的空間。

23 チャレンジ
○
○ 挑戦（challenge）
○
≒ 挑戦 挑戦 （ちょうせん）
動

いろんなことにチャレンジするうちに夢が見つかるよ。
（ゆめ）（み）
在挑戰各種事物的過程中，就會找到夢想喔。

24 攻める （せ）
○
○ 攻打
○

ピンチだと思う時が本当は攻めるチャンスだ。
（おも）（とき）（ほんとう）（せ）
以為是危機的時候，其實正是進攻的機會。

攻める：指在戰爭或競賽等情況下，對對手進行攻擊的行為。（せ）
責める：用於批評錯誤、不當行為。（せ）

25 みちび
○ **導く**
○
○ 引導

せい と　　ただ　　みちび　　　　　　せんせい　やくわり
生徒を正しく導くのが先生の役割だ。

正確引導學生是老師的職責。

---

26 いわ
○ **祝う**
○
○ 慶祝

たんじょう び　　いわ
みんなに誕生日を祝ってもらってうれしかった。

大家幫我慶祝生日，好高興。

いわ
祝う：慶祝
いの
祈る：祈禱

27
○ **つまずく**
○
○ 絆倒、受挫

た　　なお
立ち直ればいいからちょっとつまずいたっていいじゃん！

再重新站起來就好了，稍微受挫也沒有關係！

---

28 いた
○ **至る**
○
○ 至、到

せつりつ　　　げんざい　いた　　　　　　れき し　　　　はな
設立から現在に至るまでの歴史について話しました。

談論了從設立到現在為止的歷史。

たっ
≒ 達する 到達

---

29 ぞく
○ **属する**
○
○ 屬於

すず き　　　　　　　　ぶ しょ　ぞく
鈴木さんはどの部署に属していますか。

鈴木先生是屬於哪一個部門呢？

ふ ぞく
＋ 付属 附屬

---

30 あせ
○ **焦る**
○
○ 焦躁

あせ　　　　　　　　　　　　　　　　　　　ま
焦ってもしょうがないから、じっくり待ちましょう。

焦急也沒有用，就慢慢地等吧。

• 焦
　　　　　　　あせ
あせる　焦る：焦躁
　　　　　こ
こげる　焦げる：燒焦

31 腹を立てる
生氣

≒ 怒る　生氣

小さなことにも腹を立てるので、周りの人に嫌われる。
因為一點小事就會生氣，所以被周圍的人討厭。

32 通じる
相通、通曉

あの二人は言葉が通じるから、すぐ親しくなれた。
那兩個人語言相通，馬上就變親近了。

• 通
つう　通じる：相通、通曉
とお　通る：透過

33 折り畳む
翻折、折疊

この傘は折り畳めるから、すごく便利だ。
這把傘可以折疊，非常方便。

34 仕上げる
完成

＋ 仕上がる　完成

今日が締め切りで、今朝ぎりぎりレポートを仕上げた。
今天是截止日期，今天早上才勉強完成報告。

35 支える
支持

これからこの国を支えていくのは子供たちに違いない。
今後支撐這個國家的一定是孩子們。

36 求める
要求、尋求

お客さんはこの不具合について説明を求めている。
顧客要求針對這個瑕疵進行說明。

求める：要求、尋求
救う：拯救

1 請在 a、b 當中選出相符的讀音。

1. 祝う　（a. いわう　　　b. いのる）

2. 昼間　（a. じゅうかん　　b. ひるま）

3. 通じる　（a. つうじる　　　b. とおじる）

2 請依據讀音在 a、b 當中選出相符的單字。

4. とうろく　　　　　（a. 登緑　　b. 登録）

5. ていきょう　　　　（a. 提供　　b. 掲供）

6. うんちん　　　　　（a. 運賃　　b. 運貨）

3 請從 a、b 當中選出最合適的詞。

7. ピンチだと思う時が本当は（a. 攻める　b. 責める）チャンスだ。

8. いろんなことに（a. チャレンジ　b. チャンス）するうちに夢が見つかるよ。

9. 今日はお客さんと（a. 見合わせ　b. 打ち合わせ）があって、余裕がない。

答案 1 ⓐ　2 ⓑ　3 ⓐ　4 ⓑ　5 ⓐ　6 ⓐ　7 ⓐ　8 ⓐ　9 ⓑ

MP3 01-13

Day
12　13　14

學習進度　○ 預習 → ○ 熟讀 → ○ 背誦 → ○ 測驗

□ 専念 <small>せんねん</small>	□ 体格 <small>たいかく</small>	□ 感心 <small>かんしん</small>	□ 見直す <small>みなお</small>
□ 中継 <small>ちゅうけい</small>	□ 導入 <small>どうにゅう</small>	□ ゆとり	□ 飽きる <small>あ</small>
□ 比例 <small>ひれい</small>	□ 反映 <small>はんえい</small>	□ 首相 <small>しゅしょう</small>	□ 尽きる <small>つ</small>
□ 場面 <small>ばめん</small>	□ 税金 <small>ぜいきん</small>	□ ゼミ	□ 浮く <small>う</small>
□ 作成 <small>さくせい</small>	□ 方針 <small>ほうしん</small>	□ マスコミ	□ 逆らう <small>さか</small>
□ 講義 <small>こうぎ</small>	□ 取材 <small>しゅざい</small>	□ 呼び止める <small>よ と</small>	□ 詰め込む <small>つ こ</small>
□ 隣接 <small>りんせつ</small>	□ 見解 <small>けんかい</small>	□ 濁る <small>にご</small>	□ 逃げる <small>に</small>
□ 相違 <small>そうい</small>	□ 国土 <small>こくど</small>	□ 騙す <small>だま</small>	□ 眺める <small>なが</small>
□ 特色 <small>とくしょく</small>	□ 至急 <small>しきゅう</small>	□ 謝る <small>あやま</small>	□ 戦う <small>たたか</small>

01 せんねん
○○○ **専念**
○○ 専心
[動]

あんしん ちりょう せんねん
安心して治療とリハビリに専念してください。
請安心地治療與專心復健。

02 ちゅうけい
○○○ **中継**
○○ 轉播
[動]

ながおかはな び たいかい なまちゅうけい
長岡花火大会をインターネットで生中継します。
在網路上實況轉播長岡煙火大會。

03 ひ れい
○○○ **比例**
○○ 比例
[動]

こ ども たいじゅう ひ れい くすり りょう ちょうせつ
子供の体重に比例して薬の量を調節しないといけない。
必須根據小孩體重的比例調整藥量。

ひ れい
比例：比例
ぎょうれつ
行列：隊伍

04 ば めん
○○○ **場面**
○○ 場面

かんどうてき ば めん
あまりにも感動的な場面でした。
太過感動的場面。

• 場
ば 場面：場面
ばめん
じょう 登場：登場
とうじょう

05 さくせい
○○○ **作成**
○○ 製作
[動]

さくせい さい ちゅう い てん
レポートを作成する際の注意点をまとめてみました。
試著整理了製作報告時的注意事項。

06 こう ぎ
○○○ **講義**
○○ 課程
[動]

こう ぎ し けん はっぴょう おお
この講義は試験はないが、レポートや発表が多い。
這個課程雖然沒有考試，但是會有很多報告和發表。

07 りんせつ
〇 **隣接**
〇 鄰接
〇

となり
≒ 隣 隔壁
動

はねだくうこう　りんせつ
このホテルは羽田空港に隣接しています。
這間飯店毗鄰羽田機場。

---

08 そう い
〇 **相違**
〇 不同、差異
〇

ちが
≒ 違い 差異、不同
動

じょうき　　　そう い　　　しょうめい
上記のとおり相違ないことを証明します。
證明如上所述，沒有不同。

---

09 とくしょく
〇 **特色**
〇 特色
〇

しみん　いっしょ　とくしょく　　　まち　　　　すす
市民と一緒に特色のある街づくりを進めています。
正與市民一同推進具有特色的社區營造。

• 色
しょく　特色：特色
しき　景色：景色

---

10 たいかく
〇 **体格**
〇 體格
〇

からだ
≒ 体つき 體格

かれ　　　　　　　　　たいかく　　　　　　おとこ
彼はがっしりした体格のかっこいい男です。
他是個體格健壯的型男。

---

11 どうにゅう
〇 **導入**
〇 導入、引進
〇
動

む じんせいさん　　　　　　　どうにゅう
このスーパーは無人精算システムを導入しています。
這間超級市場引進了無人結帳系統。

---

12 はんえい
〇 **反映**
〇 反映
〇
動

いま　せいさく　　　こくみん　いけん　ぜんぜんはんえい
今の政策って国民の意見が全然反映されていない。
現在的政策完全沒有反映國民的意見。

13 ぜいきん
○ **税金**
○○
○ 税金

+ しょうひぜい
消費税 消費税

ねんしゅう　　　　　　　　　　ぜいきん　　　　はら
年収の10%ぐらいを税金として払っている。

繳納了年收入 10%左右的稅金。

---

14 ほうしん
○ **方針**
○○
○ 方針、方向

わ　しゃ　けいえいほうしん　　　　　　　　　しょうかい
我が社の経営方針について紹介します。

介紹我們公司的營運方針。

---

15 しゅざい
○ **取材**
○○
○ 採訪

動

いそが　　なか　　しゅざい　　おう
お忙しい中、取材に応じてくださいましてありがとう
ございます。

非常感謝您在百忙之中接受採訪。

---

16 けんかい
○ **見解**
○○
○ 見解

かんが　かた
⇌ 考え方 想法

ささい　けんかい　ちが　　い　あ　　　　ばあい
些細な見解の違いで言い合いになる場合もある。

有時也會因些微的意見不同而發生口角。

---

17 こく ど
○ **国土**
○○
○ 國土

ちゅうごく　こくど　ひろ　　　　　かいはつ　　　ところ　おお
中国は国土が広くてまだ開発できる所が多い。

中國國土廣闊，還有很多可以開發的地方。

　•土
　ど　　こくど
　　　国土：國土
　と　　とち
　　　土地：土地

---

18 し きゅう
○ **至急**
○○
○ 火速、趕快

し きゅうれんらく　　　　　　　　　　　　　　でんごん
至急連絡してほしいという伝言がありました。

有一個希望你盡快與他聯絡的留言。

19 かんしん
○ 感心
○
○ 佩服

[動]

かれ やさ　　　おも　　　　　　　　たい ど　かんしん
彼の優しくて思いやりのある態度に感心した。
佩服他溫柔且體貼的態度。

20
○ ゆとり
○
○ 餘裕、寬裕

≒ よゆう
余裕　從容

がっこう　　　　　　　　　　　　　きょういく　もくひょう
この学校はゆとりのある教育を目標にしている。
這間學校以寬鬆教育為目標。

---

21 しゅしょう
○ 首相
○
○ 首相

ほうもん　　　　　　　しゅしょう　に ほん　もど
アメリカを訪問していた首相が日本に戻った。
訪問美國的首相已經返回日本。

・相
　しょう　　しゅしょう
　　　　　首相：首相
　そう　　　そうだん
　　　　　相談：討論

22
○ ゼミ
○
○ 研討會（Seminar）

にん き　　　　　　　　きぼうどお　　はい　　　ば あい
人気のゼミは希望通りに入れない場合もある。
受歡迎的研討會有時可能無法如願參加。

23
○ マスコミ
○
○ 大眾媒體（mass
communication）

と あ　　　　　　にんき　みせ
ここはマスコミにも取り上げられた人気の店です。
這裡是大眾媒體也曾來報導過的人氣店家。

---

24 よ　　と
○ 呼び止める
○
○ 叫住

わる　　　　　　　　　　けいさつ　よ　と　　　　　いや
悪いことしてないのに警察に呼び止められて嫌だった。
明明沒做壞事還被警察叫住，真討厭。

25 にご
〇 **濁る**
〇〇
〇 混濁

　+ にごり　混濁

部屋の空気が濁っていて息苦しいよ。

房間的空氣混濁，讓人呼吸困難。

---

26 だま
〇 **騙す**
〇〇
〇 欺騙

なんか彼に騙された気がする。

感覺好像被他騙了。

---

27 あやま
〇 **謝る**
〇〇
〇 道歉

悪いことをした場合は、ちゃんと謝りなさい。

如果做了壞事，就要好好道歉。

　あやま
　謝る：道歉
　あやま
　誤る：做錯

---

28 み なお
〇 **見直す**
〇〇
〇 重新評估

　+ み なお
　見直し　重新評估

このプロジェクトは最初から見直すことになった。

這個專案決定重頭開始重新評估。

---

29 あ
〇 **飽きる**
〇〇
〇 滿足、厭倦

　+ あき
　呆れる　吃驚

ロングヘアに飽きちゃったけど、切る勇気はない。

雖然厭倦了長髮，但沒有勇氣剪掉。

　あ
　飽きる：因做得太多或超過一個程度而感到厭倦。
　あき
　呆れる：吃驚而不知所措。

---

30 つ
〇 **尽きる**
〇〇
〇 盡頭、到頭

　+ つく
　尽す　竭盡

私の財布は寿命が尽きた。

我皮包的使用壽命已到盡頭。

31
浮く う
○
○
○
高興、興高采烈

＋ 浮上 ふじょう　浮出、顯露頭角

最近、何となく浮いてるけど、落ち着かないとね。
さいきん なん う お つ
最近總覺得心情很好，冷靜不下來呢。

32
逆らう さか
○
○
○
逆轉、反抗

＋ さかのぼる　回溯

時代の流れに逆らうのが必ずしも悪いわけではない。
じ だい なが さか かなら わる
反抗時代的潮流，也未必是一件壞事。

33
詰め込む つ こ
○
○
○
塞滿

単語を詰め込むだけでは会話の練習にならない。
たんご つ こ かい わ れんしゅう
只是塞滿單字是無法進行對話練習的。

34
逃げる に
○
○
○
逃跑

＋ 逃す のが　放過、錯過

危ないと感じた時は、待たずに早く逃げましょう。
あぶ かん とき ま はや に
感到危險時不要等待，馬上逃走吧。

35
眺める なが
○
○
○
眺望

＋ 眺め なが　眺望、景色

夜景を眺めながら食事ができる所を予約した。
や けい なが しょく じ ところ よ やく
預約了可以一邊眺望夜景一邊用餐的地方。

眺める：眺望 なが
挑む：挑釁 いど

36
戦う たたか
○
○
○
戰鬥

＋ 戦争 せんそう　戰爭

大変だろうが、ポジティブな気持ちで戦っていきたい。
たいへん き も たたか
雖然可能會很辛苦，但還是希望能用積極的態度戰鬥下去。

1天1分鐘驗收

1 請在 a、b 當中選出相符的讀音。

1. 税金　（a. ぜいきん　　b. せいきん）

2. 国土　（a. こくど　　b. こくと）

3. 首相　（a. しゅそう　　b. しゅしょう）

2 請依據讀音在 a、b 當中選出相符的單字。

4. ひれい　　　　（a. 比例　　b. 比列）

5. あやまる　　　（a. 誤る　　b. 謝る）

6. はんえい　　　（a. 返映　　b. 反映）

3 請從 a、b 當中選出最合適的詞。

7. ロングヘアに（a. 飽きちゃった　b. 呆れちゃった）けど、切る勇気は
　　ない。

8. 悪いことしてないのに警察に（a. 呼びかけられて　b. 呼び止められ
　　て）嫌だった。

9. このプロジェクトは最初から（a. 見直す　b. 見通す）ことになった。

答案 1 ⓐ　2 ⓐ　3 ⓑ　4 ⓐ　5 ⓑ　6 ⓑ　7 ⓐ　8 ⓑ　9 ⓐ

Day
13 14 15

□ 解消（かいしょう）

□ 活気（かっき）

□ 機能（きのう）

□ 視野（しや）

□ 分析（ぶんせき）

□ 続出（ぞくしゅつ）

□ 心当たり（こころあたり）

□ 採用（さいよう）

□ 足元（あしもと）

□ 応援（おうえん）

□ 幼児（ようじ）

□ 付属（ふぞく）

□ 壁（かべ）

□ 権利（けんり）

□ 係員（かかりいん）

□ 編集（へんしゅう）

□ 疑問（ぎもん）

□ 就職（しゅうしょく）

□ 診察（しんさつ）

□ 工夫（くふう）

□ 悪天候（あくてんこう）

□ チャンス

□ トラブル

□ 冷める（さめる）

□ 避ける（さける）

□ 見合わせる（みあわせる）

□ 黙る（だまる）

□ ふざける

□ 取り戻す（とりもどす）

□ 望む（のぞむ）

□ 抱く（いだく）

□ 配る（くばる）

□ 長引く（ながびく）

□ 尋ねる（たずねる）

□ 乗り越える（のりこえる）

□ 押さえる（おさえる）

01 かいしょう
○
○ **解消**
○
○ 解除、消除

+ と
解く 解開
[動]

わたし　　　　　いちばん　　　　　　　　　　　　かいしょうほう　りょこう
私にとって一番いいストレス解消法は旅行だ。

對我而言，最好的消除壓力方法是旅行。

---

02 かっき
○
○ **活気**
○
○ 活力

さつえい　　たいへん　　　　　　かっき　　　　　げんば　　たの
撮影は大変だけど、活気のある現場で楽しいです。

雖然拍攝很辛苦，但在充滿活力的現場非常快樂。

• 気
き 　活気：活力
　　かっき
け 　人気：人煙、人的氣息
　　ひとけ

---

03 き のう
○
○ **機能**
○
○ 功能

[動]

さいきん　　　　　　　　き のう　　おお　　　　　つか
最近のスマホは機能が多すぎて、使いにくい。

最近的智慧手機功能太多了，不好用。

---

04 し や
○
○ **視野**
○
○ 視野、見識

せ かい　　し や　　い　　　　じ ぶん　ちから　ため
世界を視野に入れて自分の力を試したい。

希望把世界納入視野，測試自己的能力。

---

05 ぶんせき
○
○ **分析**
○
○ 分析

[動]

じ こ　　げんいん　くわ　　　　ぶんせき
事故の原因を詳しく分析してみなければならない。

必須試著詳細分析意外發生的原因。

---

06 ぞくしゅつ
○
○ **続出**
○
○ 不斷發生

[動]

えんだか　　りゅうがく　　　　　　　　　ひと　ぞくしゅつ
円高で留学をあきらめる人が続出している。

因為日幣上漲，不斷有人放棄留學。

07 こころ あ
○ 心当たり
○
○ 線索

≒ けんとう
見当 推測

こころ あ　　　　　　　　　かた　　かかりいん　　　れんらく
心当たりのある方は係員までご連絡ください。

有線索的人請與負責人員連絡。

08 さいよう
○ 採用
○
○ 錄用、採用

＋ と
採る 採集
[動]

きぎょう　　さいようしけん　　がくれき　　と
この企業の採用試験では学歴を問いません。

這個企業的錄用考試是不看學歷的。

さいよう
採用：錄用、採用
やさい
野菜：蔬菜

09 あしもと
○ 足元
○
○ 脚下

＋ てもと
手元 手邊

すべ　　　　　　　　　あしもと　　ちゅうい
滑りやすいので、足元にご注意ください。

因為很容易滑倒，請注意腳下。

10 おうえん
○ 応援
○
○ 聲援、援助
[動]

とお　　　　　　　　おうえん　き
遠いところまで応援に来てくれてありがとう。

感謝您遠道而來聲援我們。

・応
おうえん
おう　応援：聲援、援助
はんのう
のう　反応：反應

11 よう じ
○ 幼児
○
○ 幼兒、幼童

＋ じどう
児童 兒童

ようじ　　　　　　　　　　　ひや　ど
幼児でもつけられる日焼け止めクリームです。

這是幼童也能擦的防曬乳。

12 ふ ぞく
○ 付属
○
○ 附屬

＋ きんぞく
金属 金屬

だいがく　　ふ ぞくびょういん　いしゃ　　　はたら
大学の付属病院で医者として働いている。

在大學附屬醫院以醫生的身分工作。

13 かべ
○○○ **壁**
　牆壁

絵が好きなので部屋の壁にたくさんかけてある。

因為喜歡畫，掛了很多畫在房間的牆壁上。

かべ：牆壁
くせ：習慣

14 けん り
○○○ **権利**
　權利

ストライキは法律で守られている権利である。

罷工是受法律保護的權利。

けん り：權利
かんこく：勸告

15 かかりいん
○○○ **係員**
　主管人員、負責人員

　　かかりちょう
　＋ 係長 股長

詳しくは売り場の係員までお尋ねください。

詳細情形請詢問賣場的負責人員。

16 へんしゅう
○○○ **編集**
　編輯
　[動]

フォトアプリで、撮った写真を編集することができる。

拍照軟體可以編輯拍攝好的照片。

へんしゅう：編輯
へんけん：偏見

17 ぎ もん
○○○ **疑問**
　疑問

　　うたが
　＋ 疑う 懷疑

物事に対していろんな疑問を持つのは悪くない。

對於事物抱持各種疑問也不錯。

18 しゅうしょく
○○○ **就職**
　就職
　[動]

日本では就職活動のことを略して「就活」と呼んでいる。

在日本，就職活動簡稱「就活」。

しゅうしょく：就職
ち しき：知識

19
○○○ しんさつ
診察
看病、検査

+ み
診る 診察
[動]

あの医者に診察を受けるためには、予約が要る。
要讓那位醫生檢查，需要預約。

しんさつ
診察：看病、検査
まさつ
摩擦：摩擦

20
○○○ く ふう
工夫
設法、動腦筋
[動]

ちょっとした工夫でごみを減らすことができた。
稍微動點腦筋就可以減少垃圾。

• エ
く　　工夫：設法、動腦筋
こう こうがく
工学：工學、工程

21
○○○ あくてんこう
悪天候
壞天氣

+ きこう
気候 氣候

あくてんこう
悪天候のせいで飛行機の欠航が決まった。
因為天氣惡劣，飛機決定停飛。

22
○○○
チャンス
機會（chance）

≒ きかい
機会 機會

今のチャンスを逃すと一生後悔するよ。
錯過這個機會，會後悔一輩子喔。

23
○○○
トラブル
問題、故障（trouble）

≒ もんだい
問題 問題

システムトラブルについては責任を持って対応します。
針對系統問題，會負起責任處理。

24
○○○ さ
冷める
變冷、變涼

≒ ひ
冷える 變冷、變涼

お茶が冷めないうちにどうぞお召し上がりください。
請趁茶還沒涼的時候享用。

さ
冷める：指原本熱的東西變微溫或變涼。
ひ
冷える：指原本室溫的東西下降至低溫。

25
○
○○
さ
避ける
避開

「この人だけは避けたい」と思った人と同じチームになった。

與心中「這個人絕對想避開」的人組成了一隊。

26
○
○○
み あ
見合わせる
暫停、對照

たいふう えいきょう うんこう み あ
台風の影響で運行を見合わせております。

由於颱風的影響暫停運行。

27
○
○○
だま
黙る
不說話

＋
ちんもく
沈黙 沉默

きみ だま い わけ
君も黙っていないで言い訳でもしなさいよ。

你不要不說話，編個理由也好啊。

28
○
○○
ふざける
胡鬧、開玩笑

むす こ き ぜんぜん
息子はいつもふざけてばかりでやる気が全然ない。

兒子總是一直胡鬧，完全沒有幹勁。

29
○
○○
と もど
取り戻す
取回、恢復

いち ど うしな しんよう かんたん と もど
一度失った信用はそう簡単には取り戻せない。

曾經失去的信用，不可能那麼輕易恢復。

30
○
○○
のぞ
望む
希望

＋
のぞ
望ましい 理想的

がくせい とき のぞ かいしゃ しゅうしょく うれ
学生の時から望んでいた会社に就職できて嬉しい。

很高興能在我從學生時期就期望進入的公司工作。

31 いだ
○ **抱く**
○○
○ 擁抱、懷有

≒ 抱く 擁抱

しゃいん なんねん きゅうりょう あ　　　　　　　　　　　　　　ふまん いだ
社員は何年も給料が上がらないことに不満を抱いている。
職員因為好幾年沒有漲過薪水而心懷不滿。

いだ
抱く：擁抱抽象的東西。
だ
抱く：擁抱具體的東西。

32 くば
○ **配る**
○○
○ 分配

＋ きくば
気配り 照顧

くば　　　　　　うし　ひと　まわ
プリントを配るので、後ろの人に回してください。
要分發講義了，請傳給後面的人。

33 ながび
○ **長引く**
○○
○ 拖延

かいぎ　ながび　　　よやくじかん　つ
会議が長引いて、予約時間に着けそうにない。
會議拖延，可能趕不上預約的時間。

34 たず
○ **尋ねる**
○○
○ 詢問

たず　　　　　　　　　　　　　じかん
お尋ねしたいことがありますが、お時間よろしいですか。
有點事情想詢問，可以占用您一點時間嗎？

たず
尋ねる：提出問題、詢問。
たず
訪ねる：拜訪某個地方。

35 の　こ
○ **乗り越える**
○○
○ 跨越、克服

≒ こくふく
克服する 克服

じぶん　ちから　の　こ
どんなことでも自分の力で乗り越えなければならない。
無論什麼事情，都必須靠自己的力量克服。

36 お
○ **押さえる**
○○
○ 按住、掌握

こうりつ　　べんきょう
ポイントを押さえて効率よく勉強しましょう。
掌握重點，有效率地讀書吧。

1天1分鐘驗收

1 請在 a、b 當中選出相符的讀音。

1. 活気 （a. かっき　　　b. かっけ）

2. 応援 （a. おうえん　　b. のうえん）

3. 工夫 （a. こうふう　　b. くふう）

2 請依據讀音在 a、b 當中選出相符的單字。

4. しゅうしょく　　（a. 就職　　　b. 就識）

5. しんさつ　　　　（a. 診擦　　　b. 診察）

6. さいよう　　　　（a. 採用　　　b. 菜用）

3 請從 a、b 當中選出最合適的詞。

7. （a. 心当たり　　b. 手当たり）のある方は係員までご連絡ください。

8. お茶が（a. 冷えない　　b. 冷めない）うちにどうぞお召し上がりください。

9. 社員は何年も給料が上がらないことに不満を（a. だいて　　b. いだいて）

いる。

答案 1 ⓐ　2 ⓐ　3 ⓑ　4 ⓐ　5 ⓑ　6 ⓐ　7 ⓐ　8 ⓑ　9 ⓑ

MP3 01-15

Day

14 **15** 16

 ○ 預習 → ○ 熟讀 → ○ 背誦 → ○ 測驗

□ 開封 _{かいふう}	□ 体操 _{たいそう}	□ 高学歴 _{こうがくれき}	□ 呼びかける _よ
□ 建築家 _{けんちく か}	□ 勇気 _{ゆう き}	□ お互い _{たが}	□ 揃える _{そろ}
□ 姿 _{すがた}	□ 身元 _{み もと}	□ 印刷 _{いんさつ}	□ 混ざる _ま
□ 異常 _{い じょう}	□ 比較 _{ひ かく}	□ ユーモア	□ 取り上げる _{と あ}
□ 申し込み _{もう こ}	□ 少子化 _{しょう し か}	□ パターン	□ 詰まる _つ
□ 了解 _{りょうかい}	□ 常識 _{じょうしき}	□ 落ち着く _{お つ}	□ さげる
□ 復興 _{ふっこう}	□ 迷子 _{まい ご}	□ 固める _{かた}	□ 立ち止まる _{た ど}
□ 実施 _{じっ し}	□ 災害 _{さいがい}	□ 測る _{はか}	□ 負う _お
□ 名字 _{みょう じ}	□ 共通 _{きょうつう}	□ 離れる _{はな}	□ 治める _{おさ}

01 かいふう
○
○ **開封**
○
開封

+ 封筒 信封
ふうとう しんぷう

動

いち ど かいふう
一度開封したものは早くお召し上がりください。
はや め あ

一旦開封的食物，就請盡快食用。

---

02 けんちく か
○
○ **建築家**
○
建築師

むすめ しょうらい ゆめ けんちく か
娘の将来の夢は建築家になることだそうだ。

據說女兒將來的夢想是成為建築師。

けんちく
建築：建築
けんこう
健康：健康

---

03 すがた
○
○ **姿**
○
姿態

+ 姿勢 姿勢、態度
しせい

かれ がん ば すがた おも
彼の頑張っている姿がすごくかっこいいと思う。

我覺得他努力的姿態很帥氣。

---

04 い じょう
○
○ **異常**
○
異常

+ 異なる 不同
こと

せ かいかく ち い じょう き しょう お
世界各地で異常気象が起きている。

世界各地正發生氣候異常的現象。

---

05 もう こ
○
○ **申し込み**
○
申請

⇔ 申請 申請
しんせい

もう こ しょるい いっかい うけつけ よう い
申し込み書類は一階の受付に用意してあります。

申請文件已經在一樓的櫃檯準備好了。

---

06 りょうかい
○
○ **了解**
○
了解、同意

動

ほんにん りょうかい え しゃしん と
本人の了解を得て写真を撮らせていただきました。

得到本人的同意後讓我拍攝了照片。

07 ふっこう
○
○ 復興
○ 復興
動

ひ さい ち　　　　ふっこう し えん　　よ
被災地への復興支援を呼びかけています。
正在呼籲向災區進行復興支援。

• 興
こう　　　復興：復興
きょう　興味：興趣

08 じっし
○
○ 実施
○ 實施
動

げんざい　　し　　　や かん ほ いく　　　　　じっし
現在、市では夜間保育サービスを実施している。
目前市（政府）有實施夜間保育服務。

09 みょうじ
○
○ 名字
○ 名字

に ほんじん　　みょう じ　　　　　よ　　　　　　　おお
日本人は名字だけで呼ばれることが多い。
日本人多半只被稱呼名字。

• 名
みょう　名字：名字
めい　　氏名：姓氏

10 たいそう
○
○ 体操
○ 體操

まいあさ　　たいそう　　　　　　　　けんこう
毎朝、体操するだけでも健康にいいそうだ。
據說每天早上做點體操就對身體很好。

11 ゆうき
○
○ 勇気
○ 勇氣

ほか　　　　　　　　　　　　　かいしゃ　　　　　ゆう き
他にやりたいことがあるが、会社をやめる勇気がない。
雖然還有其他想做的事情，但是沒有勇氣從公司辭職。

12 み もと
○
○ 身元
○ 身分

へんこう　　　　ば あい　　　み もと　　かくにん　ひつよう
パスワードを変更する場合は、身元の確認が必要だ。
如果要變更護照，就必須確認身分。

みぶん
≒ 身分　身分

13
○○
○○
ひ かく
比較
比較
動

じ ぶん　　　しあわ　　　　　　　　　ほうほう　　　た にん　　ひ かく
自分を幸せにする方法は他人と比較しないことだ。
讓自己幸福的方法就是不要跟他人比較。

ひ かく
比較：比較
かいてん
回転：轉動

14
○○
○○
しょう し　か
少子化
少子化
こうれい か
＋ 高齢化 高齡化

せ かい　　きゅうそく　　しょう し　か　　すす
世界は急速に少子化が進んでいる。
世界少子化現象正急速加劇。

15
○○○
じょうしき
常識
常識

じょうしき　　　　　　ひと　　　りょこう
こんなに常識のない人とは旅行したくない。
不想跟這麼沒有常識的人一起旅行。

16
○○○
まい ご
迷子
走失的孩子、迷路

すいがい　　まい ご　　　　　　　　　　　おお
水害で迷子になったペットが多い。
因為水災，有很多走失的寵物。

• 迷
まい 　 まい ご
　　　迷子：走失的孩子、迷路
めい 　 めい ろ
　　　迷路：迷路

17
○○○
さいがい
災害
災害

に ほん　　　し ぜんさいがい　　おお　　くに
日本は自然災害の多い国だ。
日本是自然災害很多的國家。

18
○○○
きょうつう
共通
共通
動

きょうつう　　　しゅ み　　も　　　　　　　　　　した
共通の趣味を持っていると、親しくなりやすい。
如果有共通的興趣，就容易變熟稔。

きょうつう
共通：共通
きょうきゅう
供給：供給

19
ooo
こうがくれき
高学歴
高學歷

こうがくれき　　　　　　しごと　　　　　　　わかもの　　おお
高学歴なのに、仕事のできない若者が多いそうだ。
據說很多年輕人明明學歷很高，工作能力卻很差。

20
ooo
たが
お互い
彼此、互相

そうご
≒ 相互　互相

ふうふ　　　こま　　　とき　　たが　　たす　あ
夫婦なら困った時にお互い助け合うべきだ。
夫妻有困難時就應該彼此互相幫助。

21
ooo
いんさつ
印刷
印刷

≒ プリント　印刷（print）
動

USBメモリを使ってコンビニでも印刷できます。
つか　　　　　　　　　　　　　　いんさつ
只要使用 USB 隨身碟，在超商也能列印。

22
ooo
ユーモア
幽默（humor）

ひと　　　　　なん　　ふんいき　よ
ユーモアのある人がいると何だか雰囲気が良くなる。
只要有幽默的人在場，氣氛感覺就會變好。

23
ooo
パターン
模式（pattern）

こうどう　　　　　　　か
行動パターンを変えるだけでやせることができる。
只要改變行動模式，就能變瘦。

24
ooo
お　　つ
落ち着く
冷靜

お　つ　　　　ふんいき　やさ　　ひと
落ち着いた雰囲気の優しい人です。
是冷靜又溫柔的人。

• 着
つ
つく　着く：到達
き
きる　着る：穿

25
○
○○
固める かた

使……堅固

何でも基礎を固めるのが一番大事だ。
なん　き そ　かた　　　　いちばんだい じ

無論什麼事情，穩固基礎都是最重要的。

26
○
○○
測る はか

測量

車の内部温度を測ってみたが、40度だった。
くるま　ない ぶ おん ど　はか　　　　　ど

試著測量了車內的溫度，有 40 度。

27
○
○○
離れる はな

離開、距離

＋ 分離 分離 ぶんり

新潟は東京から約260キロ離れている所だ。
にいがた　とうきょう　やく　　　　　はな　　　ところ

新潟是距離東京 260 公里左右的地方。

28
○
○○
呼びかける よ

呼籲、呼喚

気象庁は熱中症への注意を呼びかけている。
き しょうちょう　ねっちゅうしょう　ちゅう い　よ

氣象廳呼籲大家要注意中暑。

29
○
○○
揃える そろ

使……一致

＋ 揃う 到齊 そろ

みんな口を揃えて反対しています。
くち　そろ　　　はんたい

大家口徑一致地反對。

30
○
○○
混ざる ま

混雜

米に石が混ざっているから、気を付けてね。
こめ　いし　ま　　　　　　　き　つ

由於米粒中混雜了石頭，要注意喔。

31 取り上げる
報導

↔ 取り下げる 撤回

あまり取り上げる価値もないくだらないうわさだ。
是個不太有報導價值的無聊傳聞。

32 詰まる
擠滿、塞滿

野球に行く人々で電車内がぎっしり詰まっている。
要去看棒球的人們把電車塞滿滿的。

結ぶ：綁起來、結合
詰まる：擠滿、塞滿

33 さげる
撤下、收拾

お皿をおさげしてもよろしいでしょうか。
請問可以撤下這個盤子嗎？

34 立ち止まる
止步、停步

入口の前では立ち止まらないようにしてください。
請不要在入口前停留。

35 負う
背負

+ 負担 負擔

担当者である私が責任を負うしかない。
身為負責人的我，只能背負責任。

36 治める
平息

兄弟げんかを丸く治めるにはどうすればいいですか。
該如何妥善平息兄弟之間的爭執呢？

治める：指安撫騷動、平復情緒。
修める：指培養學問、行為或心靈。

1 請在 a、b 當中選出相符的讀音。

1. 名字 （a. めいじ　　　b. みょうじ）

2. 復興 （a. ふっこう　　　b. ふっきょう）

3. 迷子 （a. めいご　　　b. まいご）

2 請依據讀音在 a、b 當中選出相符的單字。

4. きょうつう　　　　　（a. 共通　　　b. 供通）

5. けんちく　　　　　　（a. 健築　　　b. 建築）

6. つまる　　　　　　　（a. 詰まる　　b. 結まる）

3 請從 a、b 當中選出最合適的詞。

7. 気象庁は熱中症への注意を (a. 呼びかけて　b. 呼び止めて) いる。

8. 兄弟げんかを丸く (a. 治める　b. 修める) にはどうすればいいですか。

9. みんな口を (a. そろえて　b. まとめて) 反対しています。

答案 1 ⓑ　2 ⓐ　3 ⓑ　4 ⓐ　5 ⓑ　6 ⓐ　7 ⓐ　8 ⓐ　9 ⓐ

Day

15 **16** **17**

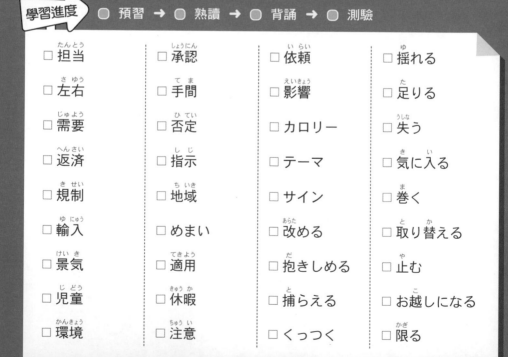

學習進度 ● 預習 → ● 熟讀 → ● 背誦 → ● 測驗

□ 担当 （たんとう）	□ 承認 （しょうにん）	□ 依頼 （いらい）	□ 揺れる （ゆ）
□ 左右 （さゆう）	□ 手間 （てま）	□ 影響 （えいきょう）	□ 足りる （た）
□ 需要 （じゅよう）	□ 否定 （ひてい）	□ カロリー	□ 失う （うしな）
□ 返済 （へんさい）	□ 指示 （しじ）	□ テーマ	□ 気に入る （きい）
□ 規制 （きせい）	□ 地域 （ちいき）	□ サイン	□ 巻く （ま）
□ 輸入 （ゆにゅう）	□ めまい	□ 改める （あらた）	□ 取り替える （とか）
□ 景気 （けいき）	□ 適用 （てきよう）	□ 抱きしめる （だ）	□ 止む （や）
□ 児童 （じどう）	□ 休暇 （きゅうか）	□ 捕らえる （と）	□ お越しになる （こ）
□ 環境 （かんきょう）	□ 注意 （ちゅうい）	□ くっつく	□ 限る （かぎ）

01 たんとう
○○○ **担当**
○○ 擔當
[動]

たんとう もの しょうしょう ま
担当の者におつなぎしますので、少々お待ちください。

現在要聯絡負責人，請稍候片刻。

02 さゆう
○○○ **左右**
○○ 左右、影響
[動]

かれ かんじょう さゆう ひと
彼は感情に左右されやすいタイプの人です。

他是容易被情感左右的類型。

03 じゅよう
○○○ **需要**
○○ 需求
←→ きょうきゅう
供給 供給、供應

てんねん じゅよう かくだい
天然ガスの需要はだんだん拡大している。

天然瓦斯的需求逐漸擴大了。

04 へんさい
○○○ **返済**
○○ 償還
[動]

こんげつ ねんかん じゅうたく ぜんぶへんさい
今月で２０年間の住宅ローンを全部返済した。

這個月把 20 年的房貸全部償還了。

05 きせい
○○○ **規制**
○○ 規定
[動]

こうつう きせいじょうほう かくにん
交通の規制情報などはスマホでも確認できます。

交通規章資訊之類的在智慧型手機上也能確認。

• 規
き きせい
規制：規定
ぎ じょうぎ
定規：尺

06 ゆにゅう
○○○ **輸入**
○○ 進口
←→ ゆしゅつ
輸出 出口
[動]

ちゅうごく ゆにゅうりょう きゅうそく ふ
中国からの輸入量が急速に増えたそうだ。

據說來自中國的進口量急速增加。

ゆにゅう
輸入：進口
しゃりん
車輪：車輪

07 けいき
○○○ **景気**
○ 景氣

日本の景気は回復に向かっていると思います。

我認為日本的景氣正在恢復。

08 じどう
○○○ **児童**
○ 兒童

+ どうわ
童話 童話

すべての家庭に児童手当が支給されるわけではない。

不是每個家庭都會發放兒童津貼。

• 児
じ 児童：兒童
に 小児：幼兒

09 かんきょう
○○○ **環境**
○ 環境

環境を守るため、ゴミのリサイクルにご協力ください。

為了保護環境，請協助垃圾回收。

10 しょうにん
○○ **承認**
○○ 承認、同意

+ みと
認める 承認
動

資料を外部に持っていくには、上司の承認が必要だ。

要將資料帶到外面，需要主管的同意。

11 てま
○ **手間**
○○ 工夫、時間、勞力

栗はおいしいけど、食べるまで手間がかかる。

栗子雖然很好吃，但是吃起來很花工夫。

12 ひてい
○○○ **否定**
○ 否定
動

否定も肯定もしないあいまいな態度が問題だ。

問題在於不否定也不肯定的曖昧態度。

ひてい
否定：否定
ふべん
不便：不方便

13
○○○ しじ
指示
○○ 指示
動

非常時は、スタッフの指示に従ってください。
ひじょうじ　　　　　　　しじ　したが

緊急狀況時請遵從工作人員的指示。

14
○ ちいき
地域
○○ 地區

≒ 区域　區域
くいき

スターバックスは地域限定のタンブラーを売っている。
ちいきげんてい　　　　　　　　う

星巴克正在販售地區限定的隨行杯。

15
○
めまい
○○ 頭暈

朝起きた時、時々めまいがします。
あさお　　とき　ときどき

早上起床時有時會頭暈。

16
○ てきよう
適用
○○ 適用、應用
動

この掃除機にはAI技術が適用されています。
そうじき　　　　　ぎじゅつ　てきよう

這個吸塵器應用了 AI 技術。

適用：適用、應用
てきよう
敵軍：敵軍
てきぐん

17
○ きゅうか
休暇
○○ 休假

≒ 休み　休息
やす

今週休暇を取ったけど、暑くてどこにも行けないよ。
こんしゅうきゅうか　と　　　あつ　　　　　　い

雖然這個禮拜休假，但是太熱了，哪裡都去不了啊。

18
○ ちゅうい
注意
○○ 注意
動

危ないですので、十分注意を払ってください。
あぶ　　　　　　じゅうぶんちゅうい　はら

非常危險，請多加注意。

注意：注意
ちゅうい
主要：主要
しゅよう

19 いらい
依頼
○○○ 依頼、委託
[動]

はっちゅう いらい さい かなら しょめん おこな
発注の依頼をする際は必ず書面にて行ってください。
委託訂貨時，請務必用書面方式進行。

いぜん
依然として：依然
いるい
衣類：衣物

---

20 えいきょう
影響
○○○ 影響
[動]

たいふう えいきょう たいかい ちゅうし
台風の影響で、マラソン大会は中止になった。
由於颱風的影響，馬拉松大賽停止了。

21
カロリー
○○○ 卡路里（calorie）

さいきん くすり
最近はカロリーをカットしてくれるという薬もある。
最近也有一些可以幫助減少卡路里的藥物。

22
テーマ
○○○ 主題（Thema）

う ちゅう つく
宇宙をテーマにしたアニメを作っているそうだ。
據說正在製作以宇宙為主題的動畫。

23
サイン
○○○ 簽名（sign）

や きゅうじょう い
野球場でサイン入りのボールをもらった。
在棒球場得到了簽名球。

しょめい
≒ 署名 署名
[動]

---

24 あらた
改める
○○○ 改變、改正

いま きょういく あらた かんが
今の教育をどう改めるべきか考えてみよう。
試著思考一下現在的教育該如何改變吧。

かいせい
＋ 改正 修改

25 抱きしめる
○○○
○○ 擁抱

人形を抱きしめて寝るのが、子供の時からのくせだ。

抱著娃娃入睡，是小時候就有的習慣。

---

26 捕らえる
○○○
○○ 逮捕、捕捉、掌握

作家が書いた文章の意味を正しく捕らえてみよう。

試著正確掌握作家所寫文章的意義吧。

捕らえる：逮捕、捕捉、掌握
補う：彌補、補足

---

27 くっつく
○○○
○○ 緊跟著

うちのワンちゃんは一日中私にくっついている。

我家的小狗一整天都緊跟著我。

---

28 揺れる
○○○
○○ 搖晃

地震の際、まだ揺れている時は動かないでください。

地震時，還在搖晃的期間請不要動。

---

29 足りる
○○○
○○ 足夠

人数が多くて、この量では足りないかもしれない。

因為人數眾多，這個量可能不夠。

≒ 足る 足夠

---

30 失う
○○○
○○ 失去

激しい暑さのせいか気力を失った。

也許是因為酷暑而失去了活力。

31 気<ruby>き</ruby>に入<ruby>い</ruby>る
○○○ 喜歡

私<ruby>わたし</ruby>の気<ruby>き</ruby>に入<ruby>い</ruby>っている店<ruby>みせ</ruby>だけど、今度<ruby>こんど</ruby>一緒<ruby>いっしょ</ruby>に行<ruby>い</ruby>こう。
這是我喜歡的店，下次一起去吧。

---

32 巻<ruby>ま</ruby>く
○○○ 纏上、圍上

首<ruby>くび</ruby>にスカーフを巻<ruby>ま</ruby>いている人<ruby>ひと</ruby>が僕<ruby>ぼく</ruby>の母<ruby>はは</ruby>です。
脖子上圍絲巾的人是我的母親。

---

33 取<ruby>と</ruby>り替<ruby>か</ruby>える
○○○ 更換

故障<ruby>こしょう</ruby>で動<ruby>うご</ruby>かないので部品<ruby>ぶひん</ruby>を取<ruby>と</ruby>り替<ruby>か</ruby>えることにした。
因為故障導致無法運作，決定替換零件。

＋ 交替<ruby>こうたい</ruby> 交替

---

34 止<ruby>や</ruby>む
○○○ 停止

雨<ruby>あめ</ruby>も止<ruby>や</ruby>んで風<ruby>かぜ</ruby>も穏<ruby>おだ</ruby>やかになる見込<ruby>みこ</ruby>みです。
預計雨會停下來，風也會平靜下來。

---

35 お越<ruby>こ</ruby>しになる
○○○ 光臨

会場<ruby>かいじょう</ruby>にお越<ruby>こ</ruby>しになる際<ruby>さい</ruby>は、電車<ruby>でんしゃ</ruby>をご利用<ruby>りよう</ruby>ください。
光臨會場時，請搭乘電車。

---

36 限<ruby>かぎ</ruby>る
○○○ 限定

スピーチ大会<ruby>たいかい</ruby>の参加者<ruby>さんかしゃ</ruby>は外国人<ruby>がいこくじん</ruby>に限<ruby>かぎ</ruby>ります。
演講比賽的參加者僅限外國人。

＋ 限定<ruby>げんてい</ruby> 限定

1 請在 a、b 當中選出相符的讀音。

1. 規制 (a. きせい　　b. ぎせい)

2. 注意 (a. しゅい　　b. ちゅうい)

3. 地域 (a. ちえき　　b. ちいき)

2 請依據讀音在 a、b 當中選出相符的單字。

4. いらい　　　　(a. 衣頼　　b. 依頼)

5. ひてい　　　　(a. 否定　　b. 不定)

6. ゆにゅう　　　(a. 輸入　　b. 輸入)

3 請從 a、b 當中選出最合適的詞。

7. 栗（くり）はおいしいけど、食（た）べるまで(a. 手入れ　b. 手間)がかかる。

8. 今月（こんげつ）で20年間（ねんかん）の住宅（じゅうたく）ローンを全部（ぜんぶ）(a. 返却　b. 返済)した。

9. 雨（あめ）も(a. 止んで　b. 止めて)風（かぜ）も穏（おだ）やかになる見込（みこ）みです。

答案 1 ⓐ　2 ⓑ　3 ⓑ　4 ⓑ　5 ⓐ　6 ⓑ　7 ⓑ　8 ⓑ　9 ⓐ

Day
16 17 18

學習進度 ● 預習 → ● 熟讀 → ● 背誦 → ● 測驗

□ 依存 （いぞん）	□ 義務 （ぎむ）	□ 信頼 （しんらい）	□ 返す （かえ）
□ 逮捕 （たいほ）	□ 歴史 （れきし）	□ 救助 （きゅうじょ）	□ 流行る （はや）
□ 国境 （こっきょう）	□ 委員会 （いいんかい）	□ 育児 （いくじ）	□ 参る （まい）
□ 傾向 （けいこう）	□ 種類 （しゅるい）	□ アイディア	□ 責める （せ）
□ 販売 （はんばい）	□ 従業員 （じゅうぎょういん）	□ ポスト	□ 酔う （よ）
□ 国際 （こくさい）	□ 遠慮 （えんりょ）	□ 注ぐ （そそ）	□ 構う （かま）
□ 供給 （きょうきゅう）	□ 借金 （しゃっきん）	□ 植える （う）	□ 閉じる （と）
□ 機会 （きかい）	□ 緊張 （きんちょう）	□ 編む （あ）	□ 拝見する （はいけん）
□ 人込み （ひとご）	□ 許可 （きょか）	□ 転がる （ころ）	□ 取り消す （とけ）

01
○○○
依存 いぞん
依頼
動

スマホ依存症にならないよう、程よく使うことが大事だ。
為了不要罹患手機成癮症，適度使用是很重要的。

- 存
そん 依存：依頼（※有「いぞん」和「いそん」兩種發音。）
そん 存在：存在

02
○○○
逮捕 たいほ
逮捕
動

10年間逃げていた犯人が今度逮捕された。
逃亡10年的犯人這次被逮捕了。

逮捕：逮捕
健康：健康

03
○○○
国境 こっきょう
國境、邊境

国境ではパスポートを提示しなければならない。
在邊境必須出示護照。

04
○○○
傾向 けいこう
傾向

社長は人の話に耳を貸さない傾向がある。
社長有不聽別人說話的傾向。

05
○○○
販売 はんばい
販賣
動

前売り券もチケット売り場で販売している。
在售票處也有販賣預售票。

06
○○○
国際 こくさい
國際

大学の国際交流サークルに入っている。
加入了大學的國際交流團體。

国際：國際
祭典：祭典

07　きょうきゅう
○○ **供給**
○○ 供給、供應
　〔動〕

しょうひん　だい　　　　　　　きょうきゅう　ま　あ
商品が大ヒットして供給が間に合わない。
商品大受歡迎，來不及供應。

きょうきゅう
供給：供給、供應
しゅうとく
拾得：撿到

08　き かい
○○○ **機会**
○ 機會

≒ チャンス
　機會（chance）

わたし　じんせい　に ど　　　　　き かい　　おも
私の人生に二度とない機会だと思う。
我想這是人生中不會再有第二次的機會。

09　ひと ご
○○ **人込み**
○○ 人山人海

ひとなみ
≒ 人波　人潮

れんきゅう　　　　　ひと ご　　　　　　　　　　　ある
連休になると人込みがすごくて歩けないほどだ。
只要連休就會人山人海，以至於根本無法行走。

10　ぎ む
○ **義務**
○○ 義務

のうぜい　こくみん　　　　　　　ぎ む
納税は国民としての義務だ。
納稅是國民的義務。

11　れき し
○ **歴史**
○○ 歴史

まち　ちい　　　　　　れき し　ふか　ところ
この町は小さいけど、歴史の深い所です。
這個城鎮雖然很小，卻是歷史悠久的地方。

12　い いんかい
○ **委員会**
○○ 委員會

もんだい　きょういく い いんかい　そうだん
いじめ問題は教育委員会に相談してください。
霸凌問題請跟教育委員會商量。

い いん
委員：委員
き せつ
季節：季節

13 しゅるい
○○○ **種類**
○○ 種類

+ たね
種 種子

パスタの麺はいろいろな種類がある。

義大利麵有各種不同的種類。

しゅるい
種類：種類
すうがく
数学：數學

---

14 じゅうぎょういん
○○ **従業員**
○○ 作業員、員工

+ したが
従う 遵從

しゃちょう じゅうぎょういん こえ き
社長は従業員の声をよく聞こうとするリーダーだ。

社長是經常試圖傾聽員工聲音的領導者。

---

15 えんりょ
○○○ **遠慮**
○○ 客氣、謝絕、辭讓

+ はいりょ
配慮 關照
[動]

しつもん えんりょ れんらく
質問がありましたら、遠慮なくご連絡ください。

如果有問題，請不要客氣，隨時跟我聯絡。

---

16 しゃっきん
○○○ **借金**
○○ 借款

+ か
借りる 借
[動]

かれ て だ しゃっきん
彼はギャンブルに手を出して借金だらけになった。

他接觸賭博，因此一身債。

---

17 きんちょう
○○ **緊張**
○○ 緊張
[動]

カメラの前で緊張しちゃって何も言えなかった。

在鏡頭前很緊張，就什麼都說不出口。

きんちょう
緊張：緊張
て ちょう
手帳：筆記本

---

18 きょか
○○○ **許可**
○○ 許可

+ ゆる
許す 允許、原諒
[動]

こうじちゅう きょか はい
工事中につき、許可なしには入れません。

由於正在施工，未經許可不得進入。

19 しんらい
○ **信頼**
○○
○ 信頼
〔動〕

うしな しんらい と もど むずか
失った信頼を取り戻すのは難しい。
要取回失去的信賴是很困難的。

20 きゅうじょ
○ **救助**
○○
○ 救助

ほじょ
＋ 補助 補助
〔動〕

やま みち まよ きゅうじょ
山で道に迷ったが、救助された。
在山上迷路，但被救了。

きゅうじょ
救助：救助
ち きゅう
地球：地球

21 いくじ
○ **育児**
○○
○ 育兒
〔動〕

しごと いくじ お まいにち つか
仕事と育児に追われる毎日でとても疲れている。
被工作與育兒追著跑，每天都很疲憊。

22
○ **アイディア**
○○
○ 點子、創意（idea）

かのじょ あたま よ ほうふ
彼女は頭も良くてアイディアも豊富です。
她既聰明又富有創意。

23
○ **ポスト**
○○
○ 郵筒、信箱（post）

ゆうびんばこ
≒ 郵便箱 郵箱

こんど か
今度、ポストのデザインが変わるそうです。
據說這次郵筒的設計將要改變。

24 そそ
○ **注ぐ**
○○
○ 灌入、傾注

つ
≒ 注ぐ 倒入

さいきん たいりょく ちから そそ
最近、体力づくりに力を注いでいる。
最近正致力於增強體力。

そそ
注ぐ：可以表示「傾注力量、努力等」，也可以指「倒出酒等液體」。
つ
注ぐ：只有「倒出酒等液體」的意思，不能用於其他情境。

25
^う
植える
種植
+ ^{しょくぶつ} 植物 植物

^{こうえん} ^{すぎ} ^き ^う
この公園には杉の木が植えてある。
這個公園裡種植著杉樹。

^う
植える：種植
^{あたい}
値する：值得

26
^あ
編む
編織
+ ^あ ^{もの} 編み物 編織物

^{けいと} ^あ ^{ともだち}
毛糸でセーターを編んで、友達にプレゼントした。
用毛線織毛衣，當禮物送給朋友。

27
^{ころ}
転がる
滾動

^お ^{ころ}
落としたボールがころころ転がっていった。
掉落的球不停地滾動。

28
^{かえ}
返す
歸還

^き ^ひ ^{かね} ^{かえ}
決められた日までお金を返さないといけない。
在規定的日期之前必須還錢。

29
^{はや}
流行る
流行

^{さいきん} ^{はや} ^{おんがく}
最近、流行っている音楽はヒップホップです。
最近流行的音樂是嘻哈。

30
^{まい}
参る
來

^{たんとうしゃ} ^{まい} ^{しょうしょう} ^ま
担当者がすぐ参りますので、少々お待ちください。
負責人馬上就來，請稍候。

31
責める
せ

○○○ 責怪

+ 責任 責任
せきにん

彼も反省してるから、そんなに責めないでよ。
かれ　はんせい　　　　　　　　　　　　　　せ

他也在反省了，就別如此責備他了。

32
酔う
よ

○○ 酒醉

≒ 酔っ払う 爛醉如泥
よ　ばら

彼はお酒に酔うと同じ話を繰り返します。
かれ　さけ　よ　　おな　はなし　く　かえ

他只要喝醉，就會反覆說相同的話。

33
構う
かま

○○○ 介意

私は一人でも大丈夫だから、構わないでね。
わたし　ひとり　　だいじょうぶ　　　　　かま

我一個人也沒有關係，不用在意喔。

34
閉じる
と

○○○ 閉上

目を閉じるだけでもちょっと疲れが取れる。
め　と　　　　　　　　　　　つか　と

光是閉上眼睛也能緩解一點疲勞。

35
拝見する
はいけん

○○○ 瞻仰、拜讀

+ 拝啓 敬啟
はいけい

先生の作品は全部拝見しています。
せんせい　さくひん　ぜんぶ　はいけん

我拜讀了老師全部的作品。

36
取り消す
と　け

○○○ 取消

≒ キャンセル
取消（cancel）

出発一週間前だと取り消すことができる。
しゅっぱついっしゅうかんまえ　　と　け

出發前一週可以取消。

1天1分鐘驗收

1 請在 a、b 當中選出相符的讀音。

1. 歷史　（a. れきし　　　b. りょくし）

2. 傾向　（a. きょうこう　b. けいこう）

3. 供給　（a. こうきゅう　b. きょうきゅう）

2 請依據讀音在 a、b 當中選出相符的單字。

4. こくさい　　　　　（a. 国祭　　　b. 国際）

5. きんちょう　　　　（a. 緊帳　　　b. 緊張）

6. うえる　　　　　　（a. 植える　　b. 値える）

3 請從 a、b 當中選出最合適的詞。

7. 最近、体力づくりに力を(a. そそいで　b. ついで)いる。

8. 連休になると(a. 人込み　b. 人並み)がすごくて歩けないほどだ。

9. 目を(a. 閉める　b. 閉じる)だけでもちょっと疲れが取れる。

答案　1 ⓐ　2 ⓑ　3 ⓑ　4 ⓑ　5 ⓑ　6 ⓐ　7 ⓐ　8 ⓐ　9 ⓑ

Day

17 **18** 19

 學習進度 ● 預習 → ● 熟讀 → ● 背誦 → ● 測驗

□ 優秀だ _{ゆうしゅう}	□ 平気だ _{へいき}	□ 余計だ _{よけい}	□ 目覚しい _{めざま}
□ 好調だ _{こうちょう}	□ 慎重だ _{しんちょう}	□ 不自由だ _{ふじゆう}	□ 辛い _{つら}
□ 幼稚だ _{ようち}	□ 意外だ _{いがい}	□ 見事だ _{みごと}	□ 騒々しい _{そうぞう}
□ 妙だ _{みょう}	□ 確かだ _{たし}	□ 下品だ _{げひん}	□ 申し訳ない _{もう わけ}
□ 無口だ _{むくち}	□ 強引だ _{ごういん}	□ リアルだ	□ ずうずうしい
□ くたくただ	□ 複雑だ _{ふくざつ}	□ 薄い _{うす}	□ ものすごい
□ 有利だ _{ゆうり}	□ 派手だ _{はで}	□ 浅い _{あさ}	□ 力強い _{ちからづよ}
□ 愉快だ _{ゆかい}	□ 手頃だ _{てごろ}	□ 細かい _{こま}	□ 眠たい _{ねむ}
□ 極端だ _{きょくたん}	□ ささやかだ	□ くだらない	□ 面倒くさい _{めんどう}

01 ゆうしゅう
○
○○ 優秀だ
○ 優秀

名

しごと ゆうしゅう せいせき だいがく そつぎょう
仕事をしながらも優秀な成績で大学を卒業した。

即使一邊工作，還是以優秀的成績從大學畢業。

ゆうしゅう
優秀：優秀
とうめい
透明：透明

02 こうちょう
○
○○ 好調だ
○ 順利、情況良好

≒ スムーズだ
順暢（smooth）

名

う ゆ こうちょう せいちょう き たい
売れ行きも好調で、これからの成長を期待している。

銷售情況良好，期待未來的成長。

03 ようち
○
○○ 幼稚だ
○ 幼稚

おさな
≒ 幼い 幼稚

名

とし ようち おとな
いい年して幼稚な大人ってけっこういるんですよ。

有很多一把年紀還很幼稚的成年人。

ようち
幼稚：幼稚
げんそう
幻想：幻想

04 みょう
○
○○ 妙だ
○ 奇怪

名

ふたり あいだ みょう ふんいき かん
二人の間に妙な雰囲気が感じられた。

可以感受到兩人之間奇妙的氛圍。

05 むくち
○
○○ 無口だ
○ 沉默寡言

名

かれ むくち ひと なに かんが わ
彼は無口な人で、何を考えているか分からない。

他是個沉默的人，所以不知道他在想什麼。

• 無
むくち
む 無口：沉默寡言
ぶ じ
ぶ 無事：平安

06
○
○○ くたくただ
○ 精疲力盡

≒ へとへと 非常疲憊

ざんぎょうつづ
ずっと残業続きでもうくたくたになっている。

一直加班，已經精疲力盡了。

07 ゆうり
有利だ
有利

↔ 不利だ 不利
ふり

こんど ゆうり たちば
今度はAチームが有利な立場にある。

這次A隊處於有利的地位。

---

08 ゆかい
愉快だ
愉快

↔ 不愉快だ 不愉快
ふゆかい
名

かれ ゆかい わら やさ ひと
彼はいつも愉快に笑う、とても優しい人だ。

他總是愉快地笑著，是個非常溫柔的人。

---

09 きょくたん
極端だ
極端
名

きょくたん い かれ さいのう
極端に言うと、彼には才能がありません。

說得極端一點，他沒有才能。

---

10 へいき
平気だ
冷靜、不在乎
名

こども そば へいき す ひと
子供の側で平気でたばこを吸っている人もいる。

也有人會在小朋友旁邊毫不在意地抽菸。

---

11 しんちょう
慎重だ
慎重

≒ まじめだ 認真
名

じかん しんちょう かんが き
時間がかかっても、慎重に考えて決めましょう。

即使要花時間，也請慎重考慮再決定吧。

しんちょう
慎重：慎重
しんじつ
真実：真實

---

12 いがい
意外だ
意外
名

し いがい はなし あつ ほん
知ったらびっくりする意外な話を集めた本です。

這本書收錄了知道以後會感到驚訝、意外的故事。

13 たし
○ **確かだ**
○○ 確實、確切

たし しょうこ かぎ しん
確かな証拠がない限り、信じません。
除非有確切的證據，否則我不相信。

---

14 ごういん
○ **強引だ**
○○ 強制

＋ むりやり 強迫

こ ども なん ごういん
子供に何でも強引にやらせるのはよくない。
強迫小孩子做任何事情都是不好的。

• 強
　ごう 　強引：強制
　きょう 　強力：強力

---

15 ふくざつ
○ **複雑だ**
○○ 複雑
名

ふくざつ もんだい かんが
複雑な問題だからこそ、シンプルに考えることだ。
正因為是複雑的問題，才要想得簡單一點。

ふくざつ
複雑：複雑
ふくげん
復元：復原

---

16 は で
○ **派手だ**
○○ 華麗

↔ 地味だ 樸素
じ み
名

は で ふく き め だ
派手な服を着ているから目立つ。
因為穿著華麗的衣服，很引人注目。

• 手
　で 　派手：華麗
　て 　手足：手腳
てあし

---

17 て ごろ
○ **手頃だ**
○○ 合適
名

て ごろ ね だん き がる り よう みせ
手頃な値段で気軽に利用できる店です。
是價格適中，可以輕鬆光顧的店家。

18
○ **ささやかだ**
○○ 微薄、簡單

れい しな おく
ささやかですが、お礼の品を送らせていただきます。
雖然不成敬意，但請讓我送你一份謝禮。

19 よ けい
○
○ 余計だ
○ 多餘

「余計なこと言うな」と母に怒られた。

被媽媽生氣地責罵「不要說多餘的話」。

---

20 ふ じ ゆう
○
○ 不自由だ
○ 不方便、不好使
名 動

体の不自由な方もご入場いただけます。

肢體不方便的人也可以入場。

---

21 み ごと
○
○ 見事だ
○ 出色、厲害

一回目の試験で合格するなんてお見事ですね。

第一次考試就合格，真是厲害。

---

22 げ ひん
○
○ 下品だ
○ 下流

言い方もファッションも下品に見える人だ。

說話方式跟打扮都看起來很下流的人。

じょうひん
↔ 上品だ 優雅
名

• 下
げ 下品：下流
か 地下：地下

23
○
○ リアルだ
○ 現實、真實（real）

あまりにもリアルな夢を見て泣いてしまいました。

夢見一個過於真實的夢就哭了。

---

24 うす
○
○ 薄い
○ 淡

薄いブラックコーヒーは麦茶みたいで嫌だ。

淡的黑咖啡就跟麥茶一樣，我不喜歡。

こ
↔ 濃い 濃厚

25
○
○○
あさ
浅い
粗淺

けいけん　あさ　すこ　き
まじめだけど、経験が浅いのが少し気になります。
雖然很認真，不過經驗太粗淺，令人有點在意。

26
○
○○
こま
細かい
詳細
しょうさい
＋ 詳細　詳細

けん　　ないよう　こま　しら
この件については内容を細かく調べてみます。
關於這件事，我會再詳細調查內容看看。

27
○
○○○
くだらない
無聊

こだわ
こんなくだらないことにいちいち拘るな。
不要一直在意這種無聊的小事。

28
○
○○
め ざま
目覚しい
特別突出、驚人的
≒ まぶしい　耀眼

くん　さいきんめ ざ　　せいちょう　み
ユウト君は最近目覚ましい成長を見せている。
優斗君最近表現出驚人成長。

29
○
○○
つら
辛い
辛苦

かれ　　　　　つら　おも　　　　そうぞう
彼がどれだけ辛い思いをしたか想像できない。
無法想像他經歷了多麼辛苦的事情。

30
○
○○
そうぞう
騒々しい
吵雜的
≒ 騒がしい　吵雜
さわ
≒ うるさい　吵鬧的

なに　お　　　　　　まわ　きゅう　そうぞう
何か起きたのか周りが急に騒々しくなった。
好像發生了什麼事，四周突然吵雜起來。

31
○
○
○
申し訳ない
もう わけ

非常抱歉

≒ すまない 抱歉、對不起

ご迷惑をおかけして、申し訳ないです。
めいわく   もう わけ

給您添麻煩了，非常抱歉。

32
○
○
○
ずうずうしい

厚臉皮

≒ 厚かましい 厚臉皮、
あつ
無恥

みんな並んでいるのに割り込むなんてずうずうしいね。
なら   わ こ

大家都在排隊，竟然有人插隊，還真厚臉皮。

33
○
○
○
ものすごい

驚人、厲害

ものすごい風を伴った大雨が降っている。
かぜ   ともな   おおあめ ふ

正下著伴隨強風的大雨。

34
○
○
○
力強い
ちからづよ

強而有力、有信心

家族が側にいてくれるだけで力強いです。
か ぞく   そば   ちからづよ

只要有家人在我身邊，就覺得有信心。

35
○
○
○
眠たい
ねむ

昏昏欲睡

私は夜型で、朝は眠たくて何もできない。
わたし よるがた   あさ ねむ   なに

我是夜貓子，早上都昏昏欲睡，什麼也做不了。

36
○
○
○
面倒くさい
めんどう

非常麻煩

≒ 面倒だ 麻煩
めんどう

何もかも面倒くさいと言うのが彼の口癖である。
なに   めんどう   い   かれ くちぐせ

他的口頭禪是無論何事都說很麻煩。

⏱ 1天1分鐘驗收

① 請在 a、b 當中選出相符的讀音。

1. 派手だ （a. はてだ　　　　b. はでだ）

2. 強引だ （a. ごういんだ　　b. きょういんだ）

3. 下品だ （a. げひんだ　　　b. かひんだ）

② 請依據讀音在 a、b 當中選出相符的單字。

4. ゆうしゅうだ　　　　　（a. 優秀だ　　b. 優透だ ）

5. こまかい　　　　　　　（a. 詳かい　　b. 細かい）

6. しんちょうだ　　　　　（a. 真重だ　　b. 慎重だ）

③ 請從 a、b 當中選出最合適的詞。

7. （a. ささやか　b. さわやか）ですが、お礼の品を送らせていただきます。

8. 何か起きたのか周りが急に（a. ずうずうしく　b. そうぞうしく）なった。

9. 子供の側で（a. 平安　b. 平気）でたばこを吸っている人もいる。

答案 1 ⓑ　2 ⓐ　3 ⓐ　4 ⓐ　5 ⓑ　6 ⓑ　7 ⓐ　8 ⓑ　9 ⓑ

Day

18 **19** 20

學習進度　● 預習 → ● 熟讀 → ● 背誦 → ● 測驗

□ 必死だ	□ いい加減だ	□ 素直だ	□ 重たい
□ 奇妙だ	□ 迷惑だ	□ 身近だ	□ 憎い
□ 頑丈だ	□ 地味だ	□ 単純だ	□ 物足りない
□ 盛んだ	□ 平凡だ	□ 丁寧だ	□ きつい
□ 適度だ	□ 無駄だ	□ おしゃれだ	□ とんでもない
□ 不平だ	□ 細やかだ	□ 汚い	□ 尊い
□ 華やかだ	□ そっくりだ	□ もったいない	□ ありがたい
□ 画期的だ	□ 不審だ	□ 貧しい	□ ぬるい
□ 気軽だ	□ さわやかだ	□ 懐かしい	□ 注意深い

01
ひっし
必死だ
〇〇〇
拼命
名

ひっし がんば おおめ み
必死に頑張っているから、大目に見てください。

我正在拼命努力，所以還請你高抬貴手。

02
き みょう
奇妙だ
〇〇〇
奇妙

きみょう き はなし ほんとう
奇妙に聞こえるだろうが、その話は本当だ。

雖然聽起來很奇妙，但這故事是真實的。

03
がんじょう
頑丈だ
〇〇〇
堅固、健壯

がんこ
+ 頑固だ 頑固
名

がんじょう なが も
このスマホは頑丈で、バッテリーも長持ちする。

這支智慧型手機很堅固，電池的續航力也很持久。

04
さか
盛んだ
〇〇〇
盛大、旺盛

せいだい
+ 盛大だ 盛大

あき しょくよく さか
秋になって食欲が盛んになった。

到了秋天，食慾就變得旺盛。

05
てき ど
適度だ
〇〇〇
適當
名

てき ど うんどう けんこう ちかみち
適度な運動は、健康への近道だ。

適當的運動是通往健康的捷徑。

06
ふ へい
不平だ
〇〇〇
不滿

ふ へい ふ まん
+ 不平不満 抱怨
名

かれ こころ なか なに ふ へい
彼はいつも心の中に何か不平なことがあるようだ。

他的心中好像總是有什麼不滿。

07　華やかだ
はな
華麗

華やかなドレス姿がとてもきれいでした。
はな　　　　すがた
穿著華麗禮服的打扮非常美麗。

08　画期的だ
かっきてき
劃時代的

世界を驚かせる画期的な商品を開発した。
せかい　おどろ　　　　かっきてき　しょうひん　かいはつ
開發了震驚全世界的劃時代商品。

・画
かく　　画期的：劃時代的
　　　　かっきてき
が　　　画面：畫面
　　　　がめん

09　気軽だ
きがる
隨意、輕鬆

質問のある方は、気軽に声をかけてください。
しつもん　　　かた　　きがる　こえ
有問題的人，請隨意發言。

10　いい加減だ
かげん
適可而止

ふざけるのもいい加減にしなさい。
かげん
開玩笑也要適可而止。

＋加減　調整、程度
かげん

11　迷惑だ
めいわく
困擾、麻煩
名

人の迷惑になるようなことはやめましょう。
ひと　めいわく
別做那些會使人困擾的事情吧。

12　地味だ
じみ
樸素、不華麗

ここ、見た目は地味だけど、パンは本当においしい。
み　め　じみ　　　　　　　　　ほんとう
這裡的外觀很樸素，但麵包真的很好吃。

↔派手だ　華麗
はで
名

13
○○○
平凡だ
へいぼん

平凡

+ 凡人 凡人
ぼんじん
名

幸せは平凡な日常にあると思う。
しあわ　へいぼん　にちじょう　おも

我認為幸福就在平凡的日常生活中。

14
○○○
無駄だ
む だ

浪費、無用
名

ストレスがたまると無駄な物を買ってしまう。
む だ　もの　か

一累積壓力，就會買無用的東西。

15
○○
細やかだ
こま

細緻

細やかに対応していただき、ありがとうございます。
こま　たいおう

非常感謝你處理得這麼細緻。

16
○○○
そっくりだ

一致、一模一樣

≒ 瓜二つ 一模一樣
うりふた

芸能人にそっくりな人を探しています。
げいのうじん　ひと　さが

正在尋找跟藝人長得一樣的人。

17
○○
不審だ
ふ しん

可疑
名

不審な人物を発見したら、110番してください。
ふ しん　じんぶつ　はっけん　ひゃくとおばん

如果發現可疑人士，請打110。

不審：可疑
ふ しん
当番：值班
とうばん

18
○○
さわやかだ

爽朗、清爽

さわやかな風が吹く季節になりました。
かぜ　ふ　きせつ

到了清爽微風吹拂的季節。

19
○○○
素直だ　すなお
坦率

自分の失敗を素直に認めた方がいい。
じぶん　しっぱい　すなお　みと　ほう

坦率接受自己的失敗比較好。

> 素直：坦率　すなお
> 値段：價格　ねだん

20
○○○
身近だ　みぢか
身邊、切身

幸せはいつも身近なところにある。
しあわ　みぢか

幸福總是在我們身邊的地方。

21
○○○
単純だ　たんじゅん
單純
[名]

物事を単純に考える方が答えを見つけやすい。
ものごと　たんじゅん　かんが　ほう　こた　み

單純地思考事物，比較容易找到答案。

> 単純：單純　たんじゅん
> 鈍感：遲鈍　どんかん

22
○○○
丁寧だ　ていねい
仔細、有禮貌
[名]

親切で丁寧な説明が印象的だった。
しんせつ　ていねい　せつめい　いんしょうてき

親切且仔細的說明使人印象深刻。

> ・丁
> てい　丁寧：仔細、有禮貌　ていねい
> ちょう　丁度：正好　ちょうど

23
○○○
おしゃれだ
時髦
[名]

たまにはおしゃれな服を着て出かけたい。
ふく　き　で

偶爾也想穿時髦的衣服出門。

24
○○○
汚い　きたな
骯髒

汚いやり方で成功しても意味がないと思う。
きたな　かた　せいこう　いみ　おも

我認為用骯髒的手段取得成功也沒有意義。

25
○○○
もったいない
浪費

水_{みず}がもったいないから、流_{なが}しっぱなしにしないで。

因為會浪費水，不要讓水一直流下去。

26
○○
貧_{まず}しい
貧窮

≒ 乏_{とぼ}しい 貧困

事業_{じぎょう}に失敗_{しっぱい}して貧_{まず}しい生活_{せいかつ}をしている。

事業失敗後，過著貧窮的生活。

27
○○○
懐_{なつ}かしい
懐念

この歌_{うた}を聞_きいたら昔懐_{むかしなつ}かしくなった。

聽到這首歌，就讓我懷念以前的日子。

28
○○○
重_{おも}たい
沉重

荷物_{にもつ}が重_{おも}たくて、一人_{ひとり}では運_{はこ}べません。

行李很重，一個人搬不動。

29
○○○
憎_{にく}い
憎恨、可惡

自分_{じぶん}のことだけを思_{おも}う彼_{かれ}が憎_{にく}くてしょうがない。

他只想著自己的事情，真是可惡至極。

憎_{にく}い：憎恨、可惡
贈_{おく}る：贈送

30
○○○
物足_{ものた}りない
美中不足

今_{いま}の説明_{せつめい}だけじゃ物足_{ものた}りないと思_{おも}います。

只憑現在的說明，我認為稍微美中不足。

31
○
○
○
きつい
嚴厲

≒ 厳しい 嚴峻

あの先生はきつすぎて質問すら気楽にできない。

那個老師太過嚴厲，連提問都無法輕鬆。

32
○
○
○
とんでもない
驚人、荒唐

とんでもない噂にだまされてはいけない。

不能被荒唐的傳言所騙。

33
○
○
○
尊い
寶貴

若い時の失敗というのは尊い経験である。

年輕時的失敗是寶貴的經驗。

34
○
○
○
ありがたい
值得感謝

優しく言ってくれるだけで、とてもありがたいです。

光是願意溫柔地對我說，就非常值得感謝。

35
○
○
○
ぬるい
溫和、溫的

お風呂がぬるくなって、もう一度沸かした。

洗澡水變溫了，再加熱一次。

36
○
○
○
注意深い
謹慎的

彼は注意深い性格なのでこんなミスをするはずがない。

他的個性很謹慎，不可能會有這種失誤。

深い：深的
探す：尋找

① 請在 a、b 當中選出相符的讀音。

1. 迷惑だ　　（a. まいわくだ　　　b. めいわくだ）

2. 貧しい　　（a. とぼしい　　　　b. まずしい）

3. 画期的だ　（a. かっきてきだ　　b. がきてきだ）

② 請依據讀音在 a、b 當中選出相符的單字。

4. たんじゅんだ　　（a. 単純だ　　b. 単鈍だ）

5. すなおだ　　　　（a. 素直だ　　b. 素値だ）

6. ふしんだ　　　　（a. 不番だ　　b. 不審だ）

③ 請從 a、b 當中選出最合適的詞。

7. 親切で(a. 丁寧な　b. 迷惑な)説明が印象的だった。

8. 秋になって食欲が(a. 華やかに　b. 盛んに)なった。

9. 今の説明だけじゃ(a. 物足りない　b. もったいない)と思います。

答案 1 ⓑ　2 ⓑ　3 ⓐ　4 ⓐ　5 ⓐ　6 ⓑ　7 ⓐ　8 ⓑ　9 ⓐ

合格

Day
19 **20** 21

學習進度　● 預習 → ● 熟讀 → ● 背誦 → ● 測驗

□ たまたま	□ すっきり	□ ほぼ	□ さっさと
□ <ruby>一旦<rt>いったん</rt></ruby>	□ わりと	□ <ruby>一応<rt>いちおう</rt></ruby>	□ <ruby>再<rt>ふたた</rt></ruby>び
□ びっしょり	□ いらいら	□ すっかり	□ いずれ
□ <ruby>徐々<rt>じょじょ</rt></ruby>に	□ さっぱり	□ <ruby>一気<rt>いっき</rt></ruby>に	□ <ruby>一層<rt>いっそう</rt></ruby>
□ こつこつ	□ <ruby>自<rt>みずか</rt></ruby>ら	□ たっぷり	□ せっかく
□ <ruby>依然<rt>いぜん</rt></ruby>として	□ たちまち	□ うとうと	□ いわゆる
□ <ruby>即座<rt>そくざ</rt></ruby>に	□ やや	□ ぼんやり	□ さて
□ ひそひそ	□ かさかさ	□ <ruby>一斉<rt>いっせい</rt></ruby>に	□ そういえば
□ あいにく	□ じっと	□ ぶらぶら	□ <ruby>その上<rt>うえ</rt></ruby>

01
○○○ **たまたま**
○○ 偶然、碰巧

≒ 偶然 ぐうぜん 偶然

たまたま用^{よう}があって寄^よっただけです。

只是偶然有事才順便過來。

02 いったん
○○ **一旦**
○○ 一旦、既然

一旦^{いったん}決^きめたことは後^{あと}で変^かえられません。

一旦決定的事情，之後就不能改變。

03
○○ **びっしょり**
○○ 濕透

＋ びしょぬれ 濕透

段^{だん}ボールにびっしょり濡^ぬれた子猫^{こねこ}が入^{はい}っていた。

瓦楞紙箱裡裝著濕透的小貓。

04 じょじょ
○○ **徐々に**
○○ 慢慢地

≒ ゆっくり 慢慢地

季節^{きせつ}によって色^{いろ}が徐々^{じょじょ}に変^かわっていきます。

顏色會隨著季節慢慢改變。

徐々^{じょじょ}に：慢慢地
途中^{とちゅう}：中途

05
○○○ **こつこつ**
○○ 孜孜不倦

成功^{せいこう}するために、毎日^{まいにち}こつこつ努力^{どりょく}している。

為了成功，每天都孜孜不倦地努力著。

06 いぜん
○○ **依然として**
○○ 依然

彼女^{かのじょ}は依然^{いぜん}としてきれいで優^{やさ}しいですね。

她還是依然漂亮又溫柔呢。

07
○○○
即座に（そくざ）
立刻

≒ 直ちに（ただ）　立即

部長の指示を受けて即座に行動に移した。（ぶちょう・しじ・う・そくざ・こうどう・うつ）

接到部長的指示後，便立即開始行動。

08
○○○
ひそひそ
悄悄、暗中、偷偷

＋ こっそり　偷偷、悄悄

あの二人は小声でひそひそと話している。（ふたり・こごえ・はな）

那兩人正偷偷地小聲說話。

09
○○○
あいにく
不湊巧

せっかく挨拶に行ったのに、あいにく彼は留守だった。（あいさつ・い・かれ・るす）

難得去打招呼，他卻不巧地不在家。

10
○○○
すっきり
舒暢、清爽

シンプルですっきりしたデザインの部屋に変えたい。（へや・か）

想換成設計簡單又清爽的房間。

11
○○○
わりと
比較地、意外地

≒ わりに　意外

勉強しないにしては成績はわりといい方だ。（べんきょう・せいせき・ほう）

雖然沒有念書，成績卻意外地很好。

12
○○○
いらいら
焦躁

私はおなかが空くとすぐいらいらしてしまう。（わたし・す）

我只要一肚子餓，就會馬上感到焦躁。

13
○○○ **さっぱり**
○○
爽快、爽朗

彼女はさっぱりとした性格で誰にでも人気がある。

她個性爽朗，深受大家的喜愛。

14 みずか
○○○ **自ら**
○○
親自

≒ 自分で 自己

子供が自ら考えて行動するように待ってあげた方がいい。

建議等到小孩自己會思考再行動比較好。

15
○ **たちまち**
○○
立刻

この店のケーキはオープンするとたちまち売り切れてしまうほど有名だ。

這間店的蛋糕有名到只要一開店就會立刻售罄。

16
○ **やや**
○○
稍微

地方のバイト時給としてはやや高い感じです。

以外地的打工時薪來說，感覺稍微高了一點。

17
○ **かさかさ**
○○
乾巴巴

唇がかさかさしていていつもリップクリームを塗る。

嘴唇乾巴巴的，總是會塗上護唇膏。

18
○ **じっと**
○○○
靜止、一動不動

彼はじっとしていられない性格のようです。

他好像是無法靜下來的個性。

19
○
○ **ほぼ**
○ 幾乎

≒ だいたい 幾乎

し ごと　　　　　　　まいにちおな　　　　　　　　　　　く　　 かえ
仕事ってほぼ毎日同じことの繰り返しです。
工作幾乎就是每天重複做同樣的事情。

---

20 いちおう
○ **一応**
○ 大致、首先、暫且
○

≒ 取りあえず 首先
　 と

い　　　　　　　　　　　おも　　　　　　　いちおうよう い
たぶん要らないと思いますが、一応用意しておきます。
雖然我認為應該不需要，不過暫且還是先準備了。

いちおう
一応：指不能說非常充分，但至少滿足最低要求、條件。
と
取りあえず：指其他事情暫時放一邊，先優先做某事。

21
○
○ **すっかり**
○ 完全

ひさ　　　　　　　　 くに　　 かえ　　　　　　　　　まち　　　　　　　　　 か
久しぶりに国へ帰ったが、町はすっかり変わっていた。
好久沒有回國，街道完全變了。

---

22 いっ き
○ **一気に**
○○ 一口氣

きゅう　 あたた　　　　　　　　　　さくら　いっ き　　かい か
急に暖かくなって、桜が一気に開花した。
突然回暖，櫻花一口氣綻放了。

23
○
○ **たっぷり**
○ 充分、寬綽

＋ 自信たっぷり 自信滿滿
　 じしん

なし　すいぶん　　　　　　　　　　ふく　　　　　　　　　　のど
梨は水分をたっぷり含んでいるため喉にいい。
梨子含有豐富水分，因此對喉嚨很好。

24
○
○ **うとうと**
○ 迷迷糊糊、似睡非睡

＋ 居眠り 打瞌睡
　 いねむ

べんきょう　　　　　　　じ かん　 む だ
うとうとしながら勉強したって、時間の無駄だ。
迷迷糊糊地看書也只是浪費時間。

25
○○○
ぼんやり
模糊、發呆

≒ ぼうっと 發呆、茫然

記憶がぼんやりしていて、詳しくは思い出せない。

記憶模糊，想不起來詳細情形。

26
いっせい
○○○
一斉に
同時

ベルが鳴るとみんな一斉に立ち上がった。

鐘響之後，大家就同時起立。

一斉に：同時
決済：結帳

27
○○○
ぶらぶら
閒晃

平日なのに街をぶらぶらしている生徒がいる。

有些學生明明是平日還在街上閒晃。

28
○○○
さっさと
趕快、迅速

6時になったらさっさと仕事を片付けて家に帰った。

到了6點，迅速處理完工作就回家了。

29
ふたた
○○○
再び
再度

一度やめたブログを再び始めることにした。

決定再度開始寫曾經放棄過的部落格。

30
○○○
いずれ
不久後、反正

≒ どうせ 反正

いずれ会社をやめて起業したいと思っている。

我想在不久後辭職並創業。

31 いっそう
○ **一層**
○
○ 更加

≒ さらに 更進一歩

このもちは焼いて食べると一層おいしくなる。
這個年糕烤過會變得更加好吃。

32
○ **せっかく**
○
○ 好不容易、特意

せっかくここまで来たんだから、思い切り遊ぼう。
好不容易來到這裡，就盡情地玩吧。

33
○ **いわゆる**
○
○ 所謂

いわゆる世間で言う典型的な天才だ。
是世人所謂的典型天才。

34
○ **さて**
○
○ 那麼

さて、次の議題に移りましょう。
那麼，進行下一個議題吧。

35
○ **そういえば**
○
○ 那麼說來

そういえば今日友達がうちに来ることになっている。
那麼說來，今天朋友要來我家。

36
○ **その上**
○
○ 而且

≒ しかも 而且

厳しい暑さが続いている。その上湿度も高い。
持續酷暑，而且濕度也很高。

1天1分鐘驗收

1 請在 a、b 當中選出相符的單字。

1. 焦躁　　　　（a. いらいら　　　b. ふらふら）

2. 不湊巧　　　（a. あらゆる　　　b. あいにく）

3. 幾乎　　　　（a. やや　　　　　b. ほぼ）

4. 好不容易　　（a. せっかく　　　b. いずれ）

5. 同時　　　　（a. 一斉に　　　　b. 再び）

2 請選出最適合填入空格內的單字。

> 選項　　a. 一気に　　　b. 一応　　　c. うとうと

6. たぶん要らないと思いますが、（　　　　　）用意しておきます。

7. （　　　　　）しながら勉強したって、時間の無駄だ。

8. 急に暖かくなって、桜が（　　　　　）開花した。

3 請在 a、b 當中選出最適合填入空格內的單字。

9.
> 今日は憲法記念日で4連休に入る。（a. その上　b. そこで）昨日まで降っていた雨も止んで青空が続くそうだ。そのため空港や高速道路は大変混雑すると思う。こんな時期にはどこかに行くより家でゆっくりした方がいい。

答案 1 ⓐ　2 ⓑ　3 ⓑ　4 ⓐ　5 ⓐ　6 ⓑ　7 ⓒ　8 ⓐ　9 ⓐ

解析　今天是憲法紀念日，開始連續四天的假期。而且到昨天為止還在下的雨也停了，據說會持續放晴。因此，我認為機場跟高速公路會非常壅塞。這種時候相較於外出，在家裡悠閒度過還是比較好。

問題 1　請選出畫線處正確的讀音。

1 平和を求める人たちが集まって作った団体です。

　　1 みとめる　　　2 すくめる　　　3 もとめる　　　4 さだめる

2 きれいな字を書くにはまず丁寧に書いてみよう。

　　1 ていちょう　　2 ていれい　　　3 ていちょ　　　4 ていねい

3 この製品は社員のいろんな工夫が入っている。

　　1 くうふう　　　2 くふう　　　　3 くうふ　　　　4 くふ

問題 2　請選出畫線處的漢字標記。

4 ホテルの宿泊客には無料で自転車貸し出しサービスをていきょうします。

　　1 掲供　　　　　2 提供　　　　　3 掲共　　　　　4 提共

5 ピョンチャンオリンピックの記念こうかが発行された。

　　1 便化　　　　　2 便貨　　　　　3 硬化　　　　　4 硬貨

6 店員に急にやめられて新しい人をさいようしなければならない。

　　1 採用　　　　　2 菜用　　　　　3 採容　　　　　4 菜容

問題3　請選出最適合填入括號內的單字。

7　本日は台風のため、一部の業務を(　　　　)いただきます。

　1 見合わせて　　2 取り替えて　　3 取り扱って　　4 呼びかけて

8　外国人が家を借りる時は(　　　　)保証人が必要となります。

　1 手元　　　　2 身の上　　　　3 手分け　　　　4 身元

9　最近はテレビを見ていると(　　　　)番組ばかりで情けない。

　1 ふさわしい　　2 ありがたい　　3 くだらない　　4 くやしい

問題4　請選出與畫線處意思相同的選項。

10　残業代も払わないで、強引に残業させるのは法律に違反する。

　1 むりやり　　2 うやむや　　3 あいまい　　4 しだいに

11　店の前でたまたま会っただけで、約束なんかしてないよ。

　1 直ちに　　　2 偶然　　　　3 一斉に　　　　4 即座に

12　いちいち腹を立てずに冷静に考えましょう。

　1 そろえないで　2 おこらないで　3 うえないで　　4 くばらないで

➜ 實戰練習解答請見下一頁

答案 1 ③ 2 ④ 3 ② 4 ② 5 ④ 6 ① 7 ① 8 ④ 9 ③ 10 ① 11 ② 12 ②

	題目翻譯	對應頁碼
1	這是追求和平的人們聚集起來創立的團體。	→ p.110
2	要寫一手漂亮的字,首先就試著細心地寫吧。	→ p.164
3	這個產品蘊藏著員工的各種心思。	→ p.124
4	飯店對房客提供免費租借腳踏車的服務。	→ p.105
5	發行了平昌冬季奧運的紀念硬幣。	→ p.100
6	店員突然辭職,必須錄用新人才行。	→ p.122
7	本日因為颱風,部分業務將(暫停)。	→ p.125
8	外國人租房時需要(身分)保證人。	→ p.130
9	最近看電視都是些(無聊的)節目,真可悲。	→ p.157
10	不支付加班費,強迫加班是違法的。 1 強迫　　　　2 馬馬虎虎　　　3 曖昧　　　　4 漸漸	→ p.155
11	只是碰巧在店前面遇到,可沒有約好喔。 1 立即　　　　2 偶然　　　　3 同時　　　　4 立刻	→ p.169
12	不要對每件事都感到憤怒,冷靜地思考看看吧。 1 不一致　　　2 不生氣　　　3 不種植　　　4 不分配	→ p.110

Chapter

03

★ ☆ ☆
第三順位單字

Day 21~30

MP3 01-21

Day
20 21 22

學習進度　○ 預習 → ○ 熟讀 → ○ 背誦 → ○ 測驗

□ 成長 _{せいちょう}	□ 締め切り _{し き}	□ 観測 _{かんそく}	□ 余る _{あま}
□ 競争 _{きょうそう}	□ 売り上げ _{う あ}	□ 職場 _{しょく ば}	□ 困る _{こま}
□ 会見 _{かいけん}	□ 手入れ _{て い}	□ 損得 _{そんとく}	□ 迷う _{まよ}
□ 犯罪 _{はんざい}	□ 登山 _{と ざん}	□ パス	□ 就く _つ
□ 希望 _{き ぼう}	□ 不備 _{ふ び}	□ サンプル	□ 燃える _も
□ 辺り _{あた}	□ 天然 _{てんねん}	□ 犯す _{おか}	□ 近付ける _{ちか づ}
□ 分野 _{ぶん や}	□ 請求 _{せいきゅう}	□ 任せる _{まか}	□ 気付く _{き づ}
□ 感謝 _{かんしゃ}	□ 横断 _{おうだん}	□ 認める _{みと}	□ 伸びる _の
□ 増加 _{ぞう か}	□ 骨 _{ほね}	□ 背負う _{せ お}	□ 疑う _{うたが}

01 せいちょう
○○○
○○
成長
成長
動

いろんな失敗を重ねながら人は成長していく。

累積了各種失敗，人才會逐漸成長。

成長：成長
誠実：誠實

02 きょうそう
○○○
○○
競争
競爭
動

小学校の時から激しい競争に追われている。

從小學開始就被激烈的競爭緊逼著。

• 競
きょう 　競争：競爭
けい 　競馬：賽馬

03 かいけん
○○○
○○
会見
會面
動

二人は記者会見を開いて入籍を発表した。

兩人召開記者見面會，宣布登記結婚。

04 はんざい
○○○
○
犯罪
犯罪

≒ 罪 罪

人の体を盗み撮りするのは明らかな犯罪だ。

偷拍別人的身體是明顯的犯罪。

05 きぼう
○○○
○○
希望
希望
動

昔から希望していた世界一周にチャレンジした。

挑戰了從以前就一直期待的環遊世界一周。

06 あた
○○○
○○
辺り
附近、周圍

≒ 周り 附近

この辺りは工事のため、通行止めになっている。

這附近因為施工，無法通行。

07 ぶん や
○ **分野**
○○ 領域

さまざま ぶん や せんもん か まね こうえんかい ひら
様々な分野の専門家を招いて講演会を開きます。

將邀請各種領域的專家舉行演講會。

08 かんしゃ
○ **感謝**
○○ 感謝
[動]

かんしゃ き も こ て がみ か
感謝の気持ちを込めて、手紙を書いた。

傾注感謝的心，寫了這封信。

かんしゃ
感謝：感謝
はっしゃ
発射：發射

09 ぞう か
○ **増加**
○○ 増加

↔ げんしょう
減少 減少
[動]

さいきん ひとり ぐ とし よ ぞう か
最近、一人暮らしのお年寄りが増加している。

最近一個人生活的老人正在增加。

ぞう か
増加：增加
ぞう よ
贈与：贈送

10 し き
○○ **締め切り**
○○ 截止期限

き し き ていしゅつ む こう
決められた締め切りまで提出しないと無効となる。

如果沒有在規定的截止期限之前提交就無效。

11 う あ
○ **売り上げ**
○○ 銷售額

こん ど きょういく う あ おそ
今度の教育では売り上げアップのノウハウを教わった。

在這次的培訓中學到提升銷售額的竅門。

12 て い
○ **手入れ**
○○ 照料
[動]

にわ ていねい て い
この庭は丁寧に手入れされている。

這個庭院有細心照料。

13
○○○
○○
とざん
登山
登山
動

彼は暇さえあれば登山に行く。

他只要有空就會去登山。

・登
と　　登山：登山
とう　登校：上學

14
○○○
○○
ふび
不備
不完備
ナ

書類に不備がないかもう一度確認してください。

請再次確認文件是否有任何不完備。

15
○○○
○○
てんねん
天然
天然

このせっけんは天然素材で作ったから肌にやさしい。

這個肥皂是用天然素材製作的，所以對皮膚很溫和。

16
○○○
○○
せいきゅう
請求
要求、請求、索取
動

電気料金の請求内容はWEBでも確認できます。

也能在網站上確認電費的索取內容。

請求：要求、請求、索取
快晴：晴朗

17
○○○
○○
おうだん
横断
横渡、穿越

信号がない道路を横断してはいけない。

不可以穿越沒有紅綠燈的道路。

＋ おうだん ほ どう
横断歩道　行人穿越道
動

18
○○○
○○
ほね
骨
骨頭

階段から転んじゃって骨を折ってしまった。

從樓梯上摔了一跤骨折了。

19 かんそく
○○○ **観測**
○ 觀測
[動]

きょう かんそく し じょうさいこう ど き ろく
今日は観測史上最高の41.1度を記録した。

今天創下了觀測史上的最高的 41.1 度紀錄。

かんそく
観測：觀測
そくめん
側面：側面

---

20 しょく ば
○○○ **職場**
○ 職場

しょく ば けいたい し よう きん し
職場での携帯の使用は禁止されている。

職場上禁止使用手機。

---

21 そんとく
○○ **損得**
○○ 得失、利弊

そんとく かんが そん
損得ばかり考えるとかえって損するかもしれない。

總是思考利弊，反倒可能會有損失。

22
○○ **パス**
○○ 通過（pass）

≒ つう か
通過 通過
[動]

むずか し けん いちねん
こんな難しい試験を一年でパスするなんてすばらしい。

這麼困難的考試竟然可以一年就通過，真是太棒了。

23
○○○ **サンプル**
○○ 樣品（sample）

≒ み ほん
見本 樣品

ゆうびん おく
できあがったサンプルは郵便でお送りします。

做好的樣品會用郵寄送出。

---

24 おか
○○○ **犯す**
○ 犯

かれ あやま おか ぜったいあやま
彼は過ちを犯しても絶対謝らない。

他就算犯錯也絕對不道歉。

25
○
○○
まか
任せる
委託、交給

≒ 任す 託付
まか

にほんご　ほんやく　ぼく　まか
日本語の翻訳は僕に任せてください。
日文的翻譯請交給我。

26
○
○○
みと
認める
認同

おや　かれ　　こうさい　みと
親が彼との交際を認めてくれません。
父母不認同我和他的交往。

27
○
○○
せ お
背負う
背負

ひと　だれ　　くる　　せ お　い
人は誰でも苦しみを背負って生きていく。
無論是誰都背負著痛苦活著。

28
○
○○
あま
余る
多餘

＋ 余裕 餘裕
よ ゆう

しゅっぱつ　じかん　あま　　　かる　しょくじ　と
出発まで時間が余ったから、軽く食事を取った。
離出發還有多餘的時間，所以簡單地吃了點東西。

29
○
○○
こま
困る
困擾

＋ 困難 困難
こんなん

こま　とき　　ひと　たす　もと
困った時は、人に助けを求めましょう。
有困難的時候，就找人尋求協助吧。

30
○
○○
まよ
迷う
迷失

みち　まよ　　　めんせつ　じかん　おく
道に迷って、面接の時間に遅れてしまった。
因為迷路，面試的時間遲到了。

31 就く
○○○ 從事

+ しゅうにん
就任 就任

どんな仕事に就きたいか正直言って私もまだ分からない。
老實說我也不知道想要從事什麼工作。

32 燃える
○○○ 燃燒

+ も
燃やす 燃燒

燃えるゴミは火、木、金に出してください。
可燃垃圾請在星期二、四、五拿出去丟。

33 近付ける
○○○ 使靠近

≒ ちかよ
近寄る 接近

QRコードに近付けるだけで、内容の確認ができる。
只要靠近 QR 條碼就能確認內容。

34 気付く
○○○ 察覺

私に対する彼の感情に全然気付かなかった。
我完全沒有察覺他對我的感情。

35 伸びる
○○○ 伸長、進步

頑張っているのに実力が伸びていない気がする。
明明很努力，卻覺得實力沒有進步。

の
伸びる：伸長、進步
もう
申す：說、告訴

36 疑う
○○○ 懷疑、猜疑

+ ようぎしゃ
容疑者 嫌疑犯

誰もこのチームの勝利を疑わなかった。
沒有人懷疑那個團隊的勝利。

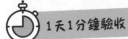

1 請在 a、b 當中選出相符的讀音。

1. 余る （a. のこる　　　b. あまる）

2. 登山 （a. とざん　　　b. とうさん）

3. 競争 （a. きょうそう　b. けいそう）

2 請依據讀音在 a、b 當中選出相符的單字。

4. のびる　　　　　（a. 伸びる　　b. 申びる）

5. せいきゅう　　　（a. 晴求　　　b. 請求）

6. ぞうか　　　　　（a. 増加　　　b. 贈加）

3 請從 a、b 當中選出最合適的詞。

7. （a. 燃える　b. 焼ける）ゴミは火、木、金に出してください。

8. 書類に（a. 不順　b. 不備）がないかもう一度確認してください。

9. どんな仕事に（a. 就きたい　b. 付きたい）か正直に私もまだ分からない。

答案 1 ⓑ　2 ⓐ　3 ⓐ　4 ⓐ　5 ⓑ　6 ⓐ　7 ⓐ　8 ⓑ　9 ⓐ

Chapter 01

Chapter 02

Chapter 03

MP3 01-22

Day

21 **22** 23

 學習進度　　○ 預習 → ○ 熟讀 → ○ 背誦 → ○ 測驗

□ 渋滞 <small>じゅうたい</small>	□ 責任 <small>せきにん</small>	□ 盗難 <small>とうなん</small>	□ 努める <small>つと</small>
□ 家賃 <small>や ちん</small>	□ 共感 <small>きょうかん</small>	□ 持参 <small>じ さん</small>	□ 越える <small>こ</small>
□ 物語 <small>ものがたり</small>	□ 集中 <small>しゅうちゅう</small>	□ 経済 <small>けいざい</small>	□ 組み立てる <small>く た</small>
□ 流行 <small>りゅうこう</small>	□ 歯 <small>は</small>	□ コミュニ ケーション	□ 負ける <small>ま</small>
□ 高層 <small>こうそう</small>	□ 健康 <small>けんこう</small>	□ レベル	□ 去る <small>さ</small>
□ 正面 <small>しょうめん</small>	□ 超過 <small>ちょう か</small>	□ 諦める <small>あきら</small>	□ もてる
□ 吐き気 <small>は け</small>	□ 移転 <small>い てん</small>	□ 浮かぶ <small>う</small>	□ 示す <small>しめ</small>
□ 充実 <small>じゅうじつ</small>	□ 見本 <small>み ほん</small>	□ 覚める <small>さ</small>	□ 加わる <small>くわ</small>
□ 投票 <small>とうひょう</small>	□ 屋根 <small>や ね</small>	□ 比べる <small>くら</small>	□ 滑る <small>すべ</small>

01 じゅうたい
〇
〇〇 **渋滞**
〇
塞車

＋ こ
混む 混雑、擁擠
[動]

きんようび ごご じゅうたい はげ おも
金曜日なので、午後から渋滞が激しくなると思う。

由於是禮拜五，我想從下午開始塞車就會變嚴重。

じゅうたい
渋滞：塞車
せたい
世帯：家庭

---

02 や ちん
〇
〇〇 **家賃**
〇
房租

＋ おおや
大家さん 房東

かいしゃ や ちん はら じょうきょう
会社からリストラされて家賃も払えない状況だ。

被公司裁員後，陷入了連房租也付不出來的狀況。

・家
や 家賃：房租
ちん
か 家族：家人
ぞく

---

03 ものがたり
〇
〇〇 **物語**
〇
故事

＋ かた
語る 講述

げんじ ものがたり さくひん にほん ゆうめい しょうせつ
源氏物語という作品は日本の有名な小説だ。

源氏物語這部作品是日本知名的小說。

---

04 りゅうこう
〇
〇〇 **流行**
〇
流行

＋ はや
流行る 流行
[動]

りゅうこう じだい へんか
流行というのは時代によって変化する。

所謂的流行是會隨著時代改變的。

---

05 こうそう
〇
〇〇 **高層**
〇
高層、高樓

かれ えきまえ こうそう す
彼は駅前にある高層マンションに住んでいる。

他住在車站前面的高層公寓裡。

---

06 しょうめん
〇
〇〇 **正面**
〇
正面

いま じかん しょうめんげんかん りよう
今の時間は正面玄関のみご利用になれます。

目前只能使用正面玄關。

07 は き け
吐き気
○○○
○ 想吐、噁心

＋ は **吐く** 嘔吐

は け かん とき
エアコンをかけすぎて、吐き気を感じる時もある。

冷氣開太強了，有時候會覺得想吐。

---

08 じゅうじつ
充実
○○
○ 充實
動 ナ

ほん ないよう じゅうじつ うす よ
この本は内容も充実しているし、薄くて読みやすい。

這本書的內容也很充實，又薄且容易閱讀。

---

09 とうひょう
投票
○○
○ 投票
動

に ほん まん さい い じょう ひと とうひょう
日本は満18歳以上の人なら投票できます。

在日本，年滿18歲以上的人就可以投票。

とうひょう
投票：投票
もくひょう
目標：目標

---

10 せきにん
責任
○○○
○ 責任

し ごと せきにん おも
仕事の責任が重たすぎてストレスがたまる。

工作的責任太重，會累積壓力。

せきにん
責任：責任
ふ さい
負債：負債

---

11 きょうかん
共感
○○
○ 共鳴、同感
動

さいきん た にん きょうかんりょく ひく ひと ふ
最近、他人との共感力の低い人が増えている。

最近與他人的共情能力下降的人變多了。

---

12 しゅうちゅう
集中
○○○
○ 集中
動

じゅぎょうちゅう しゅうちゅう
授業中はしゃべらないで集中しなさい。

上課中不要講話，要集中精神。

●中
じゅぎょうちゅう
ちゅう　授業中：上課中
せ かいじゅう
じゅう　世界中：全世界

13 は
歯
○○○
牙齒

＋ 歯科 牙科
　しか

コーヒーを飲んだ直後に歯を磨くのはよくない。
　　　　の　　ちょくご　は　みが

喝完咖啡後馬上刷牙是不好的。

---

14 けんこう
健康
○○○
健康
ナ

健康になるためには太ももに筋肉をつけた方がいい。
けんこう　　　　　　　　ふと　　　きんにく　　　　　ほう

為了健康，還是要讓大腿多點肌肉比較好。

---

15 ちょうか
超過
○○○
超過、超越
動

飛行機に乗る時、重量オーバーで超過料金を払った。
ひこうき　の　とき　じゅうりょう　　　　　ちょうか りょうきん　はら

搭乘飛機時，因為行李超重而付了超額費用。

超過：超過、超越
ちょうか

超越：超越
ちょうえつ

---

16 い てん
移転
○○○
遷移、搬家
動

本社の移転が決まったので、お知らせします。
ほんしゃ　いてん　き　　　　　　　し

因為總公司決定搬遷，特此通知。

---

17 み ほん
見本
○○○
樣品、樣本

≒ サンプル
　サンプル
　樣品（sample）

見本は無料でお送りしますので、お申し込みください。
みほん　むりょう　おく　　　　　　　もう　こ

樣品會免費寄送，所以請提交申請。

---

18 や ね
屋根
○○○
屋頂

屋根をおしゃれな屋上テラスにリフォームしたいです。
やね　　　　　　　おくじょう

想把屋頂改造成時尚的頂樓露台。

19 とうなん
○○○
盗難
失竊、被盜

じてんしゃ　ぬす　　けいさつ　とうなんとどけ　だ
自転車を盗まれて警察に盗難届を出した。
自行車被偷，向警察提交了失竊單。

20 じさん
○○○
持参
自備、帶來
動

ひっきようぐ　　べんとう　かくじ　じさん
筆記用具とお弁当は各自ご持参ください。
筆記用具與便當請各自帶來。

21 けいざい
○○○
経済
經濟

せいふ　　けいざいあんていせいさく　　はっぴょう
政府は経済安定政策を発表した。
政府發表了經濟穩定政策。

・済
ざい　経済：經濟
さい　返済：償還

22
○○○
**コミュニ
ケーション**
溝通
（communication）

しゃかいじん
社会人にコミュニケーション能力は必須だ。
社會人士必須要有溝通能力。

23
○○○
レベル
等級、級別（level）

とうきゅう
≒ 等級　等級

かれ　　　　　　さ　　　　おな　　　　　　はい
彼とはレベルの差があって同じクラスに入れない。
與他有等級上的差距，無法編入同個班級。

24 あきら
○○○
諦める
放棄、斷念

つか　　　かね
使ったお金がもったいないから諦められない。
這樣會浪費已經用掉的錢，所以無法放棄。

あきら
諦める：放棄、斷念
し
締める：勒緊、束緊

25
○○○
浮かぶ
う

想起、浮現

おんがく き あたま う なん
この音楽を聞いて頭に浮かぶイメージは何ですか。

聽到這個音樂後，腦中浮現的影像是什麼呢？

26
○○○
覚める
さ

醒來、覺醒

さいきん よなか め さ ねむ
最近、夜中に目が覚めて眠れません。

最近會在半夜醒來，都睡不著。

覚める：指從睡眠中或酒醉中清醒過來。
冷める：指原本熱的的東西變微溫或變涼。

27
○○○
比べる
くら

比較、對照

ほか みせ くら てんいん やさ ねだん やす
他の店と比べると店員も優しく値段も安い。

和其他店家相比，店員又溫柔，價格也便宜。

28
○○○
努める
つと

努力、致力

だいがく こうはい いっしょ けんきゅう つと
大学で後輩と一緒に研究に努めています。

在大學和後輩一同致力於研究。

29
○○○
越える
こ

超越、越過

やま こ うみ み
この山を越えると海が見えます。

越過這座山後，就可以看見海。

≒ 超える 超過、勝過
こ

越える：可用於表達越過山、河流等情況。
超える：表示超越某個特定數量或限制。

30
○○○
組み立てる
く た

組裝、組合

さい いじょう こども ひとり く た
5歳以上なら子供一人で組み立てられるおもちゃだ。

如果年齡在 5 歲以上，這個玩具小孩一個人就可以組裝起來。

31
○○○
ま
負ける
輸、敗

しあい ま さいご がんば
試合に負けてもいいから、最後まで頑張ろう。
就算輸了比賽也沒關係，就努力到最後吧。

32
○○○
さ
去る
離去、過去

＋ かこ
過去 過去

ふゆ さ はる
冬が去って春がやってきました。
冬天已經過去，春天來臨了。

33
○○○
もてる
受歡迎

おんな おとこ じょうけん へんか
女にもてる男の条件は変化してきた。
受女人歡迎的男性條件已經改變了。

34
○○○
しめ
示す
展現、表示

こども きょうみ しめ ほう
子供が興味を示すことはやらせてあげた方がいい。
對於孩子展現出興趣的事物，還是讓他們去做比較好。

35
○○○
くわ
加わる
添加、參加

＋ くわ
加える 添加、加上

じき あら きのう くわ
次期バージョンからは新たな機能が加わります。
從下個版本開始添加新的功能。

36
○○○
すべ
滑る
滑行、打滑

＋ かっそうろ
滑走路 跑道

じめん こお すべ き つ
地面が凍って滑るから、気を付けてください。
地面結冰了會滑倒，還請多加小心。

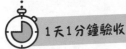
1 請在 a、b 當中選出相符的讀音。

1. 高層 （a. こうぞう　　b. こうそう）

2. 屋根 （a. やね　　b. おくね）

3. 家賃 （a. やちん　　b. けちん）

2 請依據讀音在 a、b 當中選出相符的單字。

4. とうひょう　　（a. 投票　　b. 投標）

5. せきにん　　（a. 債任　　b. 責任）

6. ちょうか　　（a. 越加　　b. 超過）

3 請從 a、b 當中選出最合適的詞。

7. 最近、夜中に目が(a. 冷めて　b. 覚めて)眠れません。

8. 使ったお金がもったいないから(a あきらめられない　b.あらわれない)。

9. 5歳以上なら子供が一人で(a. 組み立てられる　b. 取り立てられる)
おもちゃだ。

答案 1 ⓑ 2 ⓐ 3 ⓐ 4 ⓐ 5 ⓑ 6 ⓑ 7 ⓑ 8 ⓐ 9 ⓐ

Day

22 **23** 24

學習進度 ● 預習 → ● 熟讀 → ● 背誦 → ● 測驗

□ 割引
（わりびき）

□ 舞台
（ぶたい）

□ 判断
（はんだん）

□ 汗
（あせ）

□ 頂点
（ちょうてん）

□ 製品
（せいひん）

□ 腰
（こし）

□ 共同
（きょうどう）

□ 記憶
（きおく）

□ 警察
（けいさつ）

□ 方言
（ほうげん）

□ 条件
（じょうけん）

□ 対策
（たいさく）

□ 詳細
（しょうさい）

□ 目印
（めじるし）

□ 補充
（ほじゅう）

□ 元日
（がんじつ）

□ 引き分け
（ひわけ）

□ 減少
（げんしょう）

□ 賛成
（さんせい）

□ 余裕
（よゆう）

□ ライバル

□ ラッシュアワー

□ 兼ねる
（か）

□ まとめる

□ 塗る
（ぬ）

□ 盗む
（ぬす）

□ 叫ぶ
（さけ）

□ 焼ける
（や）

□ 結ぶ
（むす）

□ 上る
（のぼ）

□ 取り寄せる
（と よ）

□ 召し上がる
（め あ）

□ 甘える
（あま）

□ 引き返す
（ひ かえ）

□ 及ぶ
（およ）

01
○○○
わりびき
割引
折扣
+ 割る 切開、打破
[動]

タイムセールに入るとさらに 30%割引になります。

到了限時特賣後，會再折扣 30%。

02
○○○
ぶ たい
舞台
舞台
+ 舞踊 舞蹈

舞台に上がると意外と緊張が解けます。

登上舞台後，會意外地解除緊張感。

舞台：舞台
無事：平安

03
○○○
はんだん
判断
判斷
[動]

僕としては判断しかねますので、責任者を呼びます。

由於我難以做判斷，所以叫負責人過來。

判断：判斷
同伴：同伴

04
○○○
あせ
汗
汗

息子は汗まみれになって遊んでいる。

兒子玩得滿身是汗。

05
○○○
ちょうてん
頂点
頂點

彼は現在、俳優として頂点に立っていると思う。

我認為他目前正處於演員的頂點。

頂点：頂點
占有：占有

06
○○○
せいひん
製品
產品

研究チームは新しい製品の開発に取り組んでいる。

研究團隊正努力在開發新產品。

• 品
ひん　製品：產品
しな　品物：物品

07 こし
腰
腰部
＋ ようつう
腰痛 腰痛

こし いた ちりょう う
腰が痛くてリハビリ治療を受けている。
腰部疼痛，正接受復健治療。

08 きょうどう
共同
共同

だいがく きぎょう きょうどうかいはつ ぎじゅつ
大学と企業が共同開発した技術です。
是大學與企業共同開發的技術。

09 きおく
記憶
記憶
動

むかし かお きおく のこ
昔のことだが、顔だけは記憶に残っている。
雖然是以前的事情，但唯有長相還殘留在記憶中。

きおく：記憶
いちおく：一億

10 けいさつ
警察
警察

はんにん けいさつ つか に だ
犯人は警察に捕まったが、すぐ逃げ出したそうだ。
犯人雖然被警察逮捕，但據說馬上就脫逃了。

けいさつ：警察
きょうい：驚異

11 ほうげん
方言
方言
≒ なまり 口音、郷音

おきなわ ほうげん りかい ことば おお
沖縄の方言は理解できない言葉も多いそうだ。
據說沖繩方言也有很多字彙無法理解。

12 じょうけん
条件
條件

ろうどうじょうけん かくにん
労働条件についてはちゃんと確認しないといけない。
必須仔細確認工作條件。

Chapter 03

13 たいさく
対策
〇〇〇
對策

にほん ちきゅうおんだんか たいさく せつめい
日本の地球温暖化対策について説明します。

將說明日本的全球暖化對策。

14 しょうさい
詳細
〇〇〇
詳細、詳情
ナ

しょうさい のち し
詳細は後ほど、メールでお知らせいたします。

詳細情況稍後會用電子郵件通知。

しょうさい
詳細：詳細、詳情
ようしょく
洋食：西餐

15 め じるし
目印
〇〇〇
標記、記號

＋ やじるし
矢印 箭頭符號

ち ず め じるし まよ つ
地図に目印をつけてもらって迷わずに着いた。

因為有在地圖上做記號，所以沒有迷路就抵達了。

16 ほ じゅう
補充
〇〇〇
補充
動

ほ じゅう からだ ちょうし
ビタミンを補充したら体の調子がよくなった。

補充維他命之後，身體狀況變好了。

ほ じゅう
補充：補充
たい ほ
逮捕：逮捕

17 がんじつ
元日
〇〇〇
元旦

しょうがつ
≒ 正月 新年

まいとし がつついたち がんじつ よ
毎年の1月1日のことを「元日」と呼びます。

每年的一月一日稱為「元旦」。

18 ひ わ
引き分け
〇〇〇
平手、不分勝負

ちゅうもく あつ し あい ひ わ お
注目を集めた試合だったが、引き分けに終わって
しまった。

雖然是備受關注的比賽，但最後以平手告終。

19 げんしょう
○○○ **減少**
減少
動

子供の数が急速に減少して社会問題になっている。

兒童數量急速減少，已成為社會問題。

減少：減少
感動：感動

---

20 さんせい
○○○ **賛成**
賛成
動

この案に賛成する人は手を挙げてください。

贊成這個方案的人請舉手。

---

21 よ ゆう
○○○ **余裕**
充裕、富裕

道が混むので時間に余裕を持ってお出かけください。

因為會塞車，請預留充裕的時間出門。

余裕：充裕、富裕
入浴：洗澡

22
○○○ **ライバル**
對手、勁敵（rival）

A社はライバル会社に技術を盗まれたそうだ。

據說 A 公司被對手公司盜取了技術。

23
○○○ **ラッシュ**
アワー

尖峰時間（rush hour）

朝のラッシュアワーを避けたくて、早めに家を出る。

想避開早上的尖峰時間，提早離開家裡。

---

24 か
○○○ **兼ねる**
兼、兼備

出張を兼ねて大阪の友達に会ってきた。

兼帶出差，去跟大阪的朋友見了面。

兼ねる：兼、兼備
嫌いだ：厭惡

25
○○○
まとめる
集中、統整

お客さんからいただいたいろんな意見をまとめてみた。
試著統整了客人給予的各種意見。

26
○○○
塗る
塗
+ 塗布 塗、敷

このクリームを塗るとつるつる肌になります。
塗上這個乳液後，皮膚就會變得光滑。

27
○○○
盗む
偷竊
+ 盗難 失竊、被盜

車を盗んだ疑いで警察に逮捕された。
因為偷竊車輛的嫌疑，被警察逮捕了。

28
○○○
叫ぶ
大叫、呼喊

『世界の中心で愛を叫ぶ』という映画見たの？
你有看過電影《在世界的中心呼喊愛情》嗎？

叫ぶ：大叫、呼喊
呼ぶ：叫、喊

29
○○○
焼ける
著火、曬黑
+ 燃焼 燃燒

日に焼けるとかゆくなるので、日傘が必要だ。
皮膚被太陽曬黑後會很癢，因此需要陽傘。

30
○○○
結ぶ
綁起來、結合

髪を後ろに結んで立っている人が妹です。
把頭髮綁在後面且站著的人是我的妹妹。

31 のぼ
○ **上る**
○○
○ 攀登

≒ 上がる 上、登上

> のぼ
> 上る：用於持續動作，重視移動過程。
> あ
> 上がる：用於瞬間動作，重視移動結果。
> さか のぼ ぶたい あ
> 坂を上る：爬坡 / 舞台に上がる：登上舞台

ここは景色はいいけど、坂を上るから大変だ。

這裡景色雖然非常美，但要爬坡很辛苦。

---

32 と よ
○ **取り寄せる**
○○
○ 訂購

現在、在庫切れのためお取り寄せになります。

現在因為沒有庫存，需要訂購。

---

33 め あ
○ **召し上がる**
○○
○ 吃、喝

ラーメンが伸びないうちに、お召し上がりください。

請趁拉麵還沒糊掉前品嚐。

---

34 あま
○ **甘える**
○○
○ 撒嬌、承蒙好意

お言葉に甘えてお先に失礼させていただきます。

承您好意，我先告辭了。

---

35 ひ かえ
○ **引き返す**
○○
○ 折回、返回

乗っていた飛行機が強風で着陸できず引き返した。

搭乘的飛機因為強風無法著陸，折返了。

---

36 およ
○ **及ぶ**
○○
○ 涉及、波及

パワハラ事件は社長の辞任にまで及んだ。

職場霸凌事件甚至擴及到社長請辭。

（※パワハラ：パワーハラスメント，指「職場霸凌」。）

① 請在 a、b 當中選出相符的讀音。

1. 頂点 （a. ちょうてん　　b. ちょうせん）

2. 元日 （a. げんじつ　　　b. がんじつ）

3. 減少 （a. げんしょう　　b. かんしょう）

② 請依據讀音在 a、b 當中選出相符的單字。

4. きおく　　　　　　（a. 記憶　　　b. 記億）

5. さけぶ　　　　　　（a. 叫ぶ　　　b. 呼ぶ）

6. しょうさい　　　　（a. 洋細　　　b. 詳細）

③ 請從 a、b 當中選出最合適的詞。

7. ここは景色（けしき）はいいけど、坂（さか）を（a. のぼる　b. いたる）から大変（たいへん）だ。

8. ラーメンが伸（の）びないうちに、（a. お召し上がり　b. いただいて）ください。

9. タイムセールに入るとさらに30％（a. 割合　b. 割引（はい））になります。

答案 1ⓐ　2ⓑ　3ⓐ　4ⓐ　5ⓐ　6ⓑ　7ⓐ　8ⓐ　9ⓑ

Chapter 01　Chapter 02　**Chapter 03**

MP3 01-24

Day

23 **24** 25

學習進度 ◯ 預習 → ◯ 熟讀 → ◯ 背誦 → ◯ 測驗

□ 医療 <small>い りょう</small>	□ 交換 <small>こうかん</small>	□ 感情 <small>かんじょう</small>	□ 混ぜる <small>ま</small>
□ 配布 <small>はい ふ</small>	□ 煙 <small>けむり</small>	□ 提案 <small>ていあん</small>	□ たまる
□ 翌日 <small>よくじつ</small>	□ 訓練 <small>くんれん</small>	□ 手前 <small>て まえ</small>	□ 当てはまる <small>あ</small>
□ 平均 <small>へいきん</small>	□ 拡大 <small>かくだい</small>	□ エンジニア	□ ご覧になる <small>らん</small>
□ 編み物 <small>あ もの</small>	□ 拍手 <small>はくしゅ</small>	□ リズム	□ 成り立つ <small>な た</small>
□ 台詞 <small>せりふ</small>	□ 防犯 <small>ぼうはん</small>	□ 写す <small>うつ</small>	□ 鳴る <small>な</small>
□ 和風 <small>わ ふう</small>	□ 目安 <small>め やす</small>	□ 沸く <small>わ</small>	□ 巡る <small>めぐ</small>
□ 呼吸 <small>こ きゅう</small>	□ 割合 <small>わりあい</small>	□ 育つ <small>そだ</small>	□ 降ろす <small>お</small>
□ 苦労 <small>く ろう</small>	□ 確認 <small>かくにん</small>	□ いじめる	□ 試す <small>ため</small>

01
いりょう
医療
○○○
○
醫療

あんぜん　しつ　たか　いりょう　　　ていきょう
安全で質の高い医療サービスを提供しています。
正提供安全且高品質的醫療服務。

02
はい ふ
配布
○○○
○
散發、分發
動

よこはまし　　　こうえん　　　　　　　む りょう　はい ふ
横浜市では公演のチケットを無料で配布している。
橫濱市正免費分發公演的入場券。

03
よくじつ
翌日
○○○
○
隔日

よくとし
＋ 翌年　隔年

よくじつはいたつ　　　　　じっ し
このサイトでは翌日配達サービスを実施しております。
這個網站正在實施隔日送達服務。

・日
じつ　よくじつ
　　　翌日：隔日
にち　にちじ
　　　日時：日期與時間

04
へいきん
平均
○○○
○
平均

へいきんしんちょう　いちばんたか　くに
平均身長が一番高い国はデンマークらしい。
平均身高最高的國家似乎是丹麥。

05
あ　もの
編み物
○○○
○
編織、編織物

わたし　しゅみ　あ　もの　　　おも　ふく　あ
私の趣味は編み物で、主に服を編んでいる。
我的興趣是編織，主要是編織衣服。

06
せりふ
台詞
○○○
○
台詞

せりふ　ひと　かんどう
このドラマの台詞は人を感動させる。
這部連續劇的台詞令人感動。

07 わ ふう
○ **和風**
○
○ 日式

＋ 和室 日式房間
わしつ

みせ いちばんにんき　　　　　　　　わ ふう
この店で一番人気のメニューは和風パスタです。
這間店最受歡迎的菜單是日式義大利麵。

08 こ きゅう
○ **呼吸**
○
○ 呼吸
　[動]

こ きゅう　ちょうせつ　　　　　　だい じ
マラソンは呼吸を調節することが大事だ。
跑馬拉松時，調節呼吸非常重要。

こ きゅう：呼吸
こうきゅう：高級

09 く ろう
○ **苦労**
○
○ 辛苦
　[動]

わか とき　 く ろう　 か　　　　　　　　　　かくげん
「若い時の苦労は買ってでもせよ」という格言がある。
有句格言說：「年輕時的辛苦就算要花錢也要去經歷（即「吃苦要趁年輕」之意）。

く ろう：辛苦
こ てん：古典

10 こうかん
○ **交換**
○
○ 交換
　[動]

へんぴん　 こうかん　　　 にちい ない　　ねが
返品、交換は15日以内にお願いします。
請在15天內退貨、換貨。

11 けむり
○ **煙**
○
○ 煙

＋ 煙草 香菸
たばこ

へ や　　　　　　　 けむり　 で　　 ひ じょう　　　 な
部屋からすごい煙が出て非常ベルが鳴った。
房間冒出濃煙，警報器響了。

12 くんれん
○ **訓練**
○
○ 訓練
　[動]

なつやす　ちゅう　 へいじつ　　　くんれん　 おこな
夏休み中は平日のみ訓練を行います。
暑假期間只在平日進行訓練。

くんれん：訓練
かんれん：関連

13 かくだい
○○○ **拡大**
○○
擴大

かくちょう
≒ 拡張　擴張
[動]

ここをタッチすると画面を拡大することができる。
觸碰這裡就能夠擴大畫面。

---

14 はくしゅ
○○○ **拍手**
○○
拍手
[動]

選手たちを拍手で迎えました。
用拍手歡迎選手。

はくしゅ
拍手：拍手
しゅくはく
宿泊：住宿

---

15 ぼうはん
○○○ **防犯**
○○
防止犯罪

犯罪予防のため、防犯カメラが設置されている。
為了預防犯罪，設置了防盜攝影機。

ぼうはん
防犯：防止犯罪
ぼうがい
妨害：妨礙

---

16 めやす
○○○ **目安**
○○
基準、標準

ピアノは週3回のレッスンを目安にしている。
鋼琴以每週上課3次為基準。

---

17 わりあい
○○○ **割合**
○○
比例

参加者のうち、女性の割合は30%ぐらいです。
參加者中，女性比例約為30%。

---

18 かくにん
○○○ **確認**
○○
確認
[動]

出発する前に予約を確認した方がいい。
出發之前確認一下預約比較好。

19 かんじょう
○
○○ **感情**
○ 感情、情緒

じぶん かんじょう すなお しあわ
自分の感情に素直になったら幸せになる。

如果能夠誠實面對自己的感情，就能變得幸福。

かんじょう
感情：感情、情緒
せいおん
清音：清音

---

20 ていあん
○
○○ **提案**
○ 提案、建議
  動

しゃいん ていあん せっきょくてき はんえい
社員からの提案は積極的に反映する。

會積極反應職員的提案。

ていあん
提案：提案、建議
いにん
委任：委任

---

21 て まえ
○
○○ **手前**
○ 前面

て まえ こうさてん うせつ えき
手前の交差点を右折すると駅があります。

前面的路口右轉就有車站。

22
○
○○ **エンジニア**
○ 工程師（engineer）

かれ めざ
彼はITエンジニアを目指しているそうだ。

據說他的目標是成為 IT 工程師。

23
○
○○ **リズム**
○ 節奏（rhythm）

たん ご ぶんしょう の た たの おぼ
単語や文章をリズムに乗せて楽しく覚えてみよう。

試著配合節奏開心地記住單字和文章吧。

---

24 うつ
○
○○ **写す**
○ 抄寫、謄寫

じゅぎょう ないよう うつ べんきょう おも
授業の内容をノートに写すだけでも勉強になると思う。

我認為即使只是將上課內容抄在筆記本上，也能學到東西。

25 わ
○
○○ **沸く**
沸騰

　＋ わ
　沸かす　燒熱

でんき　　　　　　　　　ゆ　わ　　　　　じ どうてき　でんげん　き
電気ケトルはお湯が沸くと、自動的に電源が切れる。
電熱水瓶在水煮沸後，會自動切斷電源。

---

26 そだ
○
○○ **育つ**
成長、長大

ひと　そだ　かいしゃ　　つく　　　　　わたし　もくひょう
「人が育つ会社」を作るのが私の目標です。
我的目標是創立「人才成長公司」。

27
○
○○ **いじめる**
欺負

ともだち　　　　　　　　　　き おく　いっしょう き　　　　　おも
友達からいじめられた記憶は一生消えないと思う。
我認為被朋友欺負的記憶一生都無法消失。

---

28 ま
○
○○ **混ぜる**
攪拌

　＋ こんごう
　混合　混合

さい ご　こ むぎ こ　い　　　　　　ま
最後に小麦粉を入れてよく混ぜてください。
最後請加入麵粉仔細攪拌。

29
○
○○ **たまる**
累積

こうにゅうきんがく　　　　えん
購入金額100円につき5ポイントがたまります。
每購買 100 日圓，就能累積 5 點。

---

30 あ
○
○○ **当てはまる**
適合、符合

　＋ あ
　当てはめる　適用

いか　じょうけん　あ　　　　　　ひと　にゅうがくきん　めんじょ
以下の条件に当てはまる人は入学金が免除されます。
符合以下條件的人可以免除學費。

31
ご覧になる
らん
○○○
看

＋ 拝見する 瞻仰、拜讀
はいけん

ご覧になっているのは今年新しく作成した資料です。
らん　　　　　　　　　ことしあたら　　さくせい　　しりょう

您目前看的是今年新製作的資料。

32
成り立つ
な　た
○○○
成立

＋ 成立 成立、完成
せいりつ

ここにサインすると最終的に契約が成り立つ。
さいしゅうてき　けいやく　な　た

在這裡簽名後，契約最後就會成立。

33
鳴る
な
○○○
鳴、響起

＋ 悲鳴 慘叫
ひめい

＋ 鳴く 啼叫
な

非常ベルが鳴ったらスタッフの指示に従ってください。
ひじょう　　　な　　　　　　　　　　　しじ　したが

若警鈴響起，請遵從工作人員的指示。

34
巡る
めぐ
○○○
圍繞、關於

＋ お巡りさん 警察
まわ

ヨーロッパは難民を巡る問題でうるさい。
なんみん　めぐ　もんだい

歐洲因為關於難民的問題而喧囂不已。

35
降ろす
お
○○○
降下、卸下

荷物を降ろす時は危ないから注意しましょう。
にもつ　お　　とき　あぶ　　　　　ちゅうい

卸下行李的時候很危險，還請注意。

36
試す
ため
○○○
試驗、嘗試

≒ 試みる 嘗試
こころ

自分の実力を試すいいチャンスだと思います。
じぶん　じつりょく　ため　　　　　　　　おも

我覺得這是試驗自己實力的好機會。

1 請在 a、b 當中選出相符的讀音。

1. 拍手 (a. ひょうしゅ　b. はくしゅ)

2. 目安 (a. めやす　　b. もくあん)

3. 拡大 (a. こうだい　b. かくだい)

2 請依據讀音在 a、b 當中選出相符的單字。

4. くんれん　　　　　(a. 訓練　　b. 訓連)

5. かんじょう　　　　(a. 感情　　b. 感清)

6. ぼうはん　　　　　(a. 妨犯　　b. 防犯)

3 請從 a、b 當中選出最合適的詞。

7. ヨーロッパは難民を(a. まわる　b. めぐる)問題でうるさい。

8. 授業の内容をノートに(a. 写す　b. 移す)だけでも勉強になると思う。

9. 部屋からすごい(a. かおり　b. けむり)が出て非常ベルが鳴った。

答案　1 ⓑ　2 ⓐ　3 ⓑ　4 ⓐ　5 ⓐ　6 ⓑ　7 ⓑ　8 ⓐ　9 ⓑ

Day

24 **25** 26

學習進度 ● 預習 → ● 熟讀 → ● 背誦 → ● 測驗

□ ^{こうえん}講演	□ ^{う ちゅう}宇宙	□ ^{こうくう}航空	□ ^お折る
□ ^{じょうほう}情報	□ ^{しょうらい}将来	□ ^{はっかん}発刊	□ ^{も あ}盛り上がる
□ ^{せっしょく}接触	□ ^{ちょうぼう}眺望	□ ^{なみ き}並木	□ ^お追う
□ ^{せいとう}政党	□ ^{み だ}見出し	□ ミス	□ ^{みが}磨く
□ ^{ひっしゃ}筆者	□ ^{こ しょう}故障	□ ヒット	□ ^に似る
□ ^{かいりょう}改良	□ ^{み りょく}魅力	□ ^{み す}見過ごす	□ ^さ刺す
□ ^{みずうみ}湖	□ ^{えいよう}栄養	□ ^{つな}繋ぐ	□ ^{よろこ}喜ぶ
□ ^{せ なか}背中	□ ^{きんがく}金額	□ しゃべる	□ ^{つつ}包む
□ ^{さいのう}才能	□ ^{けんしゅう}研修	□ ^{うるお}潤う	□ ずれる

01 こうえん
講演
○○○
○○
演講

＋ こうえん
公演 公演
動

こんかい こうえん む りょう にゅうじょう
今回の講演は無料でご入場いただけます。
這次的演講免費入場。

02 じょうほう
情報
○○○
○○
資訊

こん ご じ しんじょうほう ちゅう い はら
今後の地震情報に注意を払ってください。
請注意今後的地震資訊。

じょうほう
情報：資訊
せいしん
精神：精神

03 せっしょく
接触
○○○
○○
接觸
動

みず ぬ て せっしょく あぶ
水に濡れた手で接触すると危ないです。
如果用濕的手去觸碰會非常危險。

04 せいとう
政党
○○○
○○
政黨

こう む いん のぞ だれ せいとう か にゅう
公務員を除いては誰でも政党に加入できます。
除了公務員，無論是誰都可以加入政黨。

05 ひっしゃ
筆者
○○○
○○
作者

＋ ひっき
筆記 筆記

ぶんしょう なか ひっしゃ しゅちょう よ と だい じ
文章の中から筆者の主張を読み取ることが大事だ。
從文章中讀出作者的主張非常重要。

06 かいりょう
改良
○○○
○○
改良
動

えき あんぜんせいこうじょう かいりょうこう じ すす
この駅は安全性向上のため改良工事を進めている。
這個車站為了提升安全性，正在進行改良工程。

かいりょう
改良：改良
ろう ひ
浪費：浪費

07 みずうみ
○ 湖
○○ 湖泊

きれいな湖が見える所に家を建てたい。

我想在可以看到美麗湖泊的地方建造一個房子。

---

08 せなか
○ 背中
○ 背、背後

+ はいご
背後 背後、背地

落ち込んでいる時に背中を押してくれる曲です。

這是在沮喪的時候能從背後給予支持的歌曲。

(※背中を押す：在背後支持)

---

09 さいのう
○ 才能
○ 才能

あの子は音楽の才能に恵まれたと思う。

我覺得那孩子有音樂的才能。

さいのう
才能：才能
じょうたい
状態：狀態

---

10 うちゅう
○ 宇宙
○ 宇宙、太空

NASAはアメリカ航空宇宙局の略語だ。

NASA 是美國「國家航空暨太空總署」的簡稱。

---

11 しょうらい
○ 将来
○ 將來、前途

子供の将来の夢はしょっちゅう変わるものだ。

小孩子未來的夢想會經常改變。

しょうらい
将来：將來、前途
しょうがくきん
奨学金：獎學金

---

12 ちょうぼう
○ 眺望
○○ 眺望、風景
動

眺望のいいレストランで食事をした。

在風景優美的餐廳用餐。

13
○○○ **見出し**
○○ みだ
標題

ブログやWEBサイトでは見出しが必須だ。

部落格與網站都需要標題。

14
○○○ **故障**
○○ こしょう
故障

エレベーターが故障して15階まで歩いて上った。

電梯故障，因此爬到了 15 樓。

＋ **壊れる** 損壊、發生故障
こわ
動

15
○○○ **魅力**
○○ みりょく
魅力

この俳優の魅力は役割によって完全に変わる雰囲気だ。

這個演員的魅力在於根據角色的不同而完全改變的氛圍。

• 力
りょく 魅力：魅力
りき 自力：自身的力量

16
○○○ **栄養**
○○ えいよう
營養

栄養のバランスを考えたレシピで元気になった。

考慮過營養均衡的食譜讓身體變健康了。

17
○○○ **金額**
○○ きんがく
金額

お支払い金額はスマホでも簡単に確認できる。

用智慧型手機也能夠簡單確認支付的金額。

• 金
きん 金額：金額
ごん 黄金：黄金

18
○○○ **研修**
○○ けんしゅう
進修、培訓
動

担当者が海外研修中で返事が遅れるかもしれない。

由於負責人正在海外培訓，回覆可能會延遲。

19
○ こうくう
○○ **航空**
○ 航空

こうくうせい び し　　　　　　　　　はたら
だんなは航空整備士として働いている。

老公的工作是航空維修員。

20
○ はっかん
○○ **発刊**
○ 出版、發行
[動]

こんしゅう　　かれ　　しゃしんしゅう　　　はっかん
今週、彼の写真集が発刊されるそうです。

聽說他的攝影作品集這禮拜就會出版。

はっかん
発刊：出版、發行
かんじん
肝心：重要

21
○ なみ き
○○ **並木**
○ 行道樹

ほっかいどうだいがく　　　ゆうめい　　　　　　　なみ き みち
北海道大学には有名なポプラ並木道がある。

北海道大學有一條著名的白楊林蔭大道。

22
○ **ミス**
○○
○ 失誤（miss）

まちが
≒ 間違い 錯誤
[動]

ちい　　　　　　　おお
小さなミスが大きなミスにつながる。

微小的失誤會釀成巨大的失誤。

23
○ **ヒット**
○○
○ 暢銷（hit）
[動]

ねんかん　　　　　　　　きょく　じ だいじゅん　しょうかい
20年間のヒット曲を時代順に紹介します。

依照時代順序介紹過去20年的暢銷歌曲。

24
○ み す
○○ **見過ごす**
○ 看漏

ちい　　　　　み す　　　　たいへん
小さなミスを見過ごして大変なことになった。

看漏小失誤，導致變得很嚴重。

みのが
≒ 見逃す 看漏、放過

25
○ つな
○ **繋ぐ**
○ 維繫、接通

たんとうしゃ　　　　つな
すぐ担当者にお繋ぎします。
馬上為您轉接負責人。

26
○ **しゃべる**
○
○ 說、講

なに　　　　　　　　　　こころ　なか　わ
何もしゃべらないから、心の中が分からない。
什麼都不說，所以無法了解你的內心。

27
○ うるお
○ **潤う**
○ 濕潤

のど　うるお　　　　　　　　かぜ　ひ
喉が潤っていると風邪を引きにくい。
喉嚨濕潤就不容易感冒。

28
○ お
○ **折る**
○ 折疊、折斷
さ　せつ
+ 左折 左轉

き　えだ　はな　お
木の枝や花を折ってはいけない。
不可以攀折樹枝或花朵。

29
○ も　　あ
○ **盛り上がる**
○ （氣氛）熱烈、
高漲起來
も
+ 盛る 堆高
たか
≒ 高まる 提高

ぜんぜんふんい　き　も　あ
オリンピックなのに全然雰囲気が盛り上がらない。
明明是奧運，氣氛卻完全不熱烈。

30
○ お
○ **追う**
○ 追趕
ついきゅう
+ 追求 追求

じ　かん　お　　　　　　　　　　き
いつも時間に追われている気がします。
總覺得一直被時間追趕著。

31 磨く みが
○○○○
磨練、擦亮

日本語の実力を磨くことができる研修コースです。
に ほん ご じつりょく みが けんしゅう
這是能夠磨練日文能力的培訓課程。

32 似る に
○○○
相似

＋ 真似 模仿
ま ね

顔は父に似ているけど、性格は母に似ている。
かお ちち に せいかく はは に
臉與父親相似，但個性像母親。

33 刺す さ
○○○
刺、叮咬

蚊に刺されたところがすごく腫れている。
か さ は
被蚊子叮的地方腫得很大。

34 喜ぶ よろこ
○○○
喜悅

親の喜ぶ顔が見たくて一生懸命勉強した。
おや よろこ かお み いっしょうけんめいべんきょう
想看到父母喜悅的表情而努力讀書。

35 包む つつ
○○○
包裹

＋ 包装 包裝
ほうそう

チョコで包んだいちごのデザートが大人気だ。
つつ だいにんき
用巧克力包裹的草莓甜點非常受歡迎。

包む：包裹
つつ
抱える：抱
かか

36 ずれる
○○○
偏離

＋ ずらす 錯開

マウスポインターがずれていたので、直しました。
なお
由於滑鼠游標會偏離，所以拿去修理了。

1 請在 a、b 當中選出相符的讀音。

1. 魅力 （a. みりょく　　b. みりき）

2. 金額 （a. きんがく　　b. ごんがく）

3. 宇宙 （a. うじゅう　　b. うちゅう）

2 請依據讀音在 a、b 當中選出相符的單字。

4. かいりょう　　　　（a. 改良　　b. 改浪）

5. しょうらい　　　　（a. 奨来　　b. 将来）

6. こうくう　　　　　（a. 港空　　b. 航空）

3 請從 a、b 當中選出最合適的詞。

7. ブログやWEBサイトでは（a. 見取り　　b. 見出し）が必須だ。

8. オリンピックなのに全然雰囲気が（a. 盛り上がら　　b. 立ち上がら）ない。

9. 蚊に（a. さされた　　b. かまれた）ところがすごく腫れている。

答案 1 ⓐ　2 ⓐ　3 ⓑ　4 ⓐ　5 ⓑ　6 ⓑ　7 ⓑ　8 ⓐ　9 ⓐ

Day

25 **26** 27

學習進度　● 預習 → ● 熟讀 → ● 背誦 → ● 測驗

□ 資料 <small>し りょう</small>	□ 総理大臣 <small>そう り だいじん</small>	□ 成績 <small>せいせき</small>	□ 預ける <small>あず</small>
□ 鉄道 <small>てつどう</small>	□ 習慣 <small>しゅうかん</small>	□ 事務所 <small>じ む しょ</small>	□ 破る <small>やぶ</small>
□ 訪問 <small>ほう もん</small>	□ 正方形 <small>せいほうけい</small>	□ 報告書 <small>ほうこくしょ</small>	□ 届く <small>とど</small>
□ 状況 <small>じょうきょう</small>	□ 歓迎 <small>かんげい</small>	□ スタッフ	□ 捜す <small>さが</small>
□ 年齢 <small>ねんれい</small>	□ 犯人 <small>はんにん</small>	□ ポイント	□ 冷え込む <small>ひ こ</small>
□ 坂 <small>さか</small>	□ 差別 <small>さ べつ</small>	□ 追いつく <small>お</small>	□ 訪ねる <small>たず</small>
□ 貯金 <small>ちょきん</small>	□ 費用 <small>ひ よう</small>	□ 渡す <small>わた</small>	□ 引っ張る <small>ひ ば</small>
□ 免許 <small>めんきょ</small>	□ 港 <small>みなと</small>	□ 名付ける <small>な づ</small>	□ 汚れる <small>よご</small>
□ 政府 <small>せい ふ</small>	□ 記録 <small>き ろく</small>	□ 伺う <small>うかが</small>	□ 取り締まる <small>と し</small>

01
○○○
○○
資料
しりょう

資料

手元に置いてある資料をご覧ください。
てもと　　お　　　　　　　しりょう　　らん

請看手邊的資料。

資料：資料
しりょう

科学：科學
かがく

02
○○○
○
鉄道
てつどう

鐵路

日本には鉄道オタクもたくさんいる。
にほん　　　　てつどう

日本也有很多鐵道迷。

03
○○○
○
訪問
ほうもん

訪問

[動]

来月フランスの大統領が日本を訪問する。
らいげつ　　　　　　　　だいとうりょう　　にほん　　ほうもん

下個月法國總統要訪問日本。

訪問：訪問
ほうもん

正門：正門
せいもん

04
○○○
○
状況
じょうきょう

狀況

目の前の状況は信じられないくらいひどい。
め　　まえ　　じょうきょう　　しん

眼前的狀況糟到難以置信。

05
○○○
○
年齢
ねんれい

年齡

当社の採用は年齢、国籍、性別を問いません。
とうしゃ　さいよう　ねんれい　こくせき　せいべつ　と

本公司用人，不問年齡、國籍、性別。

06
○○○
○
坂
さか

斜坡、坡道

+ 坂道　坡道
さかみち

この坂を上った所に私の学校がある。
さか　のぼ　　ところ　わたし　がっこう

這個斜坡上面就是我的學校。

坂：斜坡、坡道
さか

板：木板
いた

07
ちょきん
貯金
○○○
○ 儲蓄
動

ちょきん　しゅうにゅう　わり　めやす
貯金は収入の３割を目安にしている。

儲蓄以收入的三成作為基準。

08
めんきょ
免許
○○○
○ 許可證、執照

うんてんめんきょ　と
運転免許は取ったけど、まだペーパードライバーです。

雖然拿到了駕駛執照，卻還是紙上司機（指有駕照但是不太會開車的人）。

09
せい ふ
政府
○○
○ 政府

＋ ぎょうせい
行政 行政

いま　せいふ　たい　はんかん　たか
今の政府に対する反感が高まっている。

對當前政府的反感正在提高。

10
そう り だいじん
総理大臣
○○
○ 總理

に ほん　そう り だいじん　こくみん　ちょくせつえら
日本の総理大臣は国民が直接選ぶわけではない。

日本的總理並不是由國民直接選舉產生。

11
しゅうかん
習慣
○○○
○ 習慣

しゅうかん　か　　　　　ど りょく　ひつよう
習慣を変えるにはかなりの努力が必要だ。

要改變習慣需要非常努力。

しゅうかん
習慣：習慣
かんつう
貫通：貫穿

12
せいほうけい
正方形
○○○
○ 正方形

＋ ちょうほうけい
長方形 長方形

せいほうけい　めんせき　もと　こうしき　おぼ
正方形の面積を求める公式を覚えた。

記住了算出正方形面積的公式。

せいほうけい
正方形：正方形
るいけい
類型：類型

13 かんげい
〇 **歓迎**
〇〇 歓迎
〇 動

あした　き むらくん　かんげい　　　　　　ひら　よ てい
明日、木村君の歓迎パーティーを開く予定です。
明天預定要舉行木村同學的歡迎派對。

14 はんにん
〇 **犯人**
〇〇 犯人
＋ おか
犯す 違犯

に　　はんにん　　　　つか
逃げた犯人はまだ捕まっていない。
還沒有抓到逃走的犯人。

15 さ べつ
〇 **差別**
〇〇 差異、歧視
〇 動

よ　なか　　　　　　　　　さ べつ　そんざい
世の中にはいろいろな差別が存在する。
社會上存在著各式各樣的歧視。

16 ひ よう
〇 **費用**
〇〇 費用
＋ つい
費やす 耗費

けっこんしき　そうとう　ひ よう　　　　　　　　　へ
結婚式に相当な費用がかかるけど、それを減らしたい。
婚禮要花相當多的費用，但想要減少這筆錢。

17 みなと
〇 **港**
〇〇 港口

わたし　みなとまち　す　　　　　　　　　や けい　み
私は港町に住んでいてきれいな夜景が見られる。
我住在港口城市，可以看到美麗的夜景。

18 き ろく
〇 **記録**
〇〇 紀錄
〇 動

こん ど　もくひょう　じ ぶん　き ろく　やぶ
今度の目標は自分の記録を破ることです。
這次的目標是要打破自己的紀錄。

き ろく
記録：紀錄
せい き
世紀：世紀

19 せいせき
○ **成績**
○○
○ 成績

+ 実績 實際成果
じっせき

すうがく　せいせき　かんたん　あ
数学の成績は簡単に上がらない。

數學的成績無法輕易提升。

せいせき
成績：成績
めんせき
面積：面積

---

20 じ む しょ
○ **事務所**
○
○ 事務所、辦公室

ぜんこく　　　　しょ　じ む しょ
全国の20か所に事務所をおいている。

在全國20個地點設有事務所。

---

21 ほうこくしょ
○ **報告書**
○
○ 報告書

しゅっちょう　ほうこくしょ　　　　　　はや　だ
出張の報告書はなるべく早く出してください。

請盡快提交出差的報告書。

22
○ **スタッフ**
○○
○ 工作人員（stuff）

しつもん　　　かた
質問のある方はスタッフまでお申し付けください。
もう　つ

有問題的人請向工作人員提出。

23
○ **ポイント**
○
○ 重點、分數（point）

かれ　しゅちょう
彼の主張はポイントがずれていて分かりにくい。
わ

他的主張都偏離重點，不好理解。

---

24 お
○ **追いつく**
○
○ 趕上、追趕

ぎじゅつ　しんぽ　ほうりつ　お
技術の進歩に法律が追いつけないこともある。

有時候，法律趕不上技術的進步。

25
○
○○
○

わた
渡す
交付

ないよう　かくにん　お　　　　　　　　　　　　わた
内容の確認が終わったら、すぐお渡しします。

確認完內容後，會馬上交付。

26
○
○○
○

な　づ
名付ける
取名

あたら　　う　　　　こねこ　　　　　　　　　　な　づ
新しく生まれた子猫を「ハナ」と名付けた。

將新生的小貓取名為「小花」。

27
○
○○
○

うかが
伺う
拜訪、請教

うかが　　　　　　　　しょうしょう　ま
すぐ伺いますので、少々お待ちください。

馬上就來，請您稍等一下。

28
○
○○
○

あず
預ける
寄存、存放

よ　きん
＋ 預金　存款

に　もつ　　あず
ホテルに荷物だけ預けることもできる。

飯店也可以只寄放行李。

29
○
○○
○

やぶ
破る
撕破、打破

　　　　　　　　き　　　　　　　　　　　やぶ
みんなで決めたルールを破ってはいけない。

不可以打破大家一起制定的規則。

やぶ
破る：撕破、打破
なみ
波：海浪

30
○
○○
○

とど
届く
送達、收到

ちゅうもん　　もの　とど　　　　　　　　　　じ かん
ネットで注文した物が届くにはもっと時間がかかる。

在網路訂購的物品，需要更長的時間才能送達。

31 捜す（さがす）
○○○ 尋找、搜尋

＋ 捜査（そうさ）搜查
≒ 探す（さがす）尋找

どっかに落としちゃった財布を捜してるけど、ないね。
正在尋找不知遺落在哪裡的錢包，但是找不到呢。

捜す（さが）：表示尋找不見、消失的東西。
探す（さが）：尋找想要的東西、想看到的東西。

---

32 冷え込む（ひえこむ）
○○○ 驟冷、氣溫驟降

関東地方を中心に厳しく冷え込む見込みだ。
預估關東地區的氣溫會驟降。

---

33 訪ねる（たずねる）
○○○ 訪問

人の家を訪ねる時は前もって連絡すべきだ。
要去拜訪某人家時，應該事先聯絡對方。

---

34 引っ張る（ひっぱる）
○○○ 拉、扯

チームの足を引っ張ったようで申し訳ない。
很抱歉似乎在扯團隊的後腿。

（※足を引っ張る：扯後腿）

---

35 汚れる（よごれる）
○○○ 變髒

＋ 汚す（よご）弄髒

椅子が汚れているから、拭いて座ってね。
椅子髒掉了，所以要擦過再坐喔。

---

36 取り締まる（とりしまる）
○○○ 管制、取締

＋ 取り締まり（とりしまり）控制、取締

盗撮はもっと厳しく取り締まらないといけない。
必須更為嚴格地管制偷拍。

1天1分鐘驗收

1 請在 a、b 當中選出相符的讀音。

1. 捜す　（a. さがす　　　　b. わたす）

2. 歓迎　（a. かんえい　　　b. かんげい）

3. 正方形　（a. せいほうけい　　b. せいほうかた）

2 請依據讀音在 a、b 當中選出相符的單字。

4. せいせき　　　　（a. 成績　　　b. 成積）

5. さか　　　　　　（a. 坂　　　b. 板）

6. しりょう　　　　（a. 資科　　　b. 資料）

3 請從 a、b 當中選出最合適的詞。

7. みんなで決めたルールを（a. 破っては　b. 割っては）いけない。

8. 技術の進歩に法律が（a. 追いつけない　b. 追い込めない）こともある。

9. 世の中にはいろいろな（a. 判別　b. 差別）が存在する。

答案　1 ⓐ　2 ⓑ　3 ⓐ　4 ⓐ　5 ⓐ　6 ⓑ　7 ⓐ　8 ⓐ　9 ⓑ

MP3 01-27

Day

26 **27** 28

學習進度 　● 預習 → ● 熟讀 → ● 背誦 → ○ 測驗

□ 伝言 <small>でんごん</small>	□ 物質 <small>ぶっしつ</small>	□ 袋 <small>ふくろ</small>	□ 思い切る <small>おも き</small>
□ 現状 <small>げんじょう</small>	□ 農業 <small>のうぎょう</small>	□ 予算 <small>よ さん</small>	□ 映る <small>うつ</small>
□ 上達 <small>じょうたつ</small>	□ 進歩 <small>しん ぽ</small>	□ 列島 <small>れっとう</small>	□ 倒す <small>たお</small>
□ 述語 <small>じゅつ ご</small>	□ 選択 <small>せんたく</small>	□ オリジナル	□ 抜く <small>ぬ</small>
□ 順番 <small>じゅんばん</small>	□ 服装 <small>ふくそう</small>	□ ランキング	□ 祈る <small>いの</small>
□ 裏 <small>うら</small>	□ 消防署 <small>しょうぼうしょ</small>	□ 贈る <small>おく</small>	□ 続く <small>つづ</small>
□ 骨折 <small>こっせつ</small>	□ 指導 <small>し どう</small>	□ 察する <small>さっ</small>	□ 崩れる <small>くず</small>
□ 添付 <small>てん ぷ</small>	□ 危険 <small>き けん</small>	□ 壊れる <small>こわ</small>	□ 申し上げる <small>もう あ</small>
□ 資格 <small>し かく</small>	□ 太陽 <small>たいよう</small>	□ 描く <small>えが</small>	□ 存じる <small>ぞん</small>

01
でんごん
〇 **伝言**
〇
〇 口信、留言
動

でんごん　　　　　　　　　き にゅう
伝言がありましたら、ここに記入してください。

如果有留言，請寫在這裡。

・言
　ごん　伝言：口信、留言
　げん　言語：言語

02
げんじょう
〇 **現状**
〇
〇 現狀

げんじょう　　　　　　　　　　　ようきゅう　う　い
現状ではバイヤーの要求を受け入れることができません。

以現狀來說，無法接受買方的要求。

03
じょうたつ
〇 **上達**
〇
〇 進步、長進
動

えいかい わ　じょうたつ　　　　　　じ かん
英会話が上達するには時間がかかる。

英文會話要進步需要花時間。

04
じゅつ ご
〇 **述語**
〇
〇 述語、謂語

＋ の
述べる　敘述

きょう　　しゅ ご　じゅっ ご　　　　　　　まな
今日は主語と述語について学びましょう。

今天就來學習有關主語與述語吧。

05
じゅんばん
〇 **順番**
〇
〇 順序

⇌ じゅんじょ
順序　順序

じゅんばん　　　　　あんない　　　　　　　　　そと　　ま
順番にご案内しますので、外でお待ちください。

會按順序帶位，請在外面稍候。

06
うら
〇 **裏**
〇
〇 裡面、背面

↔ おもて
表　表面

もう　こ　しょ　うら　くわ　　　せつめい　か
申し込み書の裏に詳しい説明が書いてある。

申請書背面寫著詳細說明。

07　こっせつ
○○○
骨折
○
骨折
動

あの選手は足の骨を骨折して試合に参加できない。

那個選手因為腳骨折，不能參加比賽。

こっせつ
骨折：骨折
かっそう
滑走：滑行

08　てん ぷ
○○○
添付
○
附上、夾帶
動

関連資料はメールに添付したので、ご確認ください。

相關資料都夾帶在電子郵件中，請確認。

てん ぷ
添付：附上、夾帶
せい ふ
政府：政府

09　し かく
○○○
資格
○
證照、資格

保育園で働くには資格が必要です。

要在托兒所工作需要證照。

10　ぶっしつ
○○○
物質
○
物質

アレルギーを起こす物質には様々なものがある。

引起過敏的物質有各種不同的種類。

• 物
　ぶつ　物質：物質
　もつ　貨物：貨物

11　のうぎょう
○○○
農業
○
農業

この国は大体の国民が農業に従事している。

這個國家的大多數國民從事農業。

12　しん ぽ
○○○
進歩
○
進歩
動

科学技術の進歩につれて我々の生活は便利になった。

隨著科學技術的進步，我們的生活也變方便了。

13 せんたく
○○○ **選択**
○ 選擇
[動]

せんたく むずか けいたい しゅるい おお
選択が難しいほど携帯の種類が多い。

手機種類多到難以選擇。

14 ふくそう
○○○ **服装**
○ 服裝

ふくそうせいげん ば あい おお
クラシックコンサートは服装制限がある場合が多い。

古典音樂會大多都有服裝限制。

15 しょうぼうしょ
○○○ **消防署**
○ 消防局

ねんせい こ ども しょうぼうしょ けんがく
２年生の子供たちをつれて消防署を見学してきた。

帶著２年級的孩子們去消防局參觀。

16 し どう
○○○ **指導**
○ 指導
[動]

きょうじゅ し どう もと ろんぶん じゅん び
教授の指導の下で論文を準備しています。

在教授的指導下準備論文。

し どう
指導：指導
どう ろ
道路：道路

17 き けん
○○○ **危険**
○ 危險

へん き けん よる ある まわ ほう
この辺は危険だから、夜は歩き回らない方がいい。

這附近很危險，所以晚上不要在這邊徘徊比較好。

き けんせい
＋ 危険性 危險性
[ナ]

き けん
危険：危險
てんけん
点検：檢查

18 たいよう
○○○ **太陽**
○ 太陽

ち きゅう たいよう きょ り やく おく せんまん
地球と太陽との距離は約１億５千万キロです。

地球與太陽的距離約１億５千萬公里。

19 ふくろ
袋
○○○
袋子

この袋はリサイクル可能な紙で作られた。

這個袋子是用可回收紙做的。

---

20 よ さん
予算
○○○
預算

国会で今年度の予算が決まりました。

國會決定了今年度的預算。

予算：預算
順序：順序

---

21 れっとう
列島
○○○
列島

日本列島の長さは約3,000キロだそうです。

據說日本列島長度約 3,000 公里。

列島：列島
鳥類：鳥類

22
オリジナル
○○○
原創、獨創（original）

≒ 独特だ 獨特
ナ

自分の絵をオリジナルエコバックにしてくれる。

別人幫我將自己的畫作做成原創環保袋。

23
ランキング
○○○
排行榜、排名
（ranking）
≒ 順位 名次

今日、最新のFIFAランキングが発表されました。

今天發表了最新的 FIFA 排名。

---

24 おく
贈る
○○○
贈送

最近はお歳暮を宅配で贈る場合が多い。

最近用宅配贈送年末禮物的情況很多。

贈る：贈送
増える：増加

25
○
○○○ **察する**
さっ
観察

猫は気配を察する能力が高い。
ねこ　けはい　さっ　　のうりょく　たか

貓觀察動靜的能力很強。

26
○
○○○ **壊れる**
こわ
損壊、壊掉

デパートで自動ドアが壊れて人がけがをした。
じ どう　　こわ　　ひと

百貨公司的自動門壞掉，有人因此受傷。

＋ **崩壊** 崩壊
ほうかい

27
○
○○○ **描く**
えが
描寫、描繪

愛する人への思いを描いた曲です。
あい　　ひと　　おも　　えが　　きょく

這是描繪對所愛之人的情感的歌曲。

描く：描寫、描繪
えが
猫：貓
ねこ

28
○
○○○ **思い切る**
おも　　き
断念、果断的

人生でたまには思い切った決断が必要な時がある。
じんせい　　　　おも　き　　けつだん　ひつよう　とき

人生中有時需要做出果斷的決策。

≒ **諦める** 放棄
あきら

29
○
○○○ **映る**
うつ
反射、映照

テレビ画面に映る顔は大きく見えるそうだ。
が めん　うつ　かお　おお　み

映照在電視畫面上的臉看起來很大大。

映る：表示在鏡子、螢幕等處反射出來。
うつ
移る：表示位置移動，或是心情、話題轉移到其他方面。
うつ

30
○
○○○ **倒す**
たお
打倒

ランキング１位のチームを倒すなんて驚きました。
い　　　　　　たお　　　　おどろ

竟然打敗排行第一的隊伍，太驚人了。

31
ぬ
抜く
拔、清除

虫歯がひどくて歯を抜くしかないそうだ。

據說蛀牙太嚴重，只能拔牙了。

32
いの
祈る
祈禱、祈求

＋ き がん
祈願 祈禱

あなたの健康と幸せを祈ります。

祈禱你健康與幸福。

33
つづ
続く
持續、繼續

雨の日が続いてじめじめしてうっとうしいです。

連續下雨的日子很潮濕，令人鬱悶。

34
くず
崩れる
崩潰、走樣

私は夏になると体の調子が崩れます。

一到夏天，我的身體狀況就會失調。

35
もう あ
申し上げる
說（表示謙遜）

≒ もう
申す 說

渋谷からお越しのお客様にご案内申し上げます。

由我為來自澀谷的客人帶路。

36
ぞん
存じる
知道

その事実については私も存じております。

關於這個事實，我也已經知道了。

1天1分鐘驗收

1 請在 a、b 當中選出相符的讀音。

1. 伝言 （a. でんげん　　b. でんごん）

2. 農業 （a. のうぎょう　b. ふうぎょう）

3. 述語 （a. じゅつご　　b. しゅつご）

2 請依據讀音在 a、b 當中選出相符的單字。

4. てんぷ　　　　　　　（a. 添付　　　b. 添府）

5. こっせつ　　　　　　（a. 骨折　　　b. 滑折）

6. こわれる　　　　　　（a. 壊れる　　b. 崩れる）

3 請從 a、b 當中選出最合適的詞。

7. 渋谷からお越しのお客様にご案内（a. 申し上げます　b. 存じ上げます）。

8. テレビ画面に（a. 移る　b. 映る）顔は大きく見えるそうだ。

9. この辺は（a. 危険　b. 危機）だから、夜は歩き回らない方がいい。

答案 1ⓑ 2ⓐ 3ⓐ 4ⓐ 5ⓐ 6ⓐ 7ⓐ 8ⓑ 9ⓐ

Day

27 **28** 29

學習進度　● 預習 → ● 熟讀 → ● 背誦 → ● 測驗

□ 不慣れだ	□ 健やかだ	□ けちだ	□ しつこい
□ 盛大だ	□ 困難だ	□ 不器用だ	□ 柔らかい
□ 賢明だ	□ 内気だ	□ 平和だ	□ わざとらしい
□ 主だ	□ シンプルだ	□ 格別だ	□ 渋い
□ 透明だ	□ 上品だ	□ 案外だ	□ 嫌らしい
□ にこやかだ	□ 当たり前だ	□ だらしない	□ 四角い
□ 悲惨だ	□ 不可欠だ	□ 息苦しい	□ 恋しい
□ 明確だ	□ おおまかだ	□ みっともない	□ おめでたい
□ 退屈だ	□ 苦手だ	□ 濃い	□ ばかばかしい

01 不慣れだ
ふ な
○○○
○○
不習慣、不熟練
名

まだ不慣れなため、ご迷惑をおかけしました。
ふ な　　　　　　　　　　めいわく
由於還不熟練，給您添麻煩了。

---

02 盛大だ
せいだい
○○○
○○
盛大

あの二人は海外で盛大な結婚式を挙げた。
ふたり　　かいがい　せいだい　けっこんしき　あ
那兩人在海外舉行了盛大的婚禮。

・盛
せい　盛大：盛大
　　　せいだい
じょう　繁盛：興隆
　　　はんじょう

---

03 賢明だ
けんめい
○○○
○○
賢明、明智
名

だめなのは早くあきらめた方が賢明だ。
はや　　　　　　　　ほう　けんめい
不行的事情，還是盡早放棄比較明智。

賢明：賢明、明智
けんめい
堅固：堅固
けん ご

---

04 主だ
おも
○○○
○○
主要

契約の主な内容はここにまとめて書いておきました。
けいやく　おも　ないよう　　　　　　　　　か
契約的主要內容已經統整寫在這裡了。

・主
おも　主だ：主要
　　　おも
ぬし　持ち主：擁有者
　　　も ぬし

---

05 透明だ
とうめい
○○○
○○
透明
名

貼ったら透明に見えるフィルムもある。
は　　とうめい　み
有些膠片貼上去看起來就像是透明的。

---

06 にこやかだ
○○○
○○
和藹可親

いつもにこやかな笑顔で対応してくれました。
えがお　たいおう
總是用和藹可親的笑容來對待我們。

07 ひさん
悲惨だ
○○○ 悲惨、凄惨
[名]

せかいかくち ひさん じけん あいつ
世界各地で悲惨な事件が相次いでいる。
世界各地相繼發生悲慘的事件。

ひさん
悲惨：悲慘、悽慘
さんか
参加：參加

08 めいかく
明確だ
○○ 明確
≒ かくじつ
確実だ 確實

「やりたいこと」と「できること」を明確にした方がいい。
最好明確區分「想做的事」和「做得到的事」。

09 たいくつ
退屈だ
○○○ 無聊
≒ つまらない 無聊
[名]

にちじょう たいくつ とき からだ うご
日常が退屈でたまらない時は体を動かしてみよう。
日常生活無聊到無法忍受時，試著動動身體吧。

たいくつ
退屈：無聊
はっくつ
発掘：發掘

10 すこ
健やかだ
○○○ 健康、健壯

しぜん なか こころ からだ すこ く
自然の中で心も体も健やかに暮らしたい。
想在大自然中身心健康地生活。

11 こんなん
困難だ
○○○ 困難
[名]

きゅう けいかく へんこう こんなん
急な計画の変更は困難です。
突然的變更計畫是困難的。

12 うちき
内気だ
○○○ 靦腆、內向
↔ まえむ
前向きだ 積極
[名]

かれ むくち ひと せいかく うちき
彼は無口な人で、性格も内気です。
他是個沉默的人，性格也很內向。

13
○
○
○
シンプルだ
簡単（simple）
名

わたし　ふく　　　　　　　　　　　　　　す
私は服もかばんもシンプルなデザインが好きだ。

無論是衣服或包包，我都喜歡簡單的設計。

14
○
○
○
じょうひん
上品だ
高級、典雅

げ ひん
↔ 下品だ 下流

じょうひん　み　　　　　　　　　　ふく
シンプルだが、上品に見えるスタイルの服です。

這是雖然簡單，看起來風格卻很典雅的衣服。

15
○
○
○
あ　　まえ
当たり前だ
理所當然

とうぜん
≒ 当然だ 當然

しゃかいじん　　　あ　　まえ　　　　　　　　　　ひと　おお
社会人として当たり前なことができない人が多い。

很多人作為社會人士都無法做到理所當然的事情。

16
○
○
○
ふ　か けつ
不可欠だ
不可或缺
名

かいしゃ　ひつようふ か けつ　そんざい
会社で必要不可欠な存在になりたい。

想成為公司裡不可或缺的存在。

17
○
○
○
おおまかだ
粗略

かいはつ　なが
システム開発の流れをおおまかにまとめてみました。

試著粗略整理了系統開發的流程。

18
○
○
○
にが て
苦手だ
不擅長

へた
≒ 下手だ 笨拙、不擅長
名

かのじょ　べんきょう　　　　　　からだ　うご　　　　　にが て
彼女は勉強はできるけど、体を動かすのは苦手だ。

她雖然會念書，但很不擅長活動身體。

にが て
苦手だ：表示不擅長，帶有討厭的意思，較主觀。
へた
下手だ：指單純的不擅長，較客觀。

19
○
○ **けちだ**
○
小氣
[名]

お金にけちな人と結婚したら苦労するに違いない。

和對金錢小氣的人結婚鐵定會很辛苦。

---

20 ぶ きょう
○ **不器用だ**
○
○ 笨拙、不靈巧

↔ 器用だ 靈巧

わたし れんあい ぶ きょう かのじょ おも
私は恋愛に不器用な彼女がかわいいと思う。

我覺得對戀愛很笨拙的女友很可愛。

• 不
　ぶ　不器用だ：笨拙、不靈巧
　ふ　不安だ：不安

---

21 へい わ
○ **平和だ**
○
○ 和平
[名]

せんそう へい わ せ かい
戦争のない平和な世界になってほしい。

希望能夠變成沒有戰爭的和平世界。

---

22 かくべつ
○ **格別だ**
○
○ 格外、特別

じ ぶん ちょくせつそだ や さい かくべつ
自分で直接育てた野菜だから格別においしいわけだ。

這是自己直接種植的蔬菜，所以格外好吃。

---

23 あんがい
○ **案外だ**
○
○ 出乎意外、意想不到

か おも あんがい けっか ざんねん
勝つと思ったが、案外な結果になって残念だ。

原本以為會贏，卻演變成出乎意料的結果，真是可惜。

24
○
○ **だらしない**
○
散漫、邋遢

かのじょ はは おこ
彼女はだらしないといつも母に怒られる。

她總是被媽媽罵說很邋遢。

25 いきぐる
息苦しい
○○○
呼吸困難、喘不過氣

<ruby>高<rt>たか</rt></ruby>い<ruby>山<rt>やま</rt></ruby>では<ruby>酸素<rt>さんそ</rt></ruby>が<ruby>足<rt>た</rt></ruby>りなくて<ruby>息苦<rt>いきぐる</rt></ruby>しくなる。

在高山上氧氣不足，呼吸困難。

26
みっともない
○○○
不像樣、難看

≒ みにくい 難看

<ruby>後輩<rt>こうはい</rt></ruby>にみっともない<ruby>姿<rt>すがた</rt></ruby>を<ruby>見<rt>み</rt></ruby>せてしまって<ruby>恥<rt>は</rt></ruby>ずかしい。

在後輩面前展現出難看的樣子，好丟臉。

---

27 こ
濃い
○○○
濃厚

↔ <ruby>薄<rt>うす</rt></ruby>い 淡、薄

<ruby>彼女<rt>かのじょ</rt></ruby>には<ruby>濃<rt>こ</rt></ruby>い<ruby>化粧<rt>けしょう</rt></ruby>が<ruby>似合<rt>にあ</rt></ruby>わないと<ruby>思<rt>おも</rt></ruby>う。

我認為她不適合濃妝。

28
しつこい
○○○
糾纏不休、執著

<ruby>何<rt>なに</rt></ruby>かにしつこくこだわる<ruby>人<rt>ひと</rt></ruby>が<ruby>成功<rt>せいこう</rt></ruby>すると<ruby>思<rt>おも</rt></ruby>う。

我認為執著堅持某件事的人會成功。

---

29 やわ
柔らかい
○○○
柔軟

＋ <ruby>柔軟<rt>じゅうなん</rt></ruby> 柔軟

ふわふわで<ruby>柔<rt>やわ</rt></ruby>らかい<ruby>布団<rt>ふとん</rt></ruby>で<ruby>寝転<rt>ねころ</rt></ruby>ぶのが<ruby>好<rt>す</rt></ruby>きだ。

最喜歡躺在蓬鬆又柔軟的被子上。

30
わざとらしい
○○○
不自然、做作

<ruby>彼女<rt>かのじょ</rt></ruby>は<ruby>演技<rt>えんぎ</rt></ruby>も<ruby>不自然<rt>ふしぜん</rt></ruby>で<ruby>笑顔<rt>えがお</rt></ruby>もわざとらしい。

她的演技很不自然，笑容也很做作。

31 渋い しぶ
〇〇〇
澀、古樸

しぶ ちゃ あ わがし おし
渋いお茶に合う和菓子を教えてください。
請告訴我適合搭配澀茶的日式點心。

32 嫌らしい いや
〇〇〇
可憎、討厭

ひと ところ わるくち い いや ひと
人のいない所で悪口を言う嫌らしい人だ。
是個會在背地裡說人壞話，令人討厭的人。

33 四角い しかく
〇〇〇
方形

しかく かお まる う
四角い顔を丸くするマッサージを受けている。
正在接受使方臉變得圓潤的按摩。

34 恋しい こい
〇〇〇
懷念、眷戀

う そだ こきょう こい
生まれ育った故郷が恋しくてたまらない。
非常懷念我出生成長的故鄉。

こい
恋しい：懷念、眷戀
か
変える：改變

35 おめでたい
〇〇〇
可喜可賀

はなし ふ つうしゅっさん けっこん い
おめでたい話って普通出産とか結婚のことを言う。
一般來說，可喜可賀的事情，是指生產和結婚。

36 ばかばかしい
〇〇〇
愚蠢、荒謬

かれ はなし き
彼の話はばかばかしくて聞いていられないよ。
他的話太愚蠢了，真是聽不下去。

≒ ばからしい 無聊、愚蠢

1 請在 a、b 當中選出相符的讀音。

1. 内気だ （a. ないきだ　　b. うちきだ）

2. 悲惨だ （a. ひざんだ　　b. ひさんだ）

3. 盛大だ （a. せいだいだ　　b. じょうだいだ）

2 請依據讀音在 a、b 當中選出相符的單字。

4. おもだ　　　　　（a. 主だ　　b. 注だ）

5. すこやかだ　　　（a. 健やかだ　b. 康やかだ）

6. こいしい　　　　（a. 変しい　b. 恋しい）

3 請從 a、b 當中選出最合適的詞。

7. 彼女_{かのじょ}には（a. 濃い　b. 太い）化粧_{けしょう}が似合_{にあ}わないと思_{おも}う。

8. いつも（a. おおまかな　b. にこやかな）笑顔_{えがお}で対応_{たいおう}してくれました。

9. シンプルだが、（a. 上品に　b. 高品に）見_みえるスタイルの服_{ふく}です。

答案 1 ⓑ　2 ⓑ　3 ⓐ　4 ⓐ　5 ⓐ　6 ⓑ　7 ⓐ　8 ⓑ　9 ⓐ

Day

28　29　30

 學習進度 　◯ 預習 → ◯ 熟讀 → ◯ 背誦 → ◯ 測驗

□ 巨大（きょだい）だ	□ 快適（かいてき）だ	□ 不思議（ふしぎ）だ	□ 臭（くさ）い
□ 適切（てきせつ）だ	□ 厳重（げんじゅう）だ	□ 新（あら）ただ	□ 美（うつく）しい
□ 強力（きょうりょく）だ	□ 永遠（えいえん）だ	□ 幸福（こうふく）だ	□ 騒（さわ）がしい
□ 様々（さまざま）だ	□ 一般的（いっぱんてき）だ	□ ご存（ぞん）じだ	□ 堅苦（かたくる）しい
□ 不規則（ふきそく）だ	□ 微妙（びみょう）だ	□ 本気（ほんき）だ	□ 可愛（かわい）らしい
□ 円滑（えんかつ）だ	□ 短気（たんき）だ	□ 若々（わかわか）しい	□ 望（のぞ）ましい
□ 容易（ようい）だ	□ 多忙（たぼう）だ	□ 紛（まぎ）らわしい	□ 偉（えら）い
□ 完璧（かんぺき）だ	□ 弱気（よわき）だ	□ 淡（あわ）い	□ 幅広（はばひろ）い
□ 真（ま）っ青（さお）だ	□ 得意（とくい）だ	□ 大人（おとな）しい	□ 好（この）ましい

01 きょだい
○○○ **巨大だ**
巨大
名

かいしゃ ちか きょだい た
会社の近くに巨大なビルを建てています。

公司附近正在興建巨大的建築物。

02 てきせつ
○○○ **適切だ**
適當、適切
名

しゃちょう てきせつ はんだん ひつよう とき
社長の適切な判断が必要な時だ。

現在是需要社長做出適當判斷的時候。

03 きょうりょく
○○○ **強力だ**
強大、強而有力
名

きょうりょく たいふう ちかづ じゅうぶん ちゅうい ひつよう
強力な台風が近付いているので、十分な注意が必要だ。

由於有強大的颱風正在接近，需要十分注意。

04 さまざま
○○○ **様々だ**
各式各樣

いろいろ
≒ 色々だ 各式各樣

こくみんねんきん さまざま いけん
国民年金については様々な意見があります。

關於國民年金，有各式各樣的意見。

05 ふきそく
○○○ **不規則だ**
不規則
名

ふきそく しょくせいかつ つづ ふと
不規則な食生活が続くと太りやすくなる。

若持續不規律的飲食生活，會很容易變胖。

06 えんかつ
○○○ **円滑だ**
圓滑、順利

がいこくじん えんかつ えいご
外国人との円滑なコミュニケーションのために英語は
ひっす
必須だ。

為了和外國人進行順暢的溝通，英文是必備的。

07 よう い
○ **容易だ**
○
○ 容易、輕易

今の状況では失敗することが容易に想像できる。
いま じょうきょう しっぱい よう い そうぞう

以現在的狀況，很容易想像會失敗。

08 かんぺき
○ **完璧だ**
○
○ 完美
名

完璧な人は世の中に存在しない。
かんぺき ひと よ なか そんざい

完美的人不存在於世界上。

09 ま さお
○ **真っ青だ**
○
○ 蔚藍、深藍

＋ 真っ赤だ 鮮紅
ま か
名

池に真っ青な空の色が映ってもっと青く見える。
いけ ま さお そら いろ うつ あお み

深藍的天空顏色映照在池子裡，看起來更藍了。

10 かいてき
○ **快適だ**
○
○ 舒適、舒服
名

オフィスを快適で過ごしやすくしたいです。
かいてき す

想讓辦公室變得更舒適且宜人。

快適：舒適、舒服
かいてき
決定：決定
けってい

11 げんじゅう
○ **厳重だ**
○
○ 嚴厲、嚴肅

その件については厳重に受け止めています。
けん げんじゅう う と

我們嚴肅對待此事。

12 えいえん
○ **永遠だ**
○
○ 永遠
名

二人の友情は永遠に続くと思います。
ふたり ゆうじょう えいえん つづ おも

我認為兩人的友情會永遠持續。

13 いっぱんてき
○
○ **一般的だ**
○ 一般的

いっぱんてき　　ぼんやす　　　がつ　にち　　にち
一般的なお盆休みは 8 月 13 日から 16 日までです。

一般的盂蘭盆節假期是 8 月 13 日到 16 日。

14 び みょう
○
○ **微妙だ**
○ 微妙

ふた ご　　　　　　かお　び みょう　　ち が
双子だけど、顔が微妙に違う。

雖然是雙胞胎，長相卻有微妙的不同。

び みょう
微妙：微妙
とくちょう
特徴：特徴

15 たん き
○
○ **短気だ**
○ 性急、急躁

かれ　たん き　　せいかく　　　　　　　　　おお
彼は短気な性格でいつもミスが多い。

他的個性急躁，失誤總是很多。

≒ せっかちだ 急躁、性急
名

16 た ぼう
○
○ **多忙だ**
○ 忙碌

た ぼう　　　　　　　　　　　　　　つか
多忙なスケジュールでとても疲れている。

行程太忙碌，非常疲累。

名

17 よわ き
○
○ **弱気だ**
○ 膽怯、軟弱

おうえん　　　　　　　　　よわ き
みんな応援しているから弱気にならないでね。

大家都在支持你，所以不要膽怯啊。

名

18 とく い
○
○ **得意だ**
○ 擅長

とく い
スポーツはあまり得意じゃないけど、やってみる。

雖然不太擅長運動，但我會試試看。

名

19 ふしぎ
不思議だ
不可思議、奇怪
[名]

この世界は不思議なことがたくさん起きている。

這個世界正發生許多不可思議的事情。

20 あら
新ただ
嶄新

あなたの新たなチャレンジを応援します。

我會支持你的新挑戰。

21 こうふく
幸福だ
幸福
[名]

お金が人を幸福にするわけではない。

錢不會讓人變得幸福。

22 ぞん
ご存じだ
知道
+ 存じる 知道

ノーベル化学賞が決まったんですが、ご存じですか。

諾貝爾化學獎已經確定了，您知道嗎？

23 ほんき
本気だ
認真
[名]

ふざけてると思ったけど、彼の話は本気らしい。

本以為是在開玩笑，但他的話好像是認真的。

24 わかわか
若々しい
年輕、朝氣蓬勃
+ 若年 青年

彼女は年を重ねても若々しく見える。

即使年紀增長，她看起來還是很年輕。

25	まぎ **紛らわしい** ○○○ 容易混淆、不易分辨	^{かん}^じ ^か ^{じゅん} ^{まぎ} ^{ま ちが} 漢字の書き順は紛らわしくて間違いやすい。 漢字的筆順不易分辨，容易搞錯。 ^{まぎ} 紛らわしい：容易混淆、不易分辨 ^{こなぐすり} 粉薬：藥粉
26	あわ **淡い** ○○○ 淺、淡	^{あわ} ^{いろ} ^{ふく} ^{わたし} ^{に あ} こんな淡い色の服は私には似合わない。 顏色這麼淺的衣服不適合我。
27	おとな **大人しい** ○○○ 成熟	^{ふ つう} ^{おとな} ^{さけ よ} ^{ひと か} 普通は大人しいけど、お酒に酔ったら人が変わる。 平常是很成熟的，但一喝醉後就會變一個人。
28	くさ **臭い** ○○○ 惡臭 ^{なまくさ} + 生臭い 腥、腥味	^{くるま} ^{なか} ^{くさ} 車の中から臭いにおいがしている。 車裡散發出一股臭味。
29	うつく **美しい** ○○○ 美麗	^{うつく} ^{し ぜん} ^{まも} アフリカの美しい自然を守りましょう。 來守護非洲的美麗大自然吧。
30	さわ **騒がしい** ○○○ 騷然、吵鬧 ^{そうぞう} ≒ 騒々しい 吵鬧的	^お ^{じ けん} ^{せ けん さわ} パリで起きたテロ事件のことで世間が騒がしい。 世界因巴黎發生的恐怖事件而動盪不安。

31 かたくる
○ **堅苦しい**
○○ 嚴格、死板

<ruby>堅苦<rt>かたくる</rt></ruby>しい <ruby>挨拶<rt>あいさつ</rt></ruby>はぬきにしてもいいと<ruby>思<rt>おも</rt></ruby>う。
メールでは我認為信件中的死板問候可以省略。

我認為信件中的死板問候可以省略。

---

32 か わい
○ **可愛らしい**
○○ 可愛

<ruby>髪型<rt>かみがた</rt></ruby>を<ruby>変<rt>か</rt></ruby>えたら<ruby>可愛<rt>かわい</rt></ruby>らしく<ruby>見<rt>み</rt></ruby>えます。

改變髮型後，看起來很可愛。

---

33 のぞ
○ **望ましい**
○○ 理想的

<ruby>大統領<rt>だいとうりょう</rt></ruby>として<ruby>望<rt>のぞ</rt></ruby>ましい<ruby>選択<rt>せんたく</rt></ruby>だったと<ruby>思<rt>おも</rt></ruby>う。

我認為他是作為總統的理想人選。

≒ <ruby>好<rt>この</rt></ruby>ましい
令人喜歡、理想

---

34 えら
○ **偉い**
○○○ 偉大、了不起

<ruby>彼<rt>かれ</rt></ruby>の<ruby>偉<rt>えら</rt></ruby>そうな<ruby>言<rt>い</rt></ruby>い<ruby>方<rt>かた</rt></ruby>とか<ruby>態度<rt>たいど</rt></ruby>が<ruby>大嫌<rt>だいきら</rt></ruby>いです。

非常討厭他那種自以為是的說話方式和態度。

+ <ruby>偉<rt>えら</rt></ruby>そうだ
自以為了不起的樣子

---

35 はばひろ
○ **幅広い**
○○ 廣大

この<ruby>歌<rt>うた</rt></ruby>は<ruby>幅広<rt>はばひろ</rt></ruby>い<ruby>世代<rt>せだい</rt></ruby>から<ruby>愛<rt>あい</rt></ruby>されている。

這首歌受到廣大世代的喜愛。

---

36 この
○ **好ましい**
○○ 令人喜歡、理想

これは<ruby>面接<rt>めんせつ</rt></ruby>の<ruby>服装<rt>ふくそう</rt></ruby>としては<ruby>好<rt>この</rt></ruby>ましくない。

這作為面試的服裝是不理想的。

+ <ruby>好<rt>この</rt></ruby>む 喜歡

1天1分鐘驗收

① 請在 a、b 當中選出相符的讀音。

1. 淡い 　　(a. あさい 　　　b. あわい)

2. 真っ青だ 　(a. まっあおだ 　b. まっさおだ)

3. 微妙だ 　　(a. びみょうだ 　b. みみょうだ)

② 請依據讀音在 a、b 當中選出相符的單字。

4. まぎらわしい 　　　(a. 紛らわしい 　b. 粉らわしい)

5. かたくるしい 　　　(a. 固苦しい 　　b. 堅苦しい)

6. かいてきだ 　　　　(a. 快適だ 　　　b. 決適だ)

③ 請從 a、b 當中選出最合適的詞。

7. ノーベル化学賞（か がくしょう）が決（き）まったんですが、(a. ご存じですか

b. 存じていますか)。

8. 大統領（だいとうりょう）として(a. たくましい 　b. のぞましい)選択（せんたく）だったと思（おも）う。

9. ふざけてると思（おも）ったけど、彼（かれ）の話（はなし）は(a. 本格 　b. 本気)らしい。

答案 1 ⓑ 　2 ⓑ 　3 ⓐ 　4 ⓐ 　5 ⓑ 　6 ⓐ 　7 ⓐ 　8 ⓑ 　9 ⓑ

MP3 01-30

Day

29 **30**

○ 預習 → ○ 熟讀 → ○ 背誦 → ○ 測驗

□ ごろごろ	□ 実^{じつ}に	□ かえって	□ わくわく
□ およそ	□ しみじみ	□ ごく	□ つくづく
□ 次第^{しだい}に	□ 確^{たし}か	□ ぶつぶつ	□ ぜひ
□ 絶^たえず	□ つい	□ ざっと	□ きっと
□ いよいよ	□ どうしても	□ 早速^{さっそく}	□ いかにも
□ うっかり	□ 大^{たい}して	□ しょっちゅう	□ そこで
□ がっかり	□ まさに	□ 一通^{ひととお}り	□ なお
□ ぐんぐん	□ うろうろ	□ しばしば	□ もしくは
□ 必^{かなら}ずしも	□ 非常^{ひじょう}に	□ 後^{のち}ほど	□ すると

01 ごろごろ
○
○○ 滾來滾去、無所事事
動

やることないなら、ごろごろしないで掃除^{そうじ}でもしろよ。

如果無事可做，就別閒著，來掃個地啊。

02 およそ
○
○○ 大概、大約

≒ だいたい 大致上、大約

この山^{やま}の高^{たか}さはおよそ 3,000mだそうです。

據說這座山的高度大約 3000 公尺。

03 次第^{しだい}に
○
○○ 逐漸

いろんな経験^{けいけん}を重^{かさ}ねるうちに次第^{しだい}に成長^{せいちょう}していく。

在累積各種經驗的過程中就會逐漸成長。

04 絶^たえず
○
○○ 不斷地、不停地

実力^{じつりょく}を向上^{こうじょう}させるために絶^たえず努力^{どりょく}している。

為了提升實力而不斷地努力著。

05 いよいよ
○
○○ 終於、總算

いよいよ旅行^{りょこう}も最後^{さいご}の日^ひを迎^{むか}えた。

終於旅行也來到最後一天了。

06 うっかり
○
○○ 不小心、不經意
動

会議^{かいぎ}があるのをうっかり忘^{わす}れて遅刻^{ちこく}してしまった。

不小心忘了要開會，遲到了。

07
○ **がっかり**
○
○ 失望
[動]

期待していた旅行がキャンセルになってがっかりした。
期待已久的旅行取消了，好失望。

08
○ **ぐんぐん**
○
○ 快速、不斷

英語力がぐんぐん伸びる方法を紹介します。
介紹讓英語能力快速成長的方法。

09
○ **必ずしも**
○
○ （後面接否定）未必、
不一定

強いチームだからといって必ずしも勝つわけではない。
雖說是很強的隊伍，也不一定能獲勝。

必ずしも：通常與否定形式一起使用，表示「不一定……」的意思。
必ず：表示「必定、肯定」的情況。

10
○ **実に**
○
○ 實在

オーストリアでのオペラ公演は実にすばらしかった。
在奧地利的歌劇公演實在太棒了。

11
○ **しみじみ**
○
○ 痛切、深切

≒ つくづく 深切

今度の旅行で英語の必要性をしみじみと感じました。
在這次的旅行中，深切感受到英文的必要性。

12
○ **確か**
○
○ 好像、大概

確かどこかにあの時の写真があるはずです。
我記得那時候的照片好像是放在某處。

確か：表示「根據自己的印象，好像、大概」的意思。
確かに：的確、確實。

13
○
○○
つい
不知不覺、不小心

≒ 思^{おも}わず 不由得

つい口^{くち}を滑^{すべ}らせて彼女^{かのじょ}を怒^{おこ}らせた。

不小心說溜嘴，惹她生氣了。

14
○
○○
どうしても
無論如何也……

頑張^{がんば}っているのにどうしてもだめな日^ひもあります。

有時候即使努力了，也會有一些無論如何也沒辦法的日子。

15
○
○○○
大^{たい}して
（後面接否定）
並不那麼

≒ さほど 並不那麼

遠^{とお}いけど、電車^{でんしゃ}で行^いくと大^{たい}して時間^{じかん}はかからない。

雖然遠，但搭電車去並不太花時間。

16
○
○○
まさに
簡直、的確

これはまさに私^{わたし}がほしかった車^{くるま}です。

這的確就是我想要的車。

17
○
○○
うろうろ
晃來晃去
動

駅^{えき}に早^{はや}く着^ついて、時間^{じかん}つぶしに周^{まわ}りをうろうろした。

電車早到了，為了殺時間，就在附近晃來晃去。

18
○
○○
非常^{ひじょう}に
非常、極度

この学校^{がっこう}の校則^{こうそく}は非常^{ひじょう}に厳^{きび}しい。

這間學校的校規非常嚴格。

19
○○○
かえって
反而

ちょっとした騒音^{そうおん}はかえって集中力向上^{しゅうちゅうりょくこうじょう}に役^{やく}に立^たつ。

一點點的噪音反而有助於提升集中力。

20
○○○
ごく
非常、極

数^{かず}ある曲^{きょく}の中^{なか}でヒットするのはごく一部^{いちぶ}にすぎない。

在為數眾多的曲子中，能大受歡迎的只有極少部分。

21
○○○
ぶつぶつ
抱怨、牢騷

彼^{かれ}はいつもぶつぶつ文句^{もんく}ばかり言^いっている。

他總是一直抱怨個不停。

22
○○○
ざっと
粗略、大約

≒ およそ 大約

彼^{かれ}の企画書^{きかくしょ}をざっと見^みたけど、いいと思^{おも}う。

粗略看了他的企畫書，覺得還不錯。

23
○○
早速^{さっそく}
迅速、馬上

それでは早速始^{さっそくはじ}めさせていただきます。

那麼，就讓我們馬上開始。

24
○○○
しょっちゅう
經常

しょっちゅう雨^{あめ}が降^ふるから、傘^{かさ}を持^もち歩^{ある}いた方^{ほう}がいい。

因為經常下雨，最好隨身攜帶雨傘。

25
○
○○
一通り
ひととお

大概、大略

≒ ざっと 粗略、大約

会議の前に書類に一通り目を通しておいてください。
かい ぎ　　まえ　　しょるい　　ひととお　　め　　とお

請在開會前大略看過一遍文件。

26
○
○○
しばしば

經常

私はしばしばフリーマーケットに参加する。
わたし　　　　　　　　　　　　　　　　　さん か

我經常會去參加跳蚤市場。

27
○
○○
後ほど
のち

稍後

詳しい内容は後ほどメールでお送りします。
くわ　　　ないよう　　のち　　　　　　　　　　おく

詳細內容稍後會用郵件寄送。

28
○
○○
わくわく

雀躍、興奮
動

結婚式のことを考えると胸がわくわくします。
けっこんしき　　　　　　かんが　　　むね

一想到婚禮的事就很雀躍。

29
○
○○
つくづく

深切、痛切

あなたに出会えてよかったとつくづく感じました。
で あ　　　　　　　　　　　　　　　　　かん

深切感受到能遇見你真是太好了。

30
○
○○
ぜひ

務必

暇があればぜひお立ち寄りください。
ひま　　　　　　　　　　た　よ

有時間的話請務必順道來看看。

31
○
○○
○
きっと
一定

≒ ぜひ　務必

きっとまたいつか会えるでしょう。

一定總有一天會再次見面的吧。

きっと：通常與「～でしょう」搭配使用，表示「一定會……」的意思。
ぜひ：通常與「～たい、～ください」一起使用，表示「非常希望……」。

32
○
○○
○
いかにも
真的、實在

＋ いかに
無論如何、怎麼樣

彼は会社をやめるのがいかにもうれしそうだ。

感覺他要從公司離職真的很開心。

いかにも：指「真的、實在」的意思。いかに：指「無論如何、怎麼樣」。
類似的表達是「どんなに（無論如何）」和「どのように（怎麼樣）」。
いかに苦しくても頑張る。（無論如何辛苦都會努力。）

33
○
○○
○
そこで
因此、於是

家が狭くて古い。そこで、引っ越しすることにした。

家裡又窄又舊。因此，決定搬家。

34
○
○
○
なお
此外、而且

なお、詳しい資料は後ほどお渡しします。

此外，詳細資料稍後會交付。

35
○
○○
○
もしくは
或者

大学では経済もしくは法律を専攻をするつもりだ。

打算在大學攻讀經濟或是法律。

36
○
○
○
すると
於是

昨日彼女にプロボーズした。すると彼女は泣き出した。

昨天向女朋友求婚。於是她就哭了出來。

1天1分鐘驗收

❶ 請在 a、b 當中選出相符的單字。

1. 無論如何也⋯⋯（a. どうしても　　b. どうでも）

2. 抱怨、牢騷　（a. わくわく　　b. ぶつぶつ）

3. 終於、總算　（a. ざっと　　　b. いよいよ）

4. 逐漸　　　　（a. しだいに　　b. ぐんぐん）

5. 深切、痛切　（a. すくすく　　b. つくづく）

❷ 請選出最適合填入空格內的單字。

> 選項　　a. ざっと　　　b. ぜひ　　　c. 必ずしも

6. 暇_{ひま}があれば（　　　　　）お立_たち寄_よりください。

7. 強_{つよ}いチームだからといって（　　　　　）勝_かつわけではない。

8. 彼_{かれ}の企画書_{きかくしょ}を（　　　　　）見_みたけど、いいと思_{おも}う。

❸ 請在 a、b 當中選出最適合填入空格內的單字。

9.

> 今年_{ことし}の夏_{なつ}は夜_{よる}でもエアコンなしには生活_{せいかつ}できないくらい暑_{あつ}い。昨日_{きのう}もエアコンをつけっぱなしにして髪_{かみ}を乾_{かわ}かそうとドライヤーの電源_{でんげん}を入_いれた。（a. なお　b. すると）突然_{とつぜん}家_{いえ}が真_まっ暗_{くら}になった。おそらく容量_{ようりょう}オーバーで停電_{ていでん}になったようだ。仕方_{しかた}なくぬれたままの髪_{かみ}で寝_ねたら朝_{あさ}すごい寝癖_{ねくせ}がついていた。

答案 1 ⓐ　2 ⓑ　3 ⓑ　4 ⓐ　5 ⓑ　6 ⓑ　7 ⓒ　8 ⓐ　9 ⓑ

解析 今年夏天熱到晚上沒開冷氣就無法生活。昨天也一直開著冷氣，我打算吹乾頭髮，就打開了吹風機的開關。於是家裡突然一片黑暗。恐怕是因為超過負荷量才停電的。無可奈何，我只好在頭髮濕濕的情況下睡覺，結果早上起來頭髮翹得很嚴重。

問題 1　請選出畫線處正確的讀音。

1 彼はどんなことにも興味を示さないから、一緒にいるとつまらない。

　　1 しめさない　　　2 まかさない　　　3 ためさない　　　4 しるさない

2 朝から渋滞に巻き込まれて大事な会議に遅れてしまった。

　　1 じゅたい　　　　2 じゅうたい　　　3 しゅうてい　　　4 しゅてい

3 中国の化粧品市場は世界一競争が激しい。

　　1 けいそ　　　　　2 きょうそ　　　　3 けいそう　　　　4 きょうそう

問題 2　請選出畫線處的漢字標記。

4 あの選手は陸上の試合で世界きろくを突破した。

　　1 記録　　　　　　2 記緑　　　　　　3 紀録　　　　　　4 紀緑

5 かんしゃの気持ちはちゃんと言葉として表すべきだ。

　　1 減射　　　　　　2 減謝　　　　　　3 感謝　　　　　　4 感射

6 結果とかせいせきだけが人を判断する基準になってはいけない。

　　1 誠績　　　　　　2 成績　　　　　　3 成積　　　　　　4 誠積

問題 3　請選出最適合填入括號內的單字。

7 (　　　　　)眠れない時は、むりやり寝ようとしない方がいい。

1 どうして　　　2 どうやら　　　3 どうしても　　　4 どうかして

8 入力内容に(　　　　　)がある場合は、登録手続きが完了しません。

1 不順　　　　　2 不備　　　　　3 不要　　　　　4 不実

9 LA発の飛行機に不審者がいるということで、空港に(　　　　　)。

1 引き返した　　2 取り返した　　3 見返した　　　4 乗り返した

問題 4　請選出與畫線處意思相同的選項。

10 せっかちな性格の人と一緒にいるとすぐ疲れてしまう。

1 弱気な　　　　2 内気な　　　　3 短気な　　　　4 強気な

11 今大会の参加者はざっと1,000人くらいだそうだ。

1 およそ　　　　2 ごく　　　　　3 つい　　　　　4 大して

12 これは会社に行く人の服装としては望ましくない。

1 紛らわしくない　　　　　　　2 好ましくない

3 大人しくない　　　　　　　　4 頼もしくない

➤ 實戰練習解答請見下一頁

答案 1 ①　2 ②　3 ④　4 ①　5 ③　6 ②　7 ③　8 ②　9 ①　10 ③　11 ①　12 ②

	題目翻譯	對應頁碼
1	他對任何事情都<u>不表現</u>出興趣，跟他在一起很無聊。	→ p.194
2	從一大早就被捲入<u>塞車</u>之中，導致重要的會議遲到了。	→ p.189
3	中國的化妝品市場是全世界<u>競爭</u>最激烈的。	→ p.181
4	那名選手在田徑比賽中打破了世界<u>紀錄</u>。	→ p.223
5	<u>感謝</u>的心意應該確實以言語表達出來。	→ p.182
6	結果或<u>成績</u>不應該成為評判一個人的唯一基準。	→ p.224
7	（無論如何都）<u>睡不著</u>的時候，最好不要強行嘗試入睡。	→ p.255
8	如果輸入內容（<u>不齊全</u>），註冊手續將無法完成。	→ p.183
9	從洛杉磯起飛的飛機上有可疑人物，因此（<u>返回</u>）機場了。	→ p.202
10	和性格<u>急躁</u>的人在一起，很快就會感到厭倦。 1 膽怯　　　　2 內向　　　　3 急躁　　　　4 堅決	→ p.247
11	據說現在大會的參加者<u>大約</u>是 1000 人左右。 1 大約　　　　2 極　　　　3 不小心　　　　4 並不那麼	→ p.256
12	作為要去公司的人的服裝來說，這是<u>不理想</u>的。 1 不容易搞混　　2 不理想的　　3 不成熟　　　4 不可靠	→ p.250

附錄

1	**挨拶** <ruby>挨拶<rt>あいさつ</rt></ruby> 打招呼	<ruby>人<rt>ひと</rt></ruby>に<ruby>会<rt>あ</rt></ruby>ったらちゃんと<ruby>挨拶<rt>あいさつ</rt></ruby>しなさい。 見到他人時，要好好打招呼。
2	**明かり** <ruby>明<rt>あ</rt></ruby>かり 燈光	<ruby>誰<rt>だれ</rt></ruby>もいないのに<ruby>部屋<rt>へや</rt></ruby>に<ruby>明<rt>あ</rt></ruby>かりがついている。 明明沒人在，房間的燈卻亮著。
3	**足跡** <ruby>足跡<rt>あしあと</rt></ruby> 足跡	<ruby>大会史<rt>たいかいし</rt></ruby>に<ruby>大<rt>おお</rt></ruby>きな<ruby>足跡<rt>あしあと</rt></ruby>を<ruby>残<rt>のこ</rt></ruby>した<ruby>試合<rt>しあい</rt></ruby>だった。 這是一場在大會史上留下了巨大足跡的比賽。
4	**遺産** <ruby>遺産<rt>いさん</rt></ruby> 遺產	<ruby>今度<rt>こんど</rt></ruby>、<ruby>世界文化遺産<rt>せかいぶんかいさん</rt></ruby>に<ruby>指定<rt>してい</rt></ruby>された。 這次被指定為世界文化遺產。
5	**維持** <ruby>維持<rt>いじ</rt></ruby> 維持	<ruby>人<rt>ひと</rt></ruby>は<ruby>現状<rt>げんじょう</rt></ruby>を<ruby>維持<rt>いじ</rt></ruby>したがるきらいがある。 人有希望維持現狀的傾向。
6	**遺書** <ruby>遺書<rt>いしょ</rt></ruby> 遺書	<ruby>念<rt>ねん</rt></ruby>のため<ruby>遺書<rt>いしょ</rt></ruby>を<ruby>書<rt>か</rt></ruby>いておくといい。 以防萬一，最好先寫好遺書。
7	**委託** <ruby>委託<rt>いたく</rt></ruby> 委託、託付	この<ruby>研究<rt>けんきゅう</rt></ruby>は<ruby>民間<rt>みんかん</rt></ruby>に<ruby>委託<rt>いたく</rt></ruby>している。 這項研究委託給民間。
8	**板前** <ruby>板前<rt>いたまえ</rt></ruby> 廚師長、料理人	<ruby>日本料理<rt>にほんりょうり</rt></ruby>の<ruby>料理人<rt>りょうりにん</rt></ruby>を「<ruby>板前<rt>いたまえ</rt></ruby>」と<ruby>呼<rt>よ</rt></ruby>ぶ。 日本料理的料理人被稱為「板前（廚師長）」。
9	**緯度** <ruby>緯度<rt>いど</rt></ruby> 緯度	<ruby>日本<rt>にほん</rt></ruby>の<ruby>緯度<rt>いど</rt></ruby>はおよそ<ruby>北緯<rt>ほくい</rt></ruby>20〜45<ruby>度<rt>ど</rt></ruby>だ。 日本的緯度大約是北緯20〜45度。
10	**居眠り** <ruby>居眠<rt>いねむ</rt></ruby>り 打瞌睡	<ruby>居眠<rt>いねむ</rt></ruby>り<ruby>運転<rt>うんてん</rt></ruby>は<ruby>危<rt>あぶ</rt></ruby>ないからやめてください。 邊打瞌睡邊開車很危險，請不要這樣。
11	**演奏** <ruby>演奏<rt>えんそう</rt></ruby> 演奏	<ruby>彼<rt>かれ</rt></ruby>のチェロ<ruby>演奏<rt>えんそう</rt></ruby>を<ruby>聴<rt>き</rt></ruby>いていると<ruby>涙<rt>なみだ</rt></ruby>が<ruby>出<rt>で</rt></ruby>る。 聽了他的大提琴演奏後，不禁流下眼淚。
12	**沖** <ruby>沖<rt>おき</rt></ruby> 海面、海上	<ruby>人<rt>ひと</rt></ruby>が<ruby>沖<rt>おき</rt></ruby>に<ruby>流<rt>なが</rt></ruby>されたけど、<ruby>救助<rt>きゅうじょ</rt></ruby>された。 雖然人被沖到海面，但是救回來了。
13	**汚職** <ruby>汚職<rt>おしょく</rt></ruby> 貪污	<ruby>国会議員<rt>こっかいぎいん</rt></ruby>の<ruby>汚職事件<rt>おしょくじけん</rt></ruby>で<ruby>世間<rt>せけん</rt></ruby>がうるさい。 國會議員的貪污事件造成社會騷動。
14	**海岸** <ruby>海岸<rt>かいがん</rt></ruby> 海岸	<ruby>海岸<rt>かいがん</rt></ruby>にカフェが<ruby>立<rt>た</rt></ruby>ち<ruby>並<rt>なら</rt></ruby>んでいる。 咖啡店林立在海岸邊。
15	**解釈** <ruby>解釈<rt>かいしゃく</rt></ruby> 解釋、說明	<ruby>人<rt>ひと</rt></ruby>によって<ruby>解釈<rt>かいしゃく</rt></ruby>が<ruby>違<rt>ちが</rt></ruby>う<ruby>場合<rt>ばあい</rt></ruby>もある。 不同的人可能會有不同的解釋。

16	開幕（かいまく）開幕	カンヌ国際映画祭（こくさいえいがさい）は明日（あした）開幕（かいまく）します。 坎城影展明天開幕。
17	概要（がいよう）概要	本（ほん）の概要（がいよう）は前（まえ）の方（ほう）に書（か）いてあります。 書的概要寫在前面。
18	覚悟（かくご）覺悟、心理準備	簡単（かんたん）に終（お）わらないから、覚悟（かくご）しといてね。 事情不會簡單結束，請事先做好心理準備。
19	崖（がけ）懸崖、山崖	崖（がけ）から落（お）ちる夢（ゆめ）はどんな意味（いみ）ですか。 從懸崖上掉下來的夢是什麼意思呢？
20	過半数（かはんすう）過半數	賛成（さんせい）が過半数（かはんすう）を占（し）める。 贊成占了過半數。
21	株式（かぶしき）股票、股份	個人（こじん）の株式投資（かぶしきとうし）は危（あぶ）ない。 個人的股票投資是很危險的。
22	雷（かみなり）雷	雷（かみなり）が鳴（な）る時（とき）は外（そと）に出（で）ないでください。 打雷時請不要出去外面。
23	貨物（かもつ）貨物	貨物自動車（かもつじどうしゃ）の運転手（うんてんしゅ）を採用（さいよう）する。 錄用貨車司機。
24	革靴（かわぐつ）皮鞋	父（ちち）は４０年間革靴（ねんかんかわぐつ）を作（つく）る仕事（しごと）をしている。 父親40年來都從事製作皮鞋的工作。
25	看板（かんばん）招牌	この店（みせ）は看板（かんばん）がとてもおしゃれだ。 這間店的招牌非常時尚。
26	岸（きし）岸邊	川（かわ）の岸（きし）に沿（そ）って木（き）が植（う）えられている。 樹木沿著河岸邊種植。
27	犠牲（ぎせい）犧牲	テロ事件（じけん）でたくさんの人（ひと）が犠牲（ぎせい）になった。 因為恐怖事件，有許多人犧牲了。
28	喫茶店（きっさてん）咖啡廳	行（い）きつけの喫茶店（きっさてん）がなくなって寂（さび）しい。 常去的咖啡廳消失了，好寂寞。
29	キャリア 履歴、經歷（career）	自分（じぶん）のキャリアを積（つ）むことに集中（しゅうちゅう）しよう。 專注於累積自己的經歷吧。
30	恐怖（きょうふ）恐怖、害怕	私（わたし）は高（たか）い所（ところ）で恐怖（きょうふ）を覚（おぼ）える。 我在高處就會感到害怕。

補充詞彙 360

31	ぎょぎょう **漁業** 漁業	まち ひと たいはん ぎょぎょう じゅうじ 町の人の大半は漁業に従事している。 城裡的人大多從事漁業。
32	きんぱく **緊迫** 緊迫、緊急	じゅうみん きんぱく じょうきょうか ひなん 住民は緊迫した状況下で避難した。 居民在緊急狀況下疏散了。
33	きんゆう **金融** 金融	きんゆうきかん たい ぜいむちょうさ おこな 金融機関に対して税務調査を行っている。 針對金融機關進行稅務調查。
34	く ぎ **区切り** 段落、階段	れんあい しごと く ぎ 恋愛にも仕事にも区切りをつけたい。 想要把戀愛和工作都做個了斷。
35	**くず** 碎屑	かみ す 紙くずはこのボックスに捨ててください。 請把紙屑丟在這個箱子裡。
36	くせ **癖** 癖好、習慣	きんちょう つめ か くせ 緊張すると爪を噛む癖があります。 有一緊張就咬指甲的癖好。
37	**クリア** 通過、過關（clear）	すべ だんかい しょうきん 全ての段階をクリアして賞金をもらった。 通過了所有的階段，得到獎金。
38	けい こ **稽古** 練習、學習	さつえい じょうば けいこ かよ 撮影のために乗馬の稽古に通っている。 為了拍攝去上馬術練習。
39	けいこく **警告** 警告	がめん けいこく で 画面にセキュリティー警告が出ている。 畫面出現了安全警告。
40	け いと **毛糸** 毛線	きょう けいと はんがく 今日から毛糸の半額セールをしている。 從今天起毛線半價優惠。
41	げ じゅん **下旬** 下旬	がつげじゅん ぜんぜんすず 8月下旬になっても全然涼しくならない。 即使到了8月下旬，也絲毫沒有變涼。
42	けつえき **血液** 血液	ぜんこくてき けつえき ふそく 全国的に血液が不足しているそうです。 據說全國的血液存量不足。
43	けっかん **欠陥** 缺陷、瑕疵	しょうひん けっかん み へんぴん 商品に欠陥が見つかって返品した。 在商品上發現瑕疵，就退貨了。
44	けつぼう **欠乏** 缺乏、不足	けつぼう しょうじょう ビタミン欠乏による症状はいろいろある。 因缺乏維他命而引起的症狀有很多種。
45	げんこう **原稿** 原稿	し き げんこう かんせい 締め切りまでに原稿を完成させた。 在截止期限之前完成了原稿。

46	憲法 けんぽう 憲法	憲法に定められている国民の権利だ。 這是憲法所規定的國民權利。
47	豪華 ごうか 豪華、奢華	木村さんは豪華マンションに住んでいる。 木村先生住在豪華公寓裡。
48	貢献 こうけん 貢獻	社会に貢献できる仕事がしたいです。 想要從事對社會有貢獻的工作。
49	鉱山 こうざん 礦山	トロッコに乗って鉱山の中を見学した。 乘坐小火車，參觀了礦山內部。
50	鉱物 こうぶつ 礦物	実はルビーもサファイアも同じ鉱物だ。 事實上，紅寶石和藍寶石是同樣的礦物。
51	候補 こうほ 候補、候選	大統領選挙に7人の候補が出馬した。 有7位候選人參加了總統選舉。
52	故郷 こきょう 故郷	会社を引退したら故郷に帰りたい。 從公司退休後想回到故郷。
53	克服 こくふく 克服、跨越	どんなことでも一人で克服できる。 無論什麼事情都能一個人克服。
54	コック 廚師（kok）	有名なコックがいるレストランです。 這是一家有著名廚師的餐廳。
55	ことわざ 諺語	このことわざの由来を教えてください。 請告訴我這個諺語的由來。
56	ご無沙汰 ぶさた 久疏問候	長い間ご無沙汰してすみません。 久疏問候，真是抱歉。
57	娯楽 ごらく 娛樂	娯楽施設一つない田舎に住んでいる。 住在沒有任何娛樂設施的鄉下地方。
58	コラム 專欄（column）	毎週雑誌にコラムを載せている。 每週在雑誌上刊載專欄。
59	根拠 こんきょ 根據	根拠のない噂に振り回されないでね。 不要被沒有根據的傳言耍得團團轉啊。
60	裁判 さいばん 裁判、審判	今度の裁判は公開することになった。 這回的審判已決定公開了。

61	さくいん **索引** 索引	さくいん りよう かんたん けんさく 索引を利用すると簡単に検索できます。 若利用索引，就能簡單檢索。
62	さっかく **錯覚** 錯覺	え め さっかく お この絵は目の錯覚を起こします。 這幅畫會給眼睛造成錯覺。
63	さ ほう **作法** 禮儀、規矩	しゃかいじん れいぎ さ ほう し 社会人としての礼儀作法を知らない。 不知道身為社會人士的禮儀規矩。
64	じ いん **寺院** 寺院	やま ゆうめい じ いん この山には有名な寺院があります。 這座山裡面有知名的寺院。
65	し しゃ ご にゅう **四捨五入** 四捨五入	し しゃ ご にゅう かた おし 四捨五入のやり方を教えてください。 請教我四捨五入的算法。
66	しば ふ **芝生** 草皮、草地	こうえんない しば ふ はい 公園内の芝生に入らないでください。 請不要踏入公園裡的草皮。
67	じ まん **自慢** 自誇、驕傲	かれ じ まんばなし 彼の自慢話はもううんざりだ。 對他的自吹自擂已經感到厭煩。
68	しも **霜** 霜	れいぞう こ こ しょう しも はっせい 冷蔵庫が故障して霜が発生している。 冰箱故障，結霜了。
69	じゃくてん **弱点** 弱點、缺點	ひと じゃくてん つ こ ひ きょう 人の弱点に付け込むのは卑怯だ。 抓住別人的弱點是很卑鄙的。
70	しゃりん **車輪** 車輪	そうこうちゅう しゃりんだつらく じ こ おお 走行中の車輪脱落事故が多い。 經常發生行駛中車輪脫落的事故。
71	しゅくしょう **縮小** 縮小	しゅくしょう ファイルのサイズを縮小するアプリだ。 這是縮小檔案容量的應用程式。
72	じゅみょう **寿命** 壽命	にんげん へいきんじゅみょう の 人間の平均寿命は伸びつつある。 人類的平均壽命正逐漸變長。
73	じょう き **蒸気** 蒸汽、水蒸氣	こうえん じょう き き かんしゃ お 公園に蒸気機関車が置いてある。 公園裡放有蒸汽火車。
74	じょう ぎ **定規** 尺	さ ぎょう さんかくじょう ぎ ひつよう この作業は三角定規が必要だ。 這項作業必須用到三角尺。
75	しょうげき **衝撃** 衝擊	かのじょ いんたい おお ひと しょうげき う 彼女の引退に多くの人が衝撃を受けた。 她的引退消息讓許多人受到衝擊。

76	象徴 <ruby>しょうちょう</ruby> 象徵	この選手は日本サッカーの象徴である。 這位選手是日本足球的象徵。
77	焦点 <ruby>しょうてん</ruby> 焦點	この写真は焦点が合っていない。 這張照片沒有對焦。
78	職人 <ruby>しょくにん</ruby> 工匠、專家	伝統工芸職人が作った財布です。 這是傳統工藝專家製作的錢包。
79	書籍 <ruby>しょせき</ruby> 書籍	ここは古い書籍を扱っている。 這裡販售舊書。
80	庶民 <ruby>しょみん</ruby> 庶民、普通人	ここは庶民がよく利用する居酒屋だ。 這裡是庶民經常利用的居酒屋。
81	署名 <ruby>しょめい</ruby> 署名、簽名	本人が署名しないと無効となる。 未經本人署名就無效。
82	白髪 <ruby>しらが</ruby> 白髮	まだ40代なのに白髪が多い。 明明才 40 多歲，卻有很多白頭髮。
83	城 <ruby>しろ</ruby> 城、城堡	この城は800年の歴史を持っている。 這座城堡有 800 年的歷史。
84	しわ 皺紋	最近急に、しわが増えた。 最近皺紋突然增加了。
85	心臓 <ruby>しんぞう</ruby> 心臟	心臓に無理のない範囲で体を動かそう。 在心臟尚能負荷的範圍內活動身體吧。
86	森林 <ruby>しんりん</ruby> 森林	週末は森林を守る活動をしている。 週末會舉辦保護森林的活動。
87	ストライキ 罷工（strike）	今日から無期限ストライキが始まった。 從今天開始無限期的罷工。
88	頭脳 <ruby>ずのう</ruby> 頭腦	このゲームは頭を使う頭脳パズルです。 這個遊戲是需要動腦的大腦益智遊戲。
89	些細だ <ruby>ささい</ruby> 細微、瑣碎	けんかの原因はいつも些細なことだった。 吵架的原因總是細微的小事。
90	晴天 <ruby>せいてん</ruby> 晴天	当分は晴天が続くそうです。 據說最近將持續晴天。

補充詞彙 360

91	相応 <ruby>そうおう<rt></rt></ruby> 適合、相符	年相応の服装が自然でいい。 與年紀相符的服裝自然又合適。
92	倉庫 <ruby>そうこ<rt></rt></ruby> 倉庫	掃除道具は倉庫に入れてあります。 打掃用具放在倉庫裡。
93	創作 創作	何かを創作することは苦しい道だ。 創作是一條辛苦的道路。
94	操縦 操縦、駕駛	ヘリの操縦ができる資格を持っている。 擁有駕駛直升機的證照。
95	底 底部、內心深處	心の底からありがたいと思った。 想打從心底謝謝你。
96	組織 組織	私の性格は組織に向かないと思う。 我認為我的個性不適合組織。
97	尊敬 尊敬	尊敬する先輩と公演できてうれしい。 很高興能和尊敬的前輩一起公演。
98	妥協 妥協	彼は一切の妥協を許さない人です。 他是個絕對不妥協的人。
99	谷 山谷、谷	人生は山あり谷ありだと思う。 我認為人生有高山也有低谷（有起有落）。
100	旅 旅行	みんなの新しい旅を応援します。 我會聲援大家的嶄新旅程。
101	知恵 智慧	みんなの知恵を集めて何とか解決した。 集結了大家的智慧，總算解決了。
102	忠告 忠告	君の忠告をしっかり受け止めています。 誠心接納了你的忠告。
103	著者 作者	著者のブックコンサートが開かれる。 舉辦作者的書籍音樂會。
104	追求 追求	記者は真実を追求する仕事だ。 記者是追求真實的工作。
105	粒 顆粒	粒の大きい米は食感が悪い。 顆粒很大的米口感很差。

106	梅雨 （つゆ） 梅雨	普通６月下旬から梅雨入りします。 一般來說，6月下旬會進入梅雨季。
107	弟子 （でし） 弟子、徒弟	有名な先生に弟子にとってもらった。 成為一位知名老師的弟子。
108	撤去 （てっきょ） 撤除、撤離	バイトで舞台撤去の仕事をしている。 打工從事舞台撤除的工作。
109	鉄橋 （てっきょう） 鐵橋	世界で二番目に高い鉄橋です。 這是世界上第二高的鐵橋。
110	典型 （てんけい） 典型	「パワハラの典型」６つを紹介します。 介紹6種「典型職場騷擾」。
111	東西南北 （とうざいなんぼく） 東西南北	東西南北が分からない方向音痴です。 是無法分清東西南北的路痴。
112	泥 （どろ） 泥土、泥巴	息子が泥まみれになって遊んでいる。 兒子玩到全身都是泥土。
113	内緒 （ないしょ） 保密	この話は内緒にしてください。 這件事請保密。
114	半ば （なか） 中央、中間	犯人は３０代半ばの男だそうだ。 犯人據說是30到40歲中間（35歲左右）的男子。
115	斜め （なな） 傾斜	交差点の斜め向こうに花屋がある。 十字路口的斜對面有間花店。
116	ニーズ 需求、需要（needs）	お客さんのニーズを把握しにくい。 很難掌握客人的需求。
117	熱帯 （ねったい） 熱帶	１か月も熱帯夜が続いている。 熱帶氣候的夜晚已長達一個月之久。
118	燃焼 （ねんしょう） 燃燒	ろうそくの燃焼時間を調べる実験をした。 做了調查蠟燭燃燒時間的實驗。
119	粘土 （ねんど） 黏土	子供たちの粘土作品を展示している。 展示著孩子們的黏土作品。
120	ノルマ 業績目標（normal）	営業のノルマが高すぎてつらい。 業務的業績目標太高了，好痛苦。

121	は あく 把握 掌握	しんそう　せいかく　は あく ことの真相を正確に把握すること。 正確掌握事情的真相。
122	はいいろ 灰色 灰色	はいいろ　　　　　　き　めんせつ　う 灰色のスーツを着て面接を受けた。 穿了灰色西裝接受面試。
123	はい く 俳句 俳句	さいきん　はい く　つく 最近、俳句を作ることにはまっている。 最近正沉迷於寫俳句。
124	はいぼく 敗北 失敗、敗北	す なお　はいぼく　みと　ほう 素直に敗北を認めた方がいい。 坦率接受失敗比較好。
125	ばっきん 罰金 罰款	ちゅうしゃい はん　たか　ばっきん　はら 駐車違反で高い罰金を払った。 因為違規停車，付了高額的罰款。
126	はっしゃ 発射 發射	じんこうえいせい　　はっしゃじっけん　おこな 人工衛星の発射実験が行われた。 進行了人工衛星的發射實驗。
127	ひ げき 悲劇 悲劇	ひ げき　　　　　お シリアの悲劇はまだ終わっていない。 敘利亞的悲劇尚未結束。
128	ひっせき 筆跡 筆跡	ひっせき　ひと　せいかく　　　はんだん 筆跡で人の性格まで判断できる。 可以用筆跡來判斷人的性格。
129	ひ なん 避難 避難、逃難	まち　ふんか　ひ なんかんこく　で この町は噴火で避難勧告が出ている。 這座城市因為火山爆發，發布了避難勧告。
130	ひょう か 評価 評價	せいひん　かいがい　　たか　ひょう か　え この製品は海外でも高い評価を得ている。 這個產品在海外也獲得了高評價。
131	ひょうしき 標識 標誌、標記	どう ろ ひょうしき　い み　ただ　は あく 道路標識の意味を正しく把握すること。 正確掌握道路標誌的意思。
132	ひん ぷ 貧富 貧富	せ かいてき　ひん ぷ　さ　かくだい 世界的に貧富の差が拡大している。 全世界的貧富差距正在擴大。
133	ふうとう 封筒 信封	しょるい　ふうとう　い　ほ かん 書類は封筒に入れて保管している。 文件放入信封中保管。
134	ふたご 双子 雙胞胎	ふた ご　　　　ぜんぜん に 双子だけど、全然似てないよ。 雖然是雙胞胎，卻完全不像。
135	ふで 筆 筆、毛筆	ふで　ねん が じょう　か 筆で年賀状を書きました。 用毛筆寫賀年卡。

136	噴火 火山爆發	桜島で大規模な噴火が起きた。 櫻島發生了大規模的火山爆發。
137	弁護士 律師	こういう件は弁護士に相談した方がいい。 這種事情和律師商量會比較好。
138	ほうぼう 到處、各處	新潟のほうぼうの人気店を紹介する。 介紹新潟各地的熱門商家。
139	頬 臉頰	両側の頬に米粒が付いている。 兩側臉頰上黏著飯粒。
140	誇り 驕傲、自豪	娘のことを誇りに思っている。 我以女兒自豪。
141	募集 募集、招募	夜でも仕事ができる人を募集している。 正在招募晚上也能工作的人。
142	翻訳 翻譯	翻訳は専門家に任せた方がいい。 翻譯還是交給專家比較好。
143	摩擦 摩擦	摩擦熱によってインキが消える仕組みだ。 這是藉由摩擦生熱使墨水消失的機制。
144	真似 模仿	彼女は人の真似をするのが上手だ。 她很擅長模仿別人。
145	見かけ 外表、外觀	人は見かけによらないと思う。 我認為人不能根據外表來做判斷。
146	実り 結實、收成	実りの秋を迎えて食材が豊かになる。 進入結實纍纍的秋天後，食材將會變得更豐富。
147	群れ 群、一夥	渡り鳥は群れを成して移動する。 候鳥會結成群體移動。
148	面積 面積	北海道の面積は８３,４５０㎢です。 北海道的面積是 83,450 平方公里。
149	模範 模範、榜樣	子供の模範になる大人になりたい。 想成為能當孩子模範的大人。
150	役人 官員、公務員	法務省の役人として一生働いた。 作為法務省的官員，一生都在工作。

151	遺言 ゆいごん 遺言	彼は何の遺言も残していない。 他沒有留下任何遺言。
152	床 ゆか 地板	うちは床暖房で冬でも暖かい。 我們家使用地板暖氣設備，冬天也很暖和。
153	湯気 ゆ げ 熱氣、水蒸氣	お湯の湯気で軽いやけどをした。 因為熱水的蒸氣造成輕微燙傷。
154	輸送 ゆ そう 運輸、運送	この会社は国際輸送サービスを提供する。 這間公司提供國際運送服務。
155	油田 ゆ でん 油田	バーレーンで最大の油田が発見された。 在巴林發現了最大的油田。
156	由来 ゆ らい 由來、來歷	様々な地名の由来を調べてみた。 嘗試調查了各種地名的由來。
157	要旨 よう し 大意、要點	相手の話の要旨が理解できない。 無法理解對方談話的要點。
158	欲張り よく ば 貪心	彼は欲張りで、自己中です。 他很貪心，又以自我為中心。
159	両替 りょうがえ 兌換貨幣	ホテルのロビーでも両替ができる。 飯店大廳也可以兌換貨幣。
160	臨時 りん じ 臨時	大学まで臨時バスを運行している。 有臨時巴士開往大學。
161	労働 ろうどう 勞動	違法長時間労働が社会問題になっている。 長時間非法勞動已經成為社會問題。
162	輪 わ 圓圈、車輪	みんな輪になって座ってください。 請大家圍成一圈坐下來。
163	脇 わき 旁邊	脇道から出る車に注意してください。 請注意從旁邊小路開出來的車子。
164	遭う あ 遭遇	事故に遭って会社に遅刻した。 遭遇事故，上班遲到了。
165	呆れる あき 吃驚	呆れてものも言えない。 吃驚到說不出話。

166 憧れる（あこが） 憧憬	憧れていた作家に会えてうれしい。 很高興能夠見到憧憬的作家。
167 溢れる（あふ） 滿溢、溢出	コンサート会場は人で溢れるほどだった。 演唱會會場擠滿了人。
168 過つ（あやま） 弄錯	道を過って遠回りしてしまった。 走錯路，不小心繞了遠路。
169 荒れる（あ） 洶湧、狂暴、胡鬧	海が荒れているからサーフィンは無理だ。 海象洶湧，要衝浪是不可能的。
170 薄める（うす） 稀釋、弄淡	焼酎はいつも水で薄めて飲みます。 我總是用水稀釋燒酒後才喝。
171 奪う（うば） 奪走、剝奪	約束に遅れるのは人の時間を奪うことだ。 約會遲到就是在剝奪他人的時間。
172 埋まる（う） 掩埋	大雪で家が雪に埋まっている。 因為大雪，房子被雪埋住了。
173 裏切る（うらぎ） 背叛	友達に裏切られてショックです。 被朋友背叛，很吃驚。
174 裏付ける（うらづ） 證實、支持	あの人の主張は裏付ける証拠がない。 那個人的主張缺乏支持的證據。
175 占う（うらな） 占卜	正月に運勢を占ってもらった。 在新年時請人幫忙占卜了運勢。
176 上回る（うわまわ） 超過、高於	ここの時給は全国平均を上回っている。 這裡的時薪高於全國平均。
177 追い越す（お こ） 超過	この車線では追い越すことができない。 在這條車道不能超車。
178 覆う（おお） 覆蓋	山の頂上は雪に覆われている。 山頂上被雪覆蓋了。
179 掲げる（かか） 懸掛	ビルに大きな看板を掲げている。 大樓上掛著很大的招牌。
180 欠ける（か） 欠缺、缺少	担当者なのに専門性に欠けている。 明明是負責人，卻缺乏專業性。

181	駆ける _か 奔跑	彼氏は今でも駆けつけてきてくれそうだ。 男朋友現在可能會跑來找我。
182	稼ぐ _{かせ} 賺錢	家族のために一生懸命お金を稼いでいる。 為了家人，拼命賺錢。
183	担ぐ _{かつ} 扛、挑	神田祭でお神輿を担ぐことになった。 在神田祭被指派抬神轎。
184	交わす _か 交換	あの二人は結婚の約束を交わした。 那兩人交換了結婚的約定。
185	刻む _{きざ} 銘記	先生の話は今でも心に刻まれている。 老師的話至今依然銘記在心。
186	くたびれる 疲乏	ひどい暑さでみんなくたびれている。 太過炎熱，大家都疲憊不堪。
187	くつろぐ 放鬆	ゆっくりくつろぐには温泉が一番だ。 想要悠閒放鬆，溫泉是最好的選擇。
188	暮れる _く 天黑	日が暮れると少しは涼しくなります。 太陽下山後，會稍微變涼。
189	焦げる _こ 燒焦	強火にすると焦げてしまいます。 開大火會燒焦。
190	拒む _{こば} 拒絕	お客さんからの要求だから拒むことができない。 這是客人的要求，無法拒絕。
191	こぼれる 溢出	コップの水がこぼれました。 杯子的水溢出來了。
192	ごまかす 蒙混、敷衍	笑ってごまかすのもほどほどにしなさい。 要笑著打混過去也請適可而止。
193	さかのぼる 回溯、追溯	京都の歴史をさかのぼる旅に出る。 出發展開追溯京都歷史的旅程。
194	探る _{さぐ} 尋找	相次ぐ故障の原因を探っている。 正在尋找相繼故障的原因。
195	定める _{さだ} 制定、規定	国民の義務は憲法で定められている。 國民的義務已於憲法規定。

196	錆びる 生鏽	潮風に当たって自転車が錆びてしまった。 受海風吹襲，腳踏車生鏽了。	
197	妨げる 妨礙	人の通行を妨げないようにしましょう。 不要妨礙人們的通行。	
198	敷く 鋪	この部屋には畳が敷かれている。 這間房間裡鋪著榻榻米。	
199	記す 標記	修正箇所は赤字で記している。 修正的部分用紅字標記。	
200	勧める 推薦、建議	先生に勧められた本を読んでいる。 正在讀老師推薦的書。	
201	すれ違う 分歧、不一致	意見がすれ違って会議が終わらない。 意見分歧，會議還沒結束。	
202	供える 供奉	お盆に仏壇に花を供えました。 在盂蘭盆節時，在佛壇供奉鮮花。	
203	染める 染色	髪の毛を黒に染めたら若く見える。 把頭髮染黑後，會看起來很年輕。	
204	絶える 斷絕、停止	ここは夜になっても人通りが絶えない。 這裡到了晚上，人潮也絡繹不絕。	
205	耐える 忍耐、忍受	この建物は震度7にも耐えられる。 這棟建築物可以承受 7 級震度。	
206	耕す 耕作	この機械は畑を耕す時に使う。 這個機器是用來耕作田地的。	
207	炊く 煮	炊いたばかりのご飯を冷凍して保存する。 把剛煮的飯冷凍起來保存。	
208	蓄える 積累、儲備	小学校では基礎学力を蓄えるべきだ。 在小學應該要積累基礎學力。	
209	立て替える 代墊	家賃は親に立て替えてもらっている。 請父母先代墊房租。	
210	ダブる 重複（double）	日にちを勘違いして約束がダブっちゃった。 搞錯日期，約會重疊了。	

211	ためらう 猶豫、躊躇	あの選手は移籍をためらっている。 那個選手正在猶豫要不要轉到其他隊。
212	捕まる 被抓到	盗難事件の犯人が捕まったそうです。 據說偷竊事件的犯人被抓到了。
213	注ぐ 注入	コップに溢れるほどビールを注いだ。 注入了快要滿出杯子的啤酒。
214	次ぐ 次於、接著	大阪は東京に次ぐ大都会だ。 大阪是僅次於東京的大都會。
215	尽くす 盡力	彼はどんなことにも最善を尽くす。 他做任何事情都會盡力做到最好。
216	告げる 告知、宣告	春の訪れを告げる雨が降っています。 正在下著宣告春天來臨的雨。
217	突っ込む 闖進	突っ込んできた自転車にぶつかった。 撞上了闖進來的腳踏車。
218	照らす 照耀	夜なのに月に照らされて明るい。 明明是晚上，卻被月光照耀得很明亮。
219	溶け込む 融入、溶解	私は新しい環境にすぐ溶け込むタイプだ。 我是馬上融入新環境的類型。
220	整う 完整、齊備	準備が整った人に奇跡はやってくる。 奇蹟會來到準備就緒的人面前。
221	怒鳴る 大聲喊叫、大罵	隣の人に急に怒鳴られてびっくりした。 突然被隔壁的人大罵，嚇了一跳。
222	取り返す 挽救、取回	数学の遅れを取り返すのは難しい。 要挽救數學的落後是很困難的。
223	慰める 安慰	慰めてくれる家族がいてよかった。 有能安慰我的家人在身邊真是太好了。
224	倣う 仿效	好きな先輩に倣ってサークルに入った。 效仿喜歡的前輩，參加了社團。
225	睨む 瞪、盯上	彼は遅刻が多くて社長に睨まれている。 他太常遲到，被社長盯上了。

226	煮る 煮、熬	弱火で1時間じっくり煮てください。 請用小火慢慢煮1個小時。
227	狙う 瞄準、以……為目標	このチームは優勝を狙っている。 這個隊伍以冠軍為目標。
228	覗く 窺視	授業の様子を覗いてみよう。 來偷看上課的情況吧。
229	生える 長出	庭にたくさんの雑草が生えている。 庭院裡長了很多雜草。
230	はがす 撕掉	シールは一度貼るとはがすのが大変だ。 貼紙一旦貼上去，要撕掉就很費力。
231	挟む 隔著、夾	道路を挟んで二つのデパートがある。 隔著道路有兩間百貨公司。
232	放す 放掉、放走	釣った魚を全部放してやった。 把釣到的魚全部放走了。
233	跳ねる 跳躍、噴濺	泥が跳ねて服が汚れてしまった。 泥土噴濺上來，衣服髒掉了。
234	控える 少做、盡量不要	大雨の時は、外出を控えてください。 下大雨時，請盡量不要外出。
235	響く 響、回響	心に響く名言を集めた本です。 這是集結了觸動人心的名言的書籍。
236	塞ぐ 堵塞	トラックが駐車場の出口を塞いでいる。 卡車塞住停車場的出口。
237	防ぐ 預防、防備	犯罪は未然に防ぐことが大切です。 防範犯罪於未然是很重要的。
238	踏み切る 下定決心	40代で転職に踏み切った。 在40幾歲時下定決心換工作。
239	震える 發抖	足が震えるほど怖い経験だった。 這是個讓我雙腳發抖的恐怖經驗。
240	振る舞う 行動、動作	山田は偉そうに振る舞っている。 山田總是擺出自以為是的舉止。

241	へこむ 沮喪	明るい彼でも時にはへこんだりする。 即使是開朗的他，有時候也會沮喪。
242	隔てる 隔開	喫煙と禁煙スペースは壁で隔ててある。 吸菸與禁菸區用牆壁隔開。
243	経る 經過	この映画は長い時間を経て完成した。 這部電影經過長時間才完成。
244	増す 增加	事件が相次いで住民の不安が増している。 事件相繼發生，居民的不安正在增加。
245	見詰める 凝視、注視	冷静に現実を見つめなければならない。 必須冷靜面對現實。
246	見逃す 看漏、放過	小さな不具合も見逃してはいけない。 即使是小小的缺陷也不能看漏。
247	見張る 監視	容疑者の家の近くで見張っている。 正在監視嫌疑人的家裡附近。
248	蒸す 蒸	朝は蒸したさつまいもを食べている。 正在吃早上蒸的地瓜。
249	めくる 翻	手が乾燥していてページをめくりにくい。 手太乾燥，很難翻頁。
250	もたらす 帶來	筋トレは健康によい効果をもたらす。 肌肉訓練會對健康帶來良好效果。
251	もたれる 倚靠	ソファーにもたれて寝てしまった。 靠在沙發上睡著了。
252	用いる 使用	この資料を用いてプレゼンをした。 使用這份資料來進行簡報。
253	漏れる 洩漏、漏出	契約内容が漏れてはいけません。 不可以洩漏契約內容。
254	和らげる 緩和	彼女の一言が雰囲気を和らげた。 她的一句話緩和了氣氛。
255	指差す 受人指責	暴行事件で世間から指差されている。 因暴力事件而被社會譴責。

256	詫びる（わ） 道歉	対応が遅れたことをお詫びします。 （たいおう　おく　　　　　　　　　　わ） 對延遲處理一事道歉。
257	あやふやだ 曖昧、含糊	あやふやな答えは相手を困らせる。 （こた　　　　あいて　こま） 曖昧的回答會讓對方困擾。
258	大ざっぱだ（おお） 粗枝大葉、草率	彼は仕事のやり方が大ざっぱだ。 （かれ　しごと　　　　かた　おお） 他工作的方式太草率。
259	臆病だ（おくびょう） 膽小	臆病な性格を少しでも直したいです。 （おくびょう　せいかく　すこ　　　　　なお） 我想稍微改善一下膽小的個性。
260	和やかだ（なご） 平靜、安詳	和やかな雰囲気の中で楽しく過ごした。 （なご　　　ふんいき　なか　たの　　す） 在安詳的氣氛中開心度過。
261	おろかだ 愚蠢	戦争なんてどんなにおろかなことか！ （せんそう） 戰爭究竟是多麼愚蠢的事啊！
262	疎かだ（おろそ） 疏忽	小さなことでも疎かにしたら事故になる。 （ちい　　　　　　　おろそ　　　　じこ） 即使是小事，如果疏忽了就會釀成事故。
263	温厚だ（おんこう） 敦厚	彼女は温厚に見えるが、怒ったら怖い。 （かのじょ　おんこう　み　　　　　おこ　　　こわ） 她看起來很敦厚，但一生氣起來就很恐怖。
264	簡潔だ（かんけつ） 簡潔	簡潔な文章が分かりやすい。 （かんけつ　ぶんしょう　わ） 簡潔的文章很好懂。
265	頑固だ（がんこ） 頑固	彼女は意外と頑固なところがある。 （かのじょ　いがい　がんこ） 她意外地有些頑固的地方。
266	肝心だ（かんじん） 重要	初心を忘れないのが肝心だ。 （しょしん　わす　　　　　　かんじん） 不要忘記初衷是很重要的。
267	簡素だ（かんそ） 簡樸	結婚式はお金をかけず簡素に挙げたい。 （けっこんしき　かね　　　　かんそ　あ） 結婚典禮不想花錢，想辦得簡樸一點。
268	几帳面だ（きちょうめん） 規規矩矩	几帳面な人だからミスが少ない。 （きちょうめん　ひと　　　　　　　　すく） 他是個規規矩矩的人，很少犯錯。
269	気の毒だ（きどく） 可憐	そんなに苦しんでいたなんて、気の毒だ。 （くる　　　　　　　　　　　きどく） 竟然承受了那麼多痛苦，真是可憐。
270	険悪だ（けんあく） 險惡、緊張	社長が入ったら険悪なムードになった。 （しゃちょう　はい　　　けんあく） 社長一進來，氣氛就變得很緊張。

271	質素だ しっそ 樸素	お金持ちなのに質素な生活をしている。 明明是有錢人，卻過著樸素的生活。
272	純粋だ じゅんすい 純粹	純粋な好奇心から生まれた質問です。 這是出自純粹好奇心的問題。
273	速やかだ すみ 迅速	時間が決まったら、速やかにご連絡します。 決定好時間後，會迅速與您聯絡。
274	清潔だ せいけつ 乾淨、整潔	このホテルは清潔で、夜景もきれいだ。 這間飯店很乾淨，夜景也很漂亮。
275	せっかちだ 急躁、性急	彼はせっかちな性格で、ミスが多い。 他的個性急躁，犯了很多錯誤。
276	素朴だ そぼく 樸素	昔ながらの素朴な民家が立ち並んでいる。 傳統樸素的民宅林立。
277	粗末だ そまつ 疏忽、輕視	自分を粗末にしないで、大切にしないと。 請不要漠視自己，必須珍惜才行。
278	大胆だ だいたん 大膽	彼女は挑戦を恐れない大胆な人だ。 她是不畏懼挑戰的大膽的人。
279	平らだ たい 平坦	昔の人は「地球は平らだ」と固く信じていた。 以前的人堅信「地球是平的」。
280	的確だ てきかく 正確、準確	的確な指示を出すのが重要だ。 提出正確的指示很重要。
281	生意気だ なまいき 傲慢、自大	このクラスは生意気な子ばかりでむかつく。 這個班上都是一些傲慢的孩子，讓人生氣。
282	滑らかだ なめ 光滑	滑らかな肌になりたい。 想要變成光滑的肌膚。
283	のんきだ 悠閒	のんきなこと言ってる場合じゃないよ。 現在不是說悠哉話的時候。
284	はるかだ 遙遠	はるかに遠い未来の話だろう。 這是遙遠未來的故事吧。
285	卑怯だ ひきょう 卑鄙、無恥	卑怯なやり方で成功したくない。 不想用卑劣的方式取得成功。

286	顕著だ けんちょ 顕著、明顯	技術開発に顕著な成果を残した。 ぎ じゅつかいはつ けんちょ せい か のこ 技術開發留下了顯著的成果。
287	密かだ ひそ 暗中、私下	私の密かな楽しみはダンスです。 わたし ひそ たの 我的私下樂趣是跳舞。
288	皮肉だ ひ にく 諷刺	彼はいつも皮肉な言い方をする。 かれ ひ にく い かた 他總是用諷刺的說話方式。
289	敏感だ びんかん 敏感	私の肌は刺激に敏感に反応する。 わたし はだ しげき びんかん はんのう 我的肌膚對刺激很敏感。
290	膨大だ ぼうだい 龐大	地震復興には膨大な費用がかかる。 じ しんふっこう ぼうだい ひ よう 地震復興需要龐大的費用。
291	朗らかだ ほが 開朗	朗らかで前向きな性格の人です。 ほが まえ む せいかく ひと 是一個個性開朗、積極的人。
292	惨めだ みじ 凄惨、悲惨	こんな惨めな光景は見たことがない。 みじ こうけい み 從沒看過這種凄慘的光景。
293	むじゃきだ 天真無邪	赤ちゃんのむじゃきな笑顔が大好きだ。 あか えがお だいす 最喜歡小嬰兒天真無邪的笑容。
294	むやみだ 胡亂	このブランドはむやみに高いと思う。 たか おも 我覺得這個品牌貴得亂七八糟。
295	厄介だ やっかい 麻煩	厄介な問題は早く解決したい。 やっかい もんだい はや かいけつ 想早點解決麻煩的問題。
296	ゆううつだ 憂鬱	私は春になるとゆううつになります。 わたし はる 我一到春天就會變憂鬱。
297	緩やかだ ゆる 緩慢、緩和	病気は緩やかに回復している。 びょうき ゆる かいふく 病情正在緩慢康復。
298	利口だ り こう 聰明、伶俐	利口な犬のランキングを紹介します。 り こう いぬ しょうかい 來介紹聰明狗狗的排行榜。
299	厚かましい あつ 厚臉皮、無恥	厚かましいお願いですが…。 あつ ねが 這是個厚臉皮的請求，但是……
300	危うい あや 危險	命が危ういところだった。 いのち あや 差點處於生命危險的情況。

301	潔い　果斷、乾脆 （いさぎよ）	彼は潔く自分のミスを認めた。 （かれ　いさぎよ　じぶん　みと） 他乾脆地承認了自己的錯誤。
302	勇ましい　勇敢 （いさ）	困難に勇ましく立ち向かった。 （こんなん　いさ　た　む） 勇敢地面對困難。
303	意地悪い　壞心眼 （い　じ　わる）	どんな職場にも意地悪い人がいる。 （しょく　ば　い　じ　わる　ひと） 無論什麼職場，都有壞心眼的人。
304	著しい　顯著 （いちじる）	最近、体力が著しく低下している。 （さいきん　たいりょく　いちじる　ていか） 最近體力正顯著下降。
305	疑わしい　懷疑 （うたが）	今の実力では合格するかどうか疑わしい。 （いま　じつりょく　ごうかく　うたが） 以現在的實力，很懷疑能否合格。
306	惜しい　可惜 （お）	頑張ったのに逆転負けして惜しかった。 （がん　ば　ぎゃくてん　ま　お） 明明很努力了卻被逆轉輸掉了，實在可惜。
307	堅い　堅固、堅硬 （かた）	守備が堅いチームが生き残る。 （しゅ　び　かた　い　のこ） 守備堅固的團隊才會活活下來。
308	くどい　囉嗦、冗長	社長は話が長くて、説明がくどい。 （しゃちょう　はなし　なが　せつめい） 社長話太多，說明很囉嗦。
309	険しい　險峻 （けわ）	ここからは険しい山道が続く。 （けわ　やまみち　つづ） 從這裡開始就一直是險峻的山路。
310	心細い　不安 （こころぼそ）	一人暮らしの留学生活は心細い。 （ひとり　ぐ　りゅうがくせいかつ　こころぼそ） 一個人的留學生活是很不安的。
311	素早い　快速、迅速 （すばや）	子供の位置を素早く知らせてくれる。 （こども　いち　すばや　し） 會快速通知孩子的位置。
312	情けない　難堪、沒出息 （なさ）	情けない試合だったと完敗を認めた。 （なさ　しあい　かんぱい　みと） 這是個難堪的比賽，我們承認完敗。
313	憎らしい　憎恨 （にく）	彼女は憎らしいほど頭がいい。 （かのじょ　にく　あたま） 她的頭腦好到讓人憎恨。
314	鈍い　遲鈍 （にぶ）	うちの犬はどんな刺激にも反応が鈍い。 （いぬ　しげき　はんのう　にぶ） 我們家的狗對任何刺激的反應都很遲鈍。
315	のろい　緩慢、遲鈍	疲れた時は頭の回転がのろくなる。 （つか　とき　あたま　かいてん） 疲累時頭腦的運轉會變緩慢。

316	はなはだしい 非常、甚	これも知らないなんて無知もはなはだしい。 這個也不知道，真是太無知了。
317	久しい 許久	彼とは卒業してから久しく会っていない。 畢業後，很久沒有和他見面了。
318	等しい 相等	AとBは大きさと重さが等しい。 A和B的大小跟重量是相等的。
319	待ち遠しい 盼望已久	今年の夏は暑すぎて秋が待ち遠しい。 今年夏天太熱，殷盼著秋天來臨。
320	まぶしい 耀眼	太陽がまぶしくて目が開けられない。 太陽太過耀眼，眼睛睜不開了。
321	空しい 空虚、白白	最後まで頑張ったけど、空しく負けた。 雖然努力到了最後，卻白白輸掉。
322	もろい 脆弱、易碎	涙にもろくて「泣き虫」と呼ばれる。 脆弱愛流淚，被稱為「愛哭鬼」。
323	ややこしい 麻煩	本音を隠すと話がややこしくなる。 若隱藏真實感受，事情就會變得很麻煩。
324	緩い 不嚴格、鬆的	この学校は校則が緩い。 這間學校的校規很寬鬆。
325	あるいは 或者	日本語あるいは英語で書いてください。 請用日語或英語書寫。
326	いかに 無論如何、怎麼樣	いかに疲れても運動は欠かさない。 無論如何疲累，也不會忽略運動。
327	一向に 完全、一點也……	いくら運動しても一向に痩せない。 無論再怎麼運動，也完全瘦不下來。
328	いわば 說起來、可以說	富士山はいわば日本の象徴だ。 富士山可說是日本象徵。
329	大いに 頗、非常	自分の人生を大いに楽しみましょう。 充分享受自己的人生吧。
330	おおむね 大致上	プレゼンの準備はおおむねできた。 簡報的準備大致上完成了。

331	仮<ruby>かり</ruby>に 即使、假設	仮に失敗してもやり直すつもりだ。 就算失敗，也打算重做一次。
332	かろうじて 好不容易、勉強	かろうじて終電に間に合った。 勉強趕上最後一班電車。
333	かわりに 代替	かわりに今日は私が残業する。 作為代替，今天我要加班。
334	ぎっしり 滿滿的	今週は予定がぎっしり詰まっている。 這個禮拜的行程已經塞滿滿了。
335	くれぐれも 請務必、千萬	家族にくれぐれもよろしくお伝えください。 請務必代我向家人問好。
336	現<ruby>げん</ruby>に 現在	この事件は現に起こったことだ。 這個事件是現在剛發生的事情。
337	こっそり 偷偷、悄悄	仕事中にこっそり会社を抜け出した。 在工作中偷偷溜出公司。
338	直<ruby>じか</ruby>に 直接	直に触ってみたら柔らかかった。 直接摸摸看之後，發現很柔軟。
339	直<ruby>じき</ruby>に 很快、立即	会議はもう直に終わると思います。 我想會議很快就要結束了。
340	すらすら 順利、流利	夜は勉強がすらすら進みます。 晚上的學習順利進行。
341	せいぜい 充其量	留学といってもせいぜい3か月ぐらいだ。 說是留學，充其量就是3個月左右。
342	続々<ruby>ぞくぞく</ruby>と 陸續	参加者が続々と集まってきた。 參加者陸續聚集過來了。
343	それゆえに 因此、所以	それゆえに私はこの意見に反対です。 因此，我反對這個意見。
344	転々<ruby>てんてん</ruby> 輾轉	世界各地を転々とする仕事だ。 是一份要在世界各地輾轉奔波的工作。
345	とうとう 終於、終究	今日修士論文がとうとう完成した。 今天碩士論文終於完成了。

346	とはいえ 雖說如此	とはいえ歩いて行ける距離ではない。 雖說如此，這也不是步行能走到的距離。
347	何<ruby>なに</ruby>しろ 無論怎樣、反正	何しろ約束の時間には間に合わない。 反正，是趕不上約定的時間了。
348	ばったりと 偶然遇見	外国でばったりと友達に会った。 在國外偶然遇見朋友。
349	一時<ruby>ひととき</ruby> 一段時間	一時、世界的に流行っていた音楽です。 這是曾在全世界流行一時的音樂。
350	ひとまず 暫且	これでひとまず安心しました。 這樣一來暫且放心了。
351	ぶかぶか 鬆垮垮、肥大	ぶかぶかした靴で歩き方が変だ。 鞋子鬆垮垮的，走路的方式很怪。
352	ふわふわ 鬆軟、柔軟	ふわふわとした食感のパンケーキだ。 這是口感綿軟的鬆餅。
353	ますます 逐漸、越來越……	スマホで旅行がますます便利になった。 因為智慧型手機，旅行變得越來越方便了。
354	真<ruby>ま</ruby>っ先<ruby>さき</ruby>に 最先	教室に真っ先に着くのはいつも彼だ。 最先抵達教室的總是他。
355	めっきり 顯著、急遽	最近、朝がめっきり寒くなった。 最近早上明顯變冷了。
356	めったに （後面接否定）不常……	彼はめったに怒らない人だ。 他是個不常生氣的人。
357	もはや 早就、已經	彼はもはや昔のように若くはない。 他早已不像以前那樣年輕了。
358	やがて 不久	この会社に入ってやがて1年になる。 進入這間公司，不久就要滿1年了。
359	やたらと 非常、極度	だんなはやたらとお金を欲しがる。 老公非常地渴望錢。
360	ろくに （後面接否定）不能很好地	基本的な英会話もろくにできない。 連基本的英文對話也不能好好地進行。

索引

索引

索引

索引

さ

索引

索引

索引

索引

索引

索引

ま

索引

索引

索引

破解JLPT 新日檢N2 高分合格單字書

考題字彙最強蒐錄與攻略

別冊

●●●●●

別冊目錄

必考單字

收錄本書中出題率最高的重點單字，方便考前快速瀏覽、重點不遺漏。

重點整理

整理出容易混淆的漢字與詞彙，以及容易答錯的敬語類型，考前重點整理讓你一目瞭然。

複習

可利用表格記錄不易記住的單字，讓學習更有效率。

必考單字

收錄本書中出題率最高的重點單字，
方便考前快速瀏覽、重點不遺漏。

單字	解釋	單字	解釋
ふきゅう 普及	普及	よそく 予測	預測
あやま 誤り	錯誤	れいぞうこ 冷蔵庫	冰箱
かんそう 乾燥	乾燥	さつえい 撮影	攝影
いはん 違反	違反	バランス	平衡
こんらん 混乱	混亂	アレンジ	整理、安排、改編
きょうりょく 協力	協助	ふく 含む	含有、帶有
ゆうしょう 優勝	勝利	かか 抱える	抱、承擔、擔負
きっかけ	契機	ことわ 断る	拒絕
かんり 管理	管理	かさ 重ねる	重疊、積累
そうち 装置	裝置	か 欠かす	缺少
ゆだん 油断	大意	たっ 達する	到達
しょうりゃく 省略	省略	あ 当てる	碰撞、猜中
はへん 破片	碎片	ぶつける	撞上
けいび 警備	警備	みだ 乱れる	混亂
ちゅうもく 注目	注目	そな 備える	準備、防備
はっき 発揮	發揮	とあ 問い合わせる	打聽、諮詢
かんりょう 完了	完成	おこ 怒る	罵、訓斥
かいぜん 改善	改善	おと 劣る	不如、亞於

單字	解釋	單字	解釋
かいふく 回復	恢復	よ なか 世の中	世間、社會
こうがい 郊外	郊外	ちゅうせん 抽選	抽籤
ほうりつ 法律	法律	せいぞう 製造	製造
きん し 禁止	禁止	ショック	刺激、衝擊
うで 腕	前臂、本領	リーダー	領導者
ち りょう 治療	治療	やぶ 破れる	撕破、打破
ふく し 福祉	福利、福祉	す 済ませる	完成
ひょうばん 評判	評價	あわ 慌てる	慌張
しょくぶつ 植物	植物	まね 招く	招呼、招待、招致
つい か 追加	追加	あた 与える	給予、供給
いきお 勢い	氣勢、力量	かわ 乾く	乾燥
とうろん 討論	討論	やと 雇う	雇用、租用
しゅうかく 収穫	收穫、收成	ふ む 振り向く	回頭、理睬
ちゅうだん 中断	中斷	ふ 触れる	碰觸、提及
しんがくりつ 進学率	升學率	かたむ 傾く	傾斜
ゆく え 行方	行蹤、去向	おぎな 補う	彌補、補充
そんちょう 尊重	尊重	く 暮らす	生活、度日
か じょう 過剰	過剩、過量	すく 救う	拯救

單字	解釋	單字	解釋
苦情 （く じょう）	抱怨、不滿意	演説 （えんぜつ）	演講、演說
強火 （つよ び）	大火	変更 （へんこう）	變更
招待 （しょうたい）	邀請	邪魔 （じゃ ま）	打擾、妨礙
出版 （しゅっぱん）	出版	リラックス	放鬆
商品 （しょうひん）	商品	プラン	計畫
延期 （えん き）	延期	譲る （ゆず）	讓步、謙讓
操作 （そう さ）	操作	揃う （そろ）	齊全、到齊
削除 （さくじょ）	刪除	散らかす （ち）	亂丟、弄得亂七八糟
目上 （め うえ）	長輩、上司	湿る （しめ）	潮濕、發潮
安定 （あんてい）	穩定、安穩	悩む （なや）	煩惱
地元 （じ もと）	當地、本地	戻す （もど）	歸還、放回
言い訳 （い わけ）	藉口	略する （りゃく）	簡略
容姿 （ようし）	外貌、姿容	取り扱う （と あつか）	操作、處理、經營
我慢 （が まん）	忍耐	隠す （かく）	隱藏
総額 （そうがく）	總數、總額	訪れる （おとず）	訪問、到來
役目 （やく め）	任務、職責	打ち消す （う け）	否定、否認
最寄り （も よ）	附近、最近	差し支える （さ つか）	妨礙、不方便
催促 （さいそく）	催促、催繳	優れる （すぐ）	出色、優秀

單字	解釋	單字	解釋
きゅうじん 求人	徵人、求才	けいき 契機	契機
みっぺい 密閉	密閉	がんぼう 願望	願望、心願
やま 山のふもと	山腳	いってん 一転	一變、突然轉變、轉一圈
ひ ふ 皮膚	皮膚	シーズン	季節
そうぞう 想像	想像、預期	アピール	吸引、呼籲、展現
かんづめ 缶詰	罐頭	むかつく	生氣
ぎ ろん 議論	議論、爭辯	の 述べる	陳述、說明
こうぞう 構造	構造	ちぢ 縮む	收縮、縮短
かいさつぐち 改札口	驗票口	にぎ 握る	掌握、握
ひ がい 被害	受害、損失	せま 迫る	迫近、臨近
げんしょう 現象	現象	く 悔やむ	懊悔
かいせい 改正	修改	め ざ 目指す	以……為目標
ぼうさい 防災	防災	な 慣れる	習慣
かんじょう 勘定	計算、結帳	と 解く	解開
きょ ひ 拒否	拒絕	おそ 恐れる	恐懼
あい ず 合図	信號、暗號	たも 保つ	保持
ぎょうじ 行事	儀式、活動	あい つ 相次ぐ	相繼發生
いきぬ 息抜き	喘口氣、休息	しょう 生じる	生長、出現

5

單字	解釋	單字	解釋
ぶんかい 分解	分解	ぼうえき 貿易	貿易
てんかい 展開	展開、展現	しゅうのう 収納	收納
ほしょう 保証	保證	ようじん 用心	留意、小心
はり 針	針	メリット	好處、優點
ようきゅう 要求	要求	レンタル	租借、出租
れいぎ 礼儀	禮儀	う い 受け入れる	接受、接納
かんさつ 観察	觀察	あま 甘やかす	驕縱、溺愛
せんそう 戦争	戰爭	しぼ 絞る	縮小
りょうしゅうしょ 領収書	收據、發票	やしな 養う	養成
けいゆ 経由	經由、通過	こと 異なる	不同
ふくさよう 副作用	副作用	ともな 伴う	伴隨
もよお 催し	籌畫、活動	か し 買い占める	買斷
きょり 距離	距離	ささやく	喃喃細語、耳語
かくほ 確保	確保	つ 積む	累積
めいしょ 名所	名勝	いた 痛む	破損、損壞
ていせい 訂正	修訂、修正	おさ 収める	取得、獲得
ひひょう 批評	批評	のぞ 除く	除了、去除
けいぞく 継続	繼續	しず 沈む	沉沒、下沉

單字	解釋	單字	解釋
そう ご 相互	相互、交替	へんきゃく 返却	歸還
し せい 姿勢	態度	ざいせき 在籍	在籍
しょうとつ 衝突	相撞、衝突	びょうどう 平等	平等
もん く 文句	牢騷、抱怨	デザイン	設計
ちょうじょう 頂上	頂峰、山頂	パンク	破裂、爆胎
せつやく 節約	節約	ち 散らかる	凌亂
かんゆう 勧誘	勸說、推銷	こお 凍る	結冰
かくじゅう 拡充	擴大	したが 従う	服從
あっしょう 圧勝	大勝	おも 思いつく	想到
そんがい 損害	損失、損害	めぐ 恵む	施恩惠、救濟
すみ 隅	角落	さそ 誘う	邀請
ま ぎわ 間際	正要……的時候	うつむく	低頭
かっこう 格好	樣子、打扮	まも 守る	遵守、保護
き ぼ 規模	規模	はげ 励む	努力
かた 肩	肩膀	き 効く	有效
いんたい 引退	引退、退休	し 占める	占據、占有
はんせい 反省	反省	へ 減る	減少
とうぼう 逃亡	逃亡	かな 叶う	實現

單字	解釋	單字	解釋
りえき 利益	利益	おせん 汚染	汙染
しょこく 諸国	諸國、各國	せいき 世紀	世紀、年代
しゅのう 首脳	首腦、領袖	ちょぞう 貯蔵	儲藏
ぎじゅつ 技術	技術	ブーム	風行、熱潮
すいてき 水滴	水滴	テンポ	拍子
つごう 都合	情況	つと 務める	擔任……職務
げんてい 限定	限定	おどろ 驚く	驚嚇
こうたい 交代	交替、替換	おさ 抑える	抑制
せけん 世間	世間、世人	つぶす	弄碎、損壞
ばくはつ 爆発	爆發	た 足す	加
きげん 機嫌	心情	た さ 立ち去る	離去
おうべい 欧米	歐美	あらそ 争う	爭執、競爭
むじゅん 矛盾	矛盾	ほ 掘る	挖掘
はいし 廃止	廢止、廢除	く かえ 繰り返す	重複
ほそく 補足	補足、補充	つ かさ 積み重なる	堆積
じょうしょう 上昇	上升	やぶ 敗れる	敗北
ぐち 愚痴	抱怨	きそ 競う	競爭、爭奪
ていこう 抵抗	抗拒、排斥	はぶ 省く	節省、省略

單字	解釋	單字	解釋
<ruby>順調<rt>じゅんちょう</rt></ruby>だ	順利	わずかだ	稍微、一點點
<ruby>勝手<rt>かって</rt></ruby>だ	隨便、任意	<ruby>積極的<rt>せっきょくてき</rt></ruby>だ	積極的
<ruby>豊<rt>ゆた</rt></ruby>かだ	富足	<ruby>有効<rt>ゆうこう</rt></ruby>だ	有效
<ruby>妥当<rt>だとう</rt></ruby>だ	妥當	<ruby>急速<rt>きゅうそく</rt></ruby>だ	急速
<ruby>鮮<rt>あざ</rt></ruby>やかだ	鮮明	ルーズだ	鬆懈、散漫
<ruby>夢中<rt>むちゅう</rt></ruby>だ	熱衷	<ruby>幼<rt>おさな</rt></ruby>い	幼小、幼年
<ruby>安易<rt>あんい</rt></ruby>だ	簡單、輕率	<ruby>珍<rt>めずら</rt></ruby>しい	珍貴、罕見
<ruby>正直<rt>しょうじき</rt></ruby>だ	誠實、坦率	<ruby>鋭<rt>するど</rt></ruby>い	敏銳
でたらめだ	胡說八道	やむを<ruby>得<rt>え</rt></ruby>ない	出於無奈、不得已
<ruby>独特<rt>どくとく</rt></ruby>だ	獨特	<ruby>乏<rt>とぼ</rt></ruby>しい	貧窮、缺乏
<ruby>貴重<rt>きちょう</rt></ruby>だ	貴重、寶貴	<ruby>詳<rt>くわ</rt></ruby>しい	詳細
<ruby>柔軟<rt>じゅうなん</rt></ruby>だ	柔軟、靈活	<ruby>快<rt>こころよ</rt></ruby>い	爽快、愉快
<ruby>面倒<rt>めんどう</rt></ruby>だ	棘手、麻煩	<ruby>賢<rt>かしこ</rt></ruby>い	聰明
<ruby>真剣<rt>しんけん</rt></ruby>だ	認真	<ruby>涼<rt>すず</rt></ruby>しい	涼爽
<ruby>大<rt>おお</rt></ruby>げさだ	誇張	ふさわしい	適合
<ruby>温暖<rt>おんだん</rt></ruby>だ	溫暖	やかましい	喋喋不休、麻煩
<ruby>深刻<rt>しんこく</rt></ruby>だ	嚴重	<ruby>怖<rt>こわ</rt></ruby>い	可怕
<ruby>明<rt>あき</rt></ruby>らかだ	明顯、明朗	そそっかしい	粗心大意

單字	解釋	單字	解釋
豊富だ <small>ほう ふ</small>	豐富	なだらかだ	平緩
曖昧だ <small>あいまい</small>	曖昧	穏やかだ <small>おだ</small>	平靜、安詳
変だ <small>へん</small>	奇怪	手軽だ <small>て がる</small>	簡單、輕易
冷静だ <small>れいせい</small>	冷靜	大幅だ <small>おおはば</small>	大幅度
わがままだ	任性	スムーズだ	光滑、順暢
哀れだ <small>あわ</small>	悲哀、可憐	怪しい <small>あや</small>	可疑
率直だ <small>そっちょく</small>	直率	頼もしい <small>たの</small>	可靠
活発だ <small>かっぱつ</small>	活潑、活躍	悔しい <small>くや</small>	不甘心
密接だ <small>みっせつ</small>	密切	激しい <small>はげ</small>	激烈
抽象的だ <small>ちゅうしょうてき</small>	抽象的	輝かしい <small>かがや</small>	耀眼
贅沢だ <small>ぜいたく</small>	奢侈	慌ただしい <small>あわ</small>	慌張、慌亂
幸いだ <small>さいわ</small>	幸運	心強い <small>こころづよ</small>	放心
垂直だ <small>すいちょく</small>	垂直	ずるい	奸詐
乱暴だ <small>らんぼう</small>	粗魯	恐ろしい <small>おそ</small>	可怕
かすかだ	稍微、隱約	荒い <small>あら</small>	粗暴、兇猛
永久だ <small>えいきゅう</small>	永久	湿っぽい <small>しめ</small>	潮濕
稀だ <small>まれ</small>	少有、罕見	たくましい	堅強、健壯
小柄だ <small>こ がら</small>	身材矮小	思いがけない <small>おも</small>	意想不到

單字	解釋	單字	解釋
改めて <small>あらた</small>	再次、重新	しばらく	暫時
たびたび	再三	じたばた	著急
突然 <small>とつぜん</small>	突然	きっぱり	乾脆
途中 <small>と ちゅう</small>	中途	ぎりぎり	勉強
偶然 <small>ぐうぜん</small>	偶然	ぐったり	精疲力盡
のんびり	悠閒	かつて	過去、曾經
せめて	至少	相変わらず <small>あい か</small>	照舊、依然
どうせ	反正	常に <small>つね</small>	經常
はっきり	清楚	あらゆる	各種、所有
単なる <small>たん</small>	僅僅、只是	むしろ	索性、與其……不如
いきなり	突然	やっと	終於
とりあえず	總之	とっくに	很早之前
おそらく	恐怕、可能	ようやく	好不容易、終於
着々と <small>ちゃくちゃく</small>	穩定地	予め <small>あらかじ</small>	預先
思い切って <small>おも き</small>	下定決心	しかも	而且
相当 <small>そうとう</small>	相當	したがって	因此
直ちに <small>ただ</small>	立即	すなわち	換言之
当分 <small>とうぶん</small>	目前、暫時	ただし	但是

Memo

重點整理

整理出容易混淆的漢字與詞彙，
以及容易答錯的敬語類型，
考前重點整理讓你一目瞭然。

同音異義詞

やぶ 破れる	撕破、打破
やぶ 敗れる	敗北
ほ しょう 保証	保證
ほ しょう 保障	保障
おさ 収める	取得、獲得
おさ 納める	繳納
おさ 治める	平息
おさ 修める	修養
き 効く	有效
き 利く	起作用、發揮原有功能
つと 務める	擔任某種角色或職務
つと 勤める	從事某種職業
つと 努める	努力
おさ 抑える	抑制
お 押さえる	按住、掌握
せ 攻める	攻打
せ 責める	責怪

あやま 謝る	道歉
あやま 誤る	做錯
たず 尋ねる	詢問
たず 訪ねる	訪問
さ 覚める	醒來、覺醒
さ 冷める	變冷、變涼
こ 越える	超越、越過
こ 超える	超過、勝過
さが 捜す	尋找、搜尋
さが 探す	尋找
うつ 映る	反射、映照
うつ 移る	移動

容易唸錯的漢字

省	しょうりゃく 省略 省略
	はんせい 反省 反省
復	かいふく 回復 恢復
	ふっかつ 復活 復活

世	世の中 <ruby>世<rt>よ</rt></ruby>の<ruby>中<rt>なか</rt></ruby> 世間、社會		由	経由 <ruby>経<rt>けい</rt></ruby><ruby>由<rt>ゆ</rt></ruby> 經由、通過

世
- 世の中 （よ なか）世間、社會
- 世界 （せ かい）世界
- 世紀 （せい き）世紀、年代

地
- 地元 （じ もと）當地、本地
- 地球 （ち きゅう）地球

重
- 尊重 （そんちょう）尊重
- 重量 （じゅうりょう）重量

役
- 役目 （やく め）任務、職責
- 現役 （げんえき）現役

説
- 演説 （えんぜつ）演講、演說
- 説明 （せつめい）說明

定
- 勘定 （かんじょう）計算、結帳
- 限定 （げんてい）限定

図
- 地図 （ち ず）地圖
- 意図 （い と）意圖

行
- 行事 （ぎょう じ）儀式、活動
- 行動 （こうどう）行動

由
- 経由 （けい ゆ）經由、通過
- 自由 （じ ゆう）自由

所
- 名所 （めいしょ）名勝
- 近所 （きんじょ）附近

易
- 貿易 （ぼうえき）貿易
- 安易 （あん い）容易

心
- 用心 （ようじん）留意、小心
- 心理 （しん り）心理

文
- 文句 （もん く）牢騷、抱怨
- 文章 （ぶんしょう）文章

平
- 平等 （びょうどう）平等
- 平均 （へいきん）平均

占
- 占める （し）占據、占有
- 占う （うらな）占卜

都
- 都合 （つ ごう）情況
- 都市 （と し）都市

代
- 交代 （こうたい）交替、替換
- 代理 （だい り）代理

米	おうべい 欧米 歐美	外	がいけん 外見 外表
	しんまい 新米 新人		げか 外科 外科
正	しょうめん 正面 正面	焦	あせ 焦る 焦躁
	せいもん 正門 正門		こ 焦げる 燒焦
倒	めんどう 面倒だ 棘手、麻煩	通	つう 通じる 相通、通曉
	あっとう 圧倒 壓倒		と 通おる 透過
直	そっちょく 率直 率直	場	ばめん 場面 場面
	しょうじき 正直 誠實、坦率		とうじょう 登場 登場
頼	たの 頼む 請求	色	とくしょく 特色 特色
	たよ 頼る 依賴		けしき 景色 景色
然	とつぜん 突然 突然	土	こくど 国土 國土
	てんねん 天然 天然		とち 土地 土地
景	けしき 景色 景色	相	しゅしょう 首相 首相
	けいき 景気 景氣		そうだん 相談 討論
作	さぎょう 作業 作業	気	かっき 活気 活力
	さくせい 作成 製作		ひとけ 人気 人煙、人的氣息
合	ごうかく 合格 合格	応	おうえん 応援 聲援、援助
	がっぺい 合併 聯合、合併		はんのう 反応 反應

工	<ruby>工夫<rt>く ふう</rt></ruby> 設法、動腦筋		存	<ruby>依存<rt>い ぞん</rt></ruby>(＝いそん)依賴
	<ruby>工学<rt>こうがく</rt></ruby> 工學、工程			<ruby>存在<rt>そんざい</rt></ruby> 存在
抱	<ruby>抱える<rt>かか</rt></ruby> 抱、承擔、擔負		注	<ruby>注ぐ<rt>そそ</rt></ruby> 灌入、傾注
	<ruby>抱く<rt>だ</rt></ruby> 擁抱			<ruby>注ぐ<rt>つ</rt></ruby> 倒入
	<ruby>抱く<rt>いだ</rt></ruby> 擁抱、懷有		無	<ruby>無口<rt>むくち</rt></ruby> 沉默寡言
興	<ruby>復興<rt>ふっこう</rt></ruby> 復興			<ruby>無事<rt>ぶ じ</rt></ruby> 平安
	<ruby>興味<rt>きょう み</rt></ruby> 興趣		強	<ruby>強引<rt>ごういん</rt></ruby> 強制
名	<ruby>名字<rt>みょう じ</rt></ruby> 名字			<ruby>強力<rt>きょうりょく</rt></ruby> 強力
	<ruby>氏名<rt>し めい</rt></ruby> 姓氏		手	<ruby>派手<rt>は で</rt></ruby> 華麗
迷	<ruby>迷子<rt>まい ご</rt></ruby> 走失的孩子、迷路			<ruby>手足<rt>て あし</rt></ruby> 手腳
	<ruby>迷路<rt>めい ろ</rt></ruby> 迷路		下	<ruby>下品<rt>げ ひん</rt></ruby> 下流
着	<ruby>着く<rt>つ</rt></ruby> 到達			<ruby>地下<rt>ち か</rt></ruby> 地下
	<ruby>着る<rt>き</rt></ruby> 穿		画	<ruby>画期的<rt>かっ き てき</rt></ruby> 劃時代的
規	<ruby>規制<rt>き せい</rt></ruby> 規定			<ruby>画面<rt>が めん</rt></ruby> 畫面
	<ruby>定規<rt>じょう ぎ</rt></ruby> 尺		丁	<ruby>丁寧<rt>ていねい</rt></ruby> 仔細、有禮貌
児	<ruby>児童<rt>じ どう</rt></ruby> 兒童			<ruby>丁度<rt>ちょう ど</rt></ruby> 正好
	<ruby>小児<rt>しょう に</rt></ruby> 幼兒		競	<ruby>競争<rt>きょうそう</rt></ruby> 競爭
				<ruby>競馬<rt>けい ば</rt></ruby> 賽馬

登	登山 登山
	登校 上學

家	家賃 房租
	家族 家人

中	授業中 上課中
	世界中 全世界

済	経済 經濟
	返済 償還

品	製品 產品
	品物 物品

日	翌日 隔日
	日時 日期與時間

力	魅力 魅力
	自力 自身的力量

金	金額 金額
	黄金 黃金

言	伝言 口信、留言
	言語 言語

物	物質 物質
	貨物 貨物

盛	盛大 盛大
	繁盛 興隆

主	主だ 主要
	持ち主 擁有者

不	不器用だ 笨拙、不靈巧
	不安だ 不安

筆劃相似的漢字

操	操作 操作
燥	乾燥 乾燥
違	違反 違反
偉	偉大 偉大
破	破片 碎片
被	被害 受害
警	警備 警備
敬	敬語 敬語、尊敬語

注	注目 注目 ちゅうもく	写	写す 拍照、描寫 うつ
住	住所 住址 じゅうしょ	与	与える 給予、供給 あた
測	観測 観測 かんそく	暮	暮らす 生活 く
側	側面 側面 そくめん	募	募る 招募 つの
則	反則 違法、犯規 はんそく	招	招待 招待 しょうたい
怒	怒る 生氣 おこ	紹	紹介 介紹 しょうかい
努	努める 努力 つと	版	出版 出版 しゅっぱん
撮	撮影 攝影 さつえい	販	販売 販賣 はんばい
最	最高 最好的 さいこう	坂	坂 斜坡、坡道 さか
療	治療 治療 ち りょう	板	板 木板 いた
寮	同僚 同事 どうりょう	除	除去 去掉 じょきょ
福	福祉 福利、福祉 ふく し	徐	徐行 慢行 じょこう
副	副詞 副詞 ふく し	途	途中 中途 と ちゅう
穫	収穫 收穫、收成 しゅうかく	慢	我慢 忍耐 が まん
獲	獲得 獲得 かくとく	漫	漫画 漫畫 まん が
製	製造 製造 せいぞう	魔	邪魔 打擾、妨礙 じゃ ま
制	制度 制度 せい ど	磨	研磨 研磨 けん ま

湿	湿度 (しつど) 濕度		伴	伴う (ともな) 伴隨
温	温度 (おんど) 溫度		従	従う (したが) 跟隨、遵從
求	求人 (きゅうじん) 徵人、求才		衝	衝突 (しょうとつ) 相撞、衝突
	求める (もと) 尋求、要求		衡	均衡 (きんこう) 均衡
救	救急 (きゅうきゅう) 急救、搶救		節	節約 (せつやく) 節約
	救う (すく) 拯救		筋	筋肉 (きんにく) 肌肉
球	地球 (ちきゅう) 地球		勧	勧誘 (かんゆう) 勸說、推銷
像	想像 (そうぞう) 想像、預期		観	観光 (かんこう) 觀光
象	印象 (いんしょう) 印象		拡	拡充 (かくじゅう) 擴大
議	議論 (ぎろん) 議論、爭辯		広	広告 (こうこく) 廣告
義	講義 (こうぎ) 課程		模	規模 (きぼ) 規模
構	構造 (こうぞう) 構造		漠	砂漠 (さばく) 沙漠
講	講演 (こうえん) 演說		逃	逃亡 (とうぼう) 逃亡
儀	礼儀 (れいぎ) 禮儀		挑	挑戦 (ちょうせん) 挑戰
観	観察 (かんさつ) 觀察		却	返却 (へんきゃく) 歸還
歓	歓迎 (かんげい) 歡迎		脚	脚本 (きゃくほん) 腳本
距	距離 (きょり) 距離		諸	諸国 (しょこく) 諸國、各國
拒	拒否 (きょひ) 拒絕		緒	内緒 (ないしょ) 保密

脳	しゅのう 首脳 首脳、領袖		豊	ほう ふ 豊富 豊富
悩	く のう 苦悩 苦悩		農	のうみん 農民 農民
滴	すいてき 水滴 水滴		抽	ちゅうしょうてき 抽象的 抽象的
摘	てきしゅつ 摘出 取出		油	ゆ でん 油田 油田
適	てきよう 適用 適用		詳	しょうさい 詳細 詳細、詳情
敵	てきぐん 敵軍 敵軍		洋	ようしょく 洋食 西餐
限	げんてい 限定 限定		補	ほじゅう 補充 補充
根	こんきょ 根拠 根據			おぎな 補う 彌補、補充
爆	ばくはつ 爆発 爆發		捕	たい ほ 逮捕 逮捕
暴	ぼうこう 暴行 暴行			と 捕らえる 逮捕、捕捉、掌握
矛	む じゅん 矛盾 矛盾		賢	けんめい 賢明 賢明、明智
予	よ やく 予約 預約			かしこ 賢い 聰明
序	じゅんじょ 順序 順序		堅	けん ご 堅固 堅固
剣	しんけん 真剣 認真			かた 堅い 堅硬
検	けん じ 検事 檢察官		垂	すいちょく 垂直 垂直
鋭	するど 鋭い 敏鋭		乗	じょうしゃ 乗車 乗車
鈍	にぶ 鈍い 遲鈍			

永	永久 永久		提	提供 提供
氷	氷河 冰河		掲	掲示 揭示、布告
軽	軽量 輕量		賃	運賃 運費
較	比較 比較		貨	貨物 貨物
慌	慌ただしい 慌張、慌亂		録	登録 登記、註冊
荒	荒い 粗暴、兇猛		緑	緑茶 綠茶
穏	穏やかだ 平靜、安詳		範	範囲 範圍
隠	隠す 隱藏		節	節約 節約
援	援助 援助		批	批判 批評
緩	緩和 緩和		比	比例 比例
硬	硬貨 硬幣		寄	寄付 捐贈、捐款
便	便利 便利		奇	奇妙 奇妙
拾	拾う 撿拾		祝	祝う 慶祝
捨	捨てる 丟棄		祈	祈る 祈禱
偏	偏る 偏頗		眺	眺める 眺望
編	編む 編織		挑	挑む 挑釁
削	削る 削減、刪去		例	例外 例外
消	消す 消除、關閉		列	行列 隊伍

採	採用 録用、採用	結	結ぶ 綁起來、結合
菜	野菜 蔬菜	詰	詰まる 擠滿、塞滿
壁	壁 牆壁	輸	輸入 進口
癖	癖 習慣	輪	車輪 車輪
権	権利 權利	否	否定 否定
勧	勧告 勧告	不	不便 不方便
編	編集 編輯	注	注意 注意
偏	偏見 偏見	主	主要 主要
職	就職 就職	逮	逮捕 逮捕
識	知識 知識	康	健康 健康
察	診察 看病、検査	際	国際 國際
擦	摩擦 摩擦	祭	祭典 祭典
建	建築 建築	給	供給 供給、供應
健	健康 健康	拾	拾得 撿到
較	比較 比較	委	委員 委員
転	回転 轉動	季	季節 季節
共	共通 共通	類	種類 種類
供	供給 供給、供應	数	数学 數學

23

張	<ruby>緊張<rt>きんちょう</rt></ruby> 緊張	憎	<ruby>憎<rt>にく</rt></ruby>い 憎恨、可惡
帳	<ruby>手帳<rt>てちょう</rt></ruby> 筆記本		<ruby>憎悪<rt>ぞうお</rt></ruby> 憎恨
植	<ruby>植<rt>う</rt></ruby>える 種植	贈	<ruby>贈<rt>おく</rt></ruby>る 贈送
直	<ruby>素直<rt>すなお</rt></ruby> 坦率		<ruby>贈与<rt>ぞうよ</rt></ruby> 贈送
値	<ruby>値<rt>あたい</rt></ruby>する 值得	増	<ruby>増<rt>ふ</rt></ruby>える 増加
	<ruby>値段<rt>ねだん</rt></ruby> 價格		<ruby>増加<rt>ぞうか</rt></ruby> 増加
秀	<ruby>優秀<rt>ゆうしゅう</rt></ruby> 優秀	深	<ruby>深<rt>ふか</rt></ruby>い 深的
透	<ruby>透明<rt>とうめい</rt></ruby> 透明	探	<ruby>探<rt>さが</rt></ruby>す 尋找
幼	<ruby>幼稚<rt>ようち</rt></ruby> 幼稚	依	<ruby>依然<rt>いぜん</rt></ruby>として 依然
幻	<ruby>幻想<rt>げんそう</rt></ruby> 幻想	衣	<ruby>衣類<rt>いるい</rt></ruby> 衣物
慎	<ruby>慎重<rt>しんちょう</rt></ruby> 慎重	斉	<ruby>一斉<rt>いっせい</rt></ruby>に 同時
真	<ruby>真実<rt>しんじつ</rt></ruby> 真實	済	<ruby>決済<rt>けっさい</rt></ruby> 結帳
複	<ruby>複雑<rt>ふくざつ</rt></ruby> 複雜	成	<ruby>成長<rt>せいちょう</rt></ruby> 成長
復	<ruby>復元<rt>ふくげん</rt></ruby> 復原	誠	<ruby>誠実<rt>せいじつ</rt></ruby> 誠實
審	<ruby>不審<rt>ふしん</rt></ruby> 可疑	謝	<ruby>感謝<rt>かんしゃ</rt></ruby> 感謝
番	<ruby>当番<rt>とうばん</rt></ruby> 值班	射	<ruby>発射<rt>はっしゃ</rt></ruby> 發射
純	<ruby>単純<rt>たんじゅん</rt></ruby> 單純	請	<ruby>請求<rt>せいきゅう</rt></ruby> 要求、請求、索取
鈍	<ruby>鈍感<rt>どんかん</rt></ruby> 遲鈍	晴	<ruby>快晴<rt>かいせい</rt></ruby> 晴朗

伸	<ruby>伸<rt>の</rt></ruby>びる 伸長、進歩		憶	<ruby>記憶<rt>き おく</rt></ruby> 記憶
申	<ruby>申<rt>もう</rt></ruby>す 說、告訴		億	<ruby>一億<rt>いちおく</rt></ruby> 一億
滞	<ruby>渋滞<rt>じゅうたい</rt></ruby> 塞車		警	<ruby>警察<rt>けいさつ</rt></ruby> 警察
帯	<ruby>世帯<rt>せ たい</rt></ruby> 家庭		驚	<ruby>驚異<rt>けい い</rt></ruby> 驚異
票	<ruby>投票<rt>とうひょう</rt></ruby> 投票		敬	<ruby>敬語<rt>けい ご</rt></ruby> 敬語、尊敬語
標	<ruby>目標<rt>もくひょう</rt></ruby> 目標		減	<ruby>減少<rt>げんしょう</rt></ruby> 減少
責	<ruby>責任<rt>せきにん</rt></ruby> 責任		感	<ruby>感動<rt>かんどう</rt></ruby> 感動
債	<ruby>負債<rt>ふ さい</rt></ruby> 負債		裕	<ruby>余裕<rt>よ ゆう</rt></ruby> 充裕、富裕
超	<ruby>超過<rt>ちょう か</rt></ruby> 超過、超越		浴	<ruby>入浴<rt>にゅうよく</rt></ruby> 洗澡
越	<ruby>超越<rt>ちょうえつ</rt></ruby> 超越		兼	<ruby>兼<rt>か</rt></ruby>ねる 兼、兼備
諦	<ruby>諦<rt>あきら</rt></ruby>める 放棄、断念		嫌	<ruby>嫌<rt>きら</rt></ruby>いだ 厭惡
締	<ruby>締<rt>し</rt></ruby>める 勒緊、束緊		叫	<ruby>叫<rt>さけ</rt></ruby>ぶ 大叫、呼喊
舞	<ruby>舞台<rt>ぶ たい</rt></ruby> 舞台		呼	<ruby>呼<rt>よ</rt></ruby>ぶ 叫、喊
無	<ruby>無事<rt>ぶ じ</rt></ruby> 平安		吸	<ruby>呼吸<rt>こ きゅう</rt></ruby> 呼吸
判	<ruby>判断<rt>はんだん</rt></ruby> 判斷		級	<ruby>高級<rt>こうきゅう</rt></ruby> 高級
伴	<ruby>同伴<rt>どうはん</rt></ruby> 同伴		及	<ruby>普及<rt>ふ きゅう</rt></ruby> 普及
点	<ruby>頂点<rt>ちょうてん</rt></ruby> 頂點			<ruby>及<rt>およ</rt></ruby>ぶ 涉及、波及
占	<ruby>占有<rt>せんゆう</rt></ruby> 占有		扱	<ruby>扱<rt>あつか</rt></ruby>う 處理、使用

苦	苦労 辛苦 く ろう	将	将来 將來、前途 しょうらい
古	古典 古典 こ てん	奨	奨学金 獎學金 しょうがくきん
練	訓練 訓練 くんれん	刊	発刊 出版、發行 はっかん
連	関連 關聯 かんれん	肝	肝心 重要 かんじん
拍	拍手 拍手 はくしゅ	包	包む 包裹 つつ
泊	宿泊 住宿 しゅくはく	抱	抱える 抱 かか
防	防犯 防止犯罪 ぼうはん	料	資料 資料 し りょう
妨	妨害 妨礙 ぼうがい	科	科学 科學 か がく
情	感情 感情、情緒 かんじょう	問	訪問 訪問 ほうもん
清	清音 清音 せいおん	門	正門 正門 せいもん
精	精神 精神 せいしん	慣	習慣 習慣 しゅうかん
案	提案 提案、建議 ていあん	貫	貫通 貫穿 かんつう
委	委任 委任 い にん	形	正方形 正方形 せいほうけい
良	改良 改良 かいりょう	型	類型 類型 るいけい
浪	浪費 浪費 ろう ひ	記	記録 紀錄 き ろく
能	能力 能力 のうりょく	紀	世紀 世紀 せい き
態	状態 狀態 じょうたい	績	成績 成績 せいせき
		積	面積 面積 めんせき

破	破る <small>やぶ</small> 撕破、打破		惨	悲惨 <small>ひ さん</small> 悲惨、悽惨
波	波 <small>なみ</small> 海浪		参	参加 <small>さん か</small> 参加
骨	骨折 <small>こっせつ</small> 骨折		屈	退屈 <small>たいくつ</small> 無聊
滑	滑走 <small>かっそう</small> 滑行		掘	発掘 <small>はっくつ</small> 發掘
付	添付 <small>てん ぷ</small> 附上、夾帶		恋	恋しい <small>こい</small> 懷念、眷戀
府	政府 <small>せい ふ</small> 政府		変	変える <small>か</small> 改變
導	指導 <small>し どう</small> 指導		快	快適 <small>かいてき</small> 舒適、舒服
道	道路 <small>どう ろ</small> 道路		決	決定 <small>けってい</small> 決定
険	危険 <small>き けん</small> 危險		微	微妙 <small>び みょう</small> 微妙
検	点検 <small>てんけん</small> 檢查		徴	特徴 <small>とくちょう</small> 特徵
島	列島 <small>れっとう</small> 列島		紛	紛らわしい <small>まぎ</small> 容易混淆、不易分辨
鳥	鳥類 <small>ちょうるい</small> 鳥類		粉	粉薬 <small>こなぐすり</small> 藥粉
描	描く <small>えが</small> 描寫、描繪 / 描く <small>か</small> 描繪、寫作			
猫	猫 <small>ねこ</small> 貓			
盛	盛大 <small>せいだい</small> 盛大			
成	成功 <small>せいこう</small> 成功			

尊敬語

言う <small>説</small>	おっしゃる
聞く <small>聽</small>	お聞きになる

尋ねる 詢問	お尋ねになる	会う 見面	お会いになる
	尋ねられる		会われる
見る 看	ご覧になる	着る 穿	召す
食べる 吃	召し上がる		お召しになる
	お食べになる		着られる
行く 前往	いらっしゃる	借りる 借（入）	お借りになる
	おいでになる		借りられる
する 做	なさる	読む 讀	お読みになる
	お越しになる		読まれる
来る 來	お見えになる		
	いらっしゃる		
	おいでになる		

いる 有	いらっしゃる	言う 說	申す
	おいでになる		申し上げる
知る 知道	ご存じ	尋ねる 詢問	伺う
	お知りになる		お伺いする
持つ 擁有	お持ちになる		お尋ねする

聞く 聴 (き)	伺う (うかが)
	拝聴する (はいちょう)
	承 る (うけたまわ)
見る 看 (み)	拝見する (はいけん)
食べる 吃 (た)	いただく
	ちょうだいする
行く 前往 (い)	伺う (うかが)
	参る (まい)
する 做	いたす
いる 有	おる
知る 知道 (し)	存じる (ぞん)
	存じ上げる (ぞん) (あ)
持つ 擁有 (も)	お持ちする (も)
会う 見面 (あ)	お目めにかかる (め)
	お会いする (あ)
借りる (か) 借（入）	拝借する (はいしゃく)
	お借りする (か)
読む 讀 (よ)	拝読する (はいどく)

Memo

複習

將不容易背誦的單字記錄在表格中，
加強複習，方便在考前做最後衝刺。

複習

單字	讀音	解釋	頁碼
			p.
			p.
			p.
			p.
			p.
			p.
			p.
			p.
			p.
			p.
			p.
			p.
			p.
			p.

單字	讀音	解釋	頁碼
			p.
			p.
			p.
			p.
			p.
			p.
			p.
			p.
			p.
			p.
			p.
			p.
			p.
			p.
			p.
			p.

複習

讀書日期： 　月　　日

單字	讀音	解釋	頁碼
			p.
			p.
			p.
			p.
			p.
			p.
			p.
			p.
			p.
			p.
			p.
			p.
			p.
			p.

單字	讀音	解釋	頁碼
			p.
			p.
			p.
			p.
			p.
			p.
			p.
			p.
			p.
			p.
			p.
			p.
			p.

複習

單字	讀音	解釋	頁碼
			p.
			p.
			p.
			p.
			p.
			p.
			p.
			p.
			p.
			p.
			p.
			p.
			p.
			p.

單字	讀音	解釋	頁碼
			p.
			p.
			p.
			p.
			p.
			p.
			p.
			p.
			p.
			p.
			p.
			p.
			p.
			p.

複習

單字	讀音	解釋	頁碼
			p.
			p.
			p.
			p.
			p.
			p.
			p.
			p.
			p.
			p.
			p.
			p.
			p.
			p.

單字	讀音	解釋	頁碼
			p.
			p.
			p.
			p.
			p.
			p.
			p.
			p.
			p.
			p.
			p.
			p.
			p.
			p.

讀書日期： 月 日

單字	讀音	解釋	頁碼
			p.
			p.
			p.
			p.
			p.
			p.
			p.
			p.
			p.
			p.
			p.
			p.
			p.
			p.

單字	讀音	解釋	頁碼
			p.
			p.
			p.
			p.
			p.
			p.
			p.
			p.
			p.
			p.
			p.
			p.
			p.
			p.

複習

單字	讀音	解釋	頁碼
			p.
			p.
			p.
			p.
			p.
			p.
			p.
			p.
			p.
			p.
			p.
			p.
			p.
			p.

單字	讀音	解釋	頁碼
			p.
			p.
			p.
			p.
			p.
			p.
			p.
			p.
			p.
			p.
			p.
			p.
			p.
			p.

讀書日期：　　月　　日

單字	讀音	解釋	頁碼
			p.
			p.
			p.
			p.
			p.
			p.
			p.
			p.
			p.
			p.
			p.
			p.
			p.
			p.

單字	讀音	解釋	頁碼
			p.
			p.
			p.
			p.
			p.
			p.
			p.
			p.
			p.
			p.
			p.
			p.
			p.
			p.

複習

讀書日期：　　　月　　　日

單字	讀音	解釋	頁碼
			p.
			p.
			p.
			p.
			p.
			p.
			p.
			p.
			p.
			p.
			p.
			p.
			p.
			p.

單字	讀音	解釋	頁碼
			p.
			p.
			p.
			p.
			p.
			p.
			p.
			p.
			p.
			p.
			p.
			p.
			p.
			p.

複習

單字	讀音	解釋	頁碼
			p.
			p.
			p.
			p.
			p.
			p.
			p.
			p.
			p.
			p.
			p.
			p.
			p.
			p.

單字	讀音	解釋	頁碼
			p.
			p.
			p.
			p.
			p.
			p.
			p.
			p.
			p.
			p.
			p.
			p.
			p.
			p.

讀書日期： 月 日

單字	讀音	解釋	頁碼
			p.
			p.
			p.
			p.
			p.
			p.
			p.
			p.
			p.
			p.
			p.
			p.
			p.
			p.

單字	讀音	解釋	頁碼
			p.
			p.
			p.
			p.
			p.
			p.
			p.
			p.
			p.
			p.
			p.
			p.
			p.
			p.

複習

單字	讀音	解釋	頁碼
			p.
			p.
			p.
			p.
			p.
			p.
			p.
			p.
			p.
			p.
			p.
			p.
			p.
			p.
			p.

單字	讀音	解釋	頁碼
			p.
			p.
			p.
			p.
			p.
			p.
			p.
			p.
			p.
			p.
			p.
			p.
			p.
			p.

複習

單字	讀音	解釋	頁碼
			p.
			p.
			p.
			p.
			p.
			p.
			p.
			p.
			p.
			p.
			p.
			p.
			p.
			p.

單字	讀音	解釋	頁碼
			p.
			p.
			p.
			p.
			p.
			p.
			p.
			p.
			p.
			p.
			p.
			p.
			p.
			p.

破解 JLPT 新日檢 N2 高分合格單字書：考題字彙最強蒐錄與攻略

作　　　者：金恩瑩
譯　　　者：郭子菱
企劃編輯：王建賀
文字編輯：江雅鈴
設計裝幀：張寶莉
發 行 人：廖文良

發 行 所：碁峰資訊股份有限公司
地　　　址：台北市南港區三重路 66 號 7 樓之 6
電　　　話：(02)2788-2408
傳　　　真：(02)8192-4433
網　　　站：www.gotop.com.tw
書　　　號：ARJ001200
版　　　次：2024 年 06 月初版
建議售價：NT$399

國家圖書館出版品預行編目資料

破解 JLPT 新日檢 N2 高分合格單字書：考題字彙最強蒐
錄與攻略 / 金恩瑩原著；郭子菱譯. -- 初版. -- 臺北
市：碁峰資訊, 2024.06
　　面；　　公分
　ISBN 978-626-324-723-9(平裝)
　1.CST：日語　2.CST：詞彙　3.CST：能力測驗
803.189　　　　　　　　　　　　　112022642